U0456685

马经义 著

从红学到管理学

四川大学出版社
SICHUAN UNIVERSITY PRESS

项目策划：欧风偃
责任编辑：欧风偃
责任校对：黄蕴婷
封面设计：墨创文化
责任印制：王　炜

图书在版编目（CIP）数据

从红学到管理学 / 马经义著． — 2版． — 成都：
四川大学出版社，2021.1
　（经议红楼）
　ISBN 978-7-5690-4264-1

Ⅰ．①从… Ⅱ．①马… Ⅲ．①红学－应用－管理学－
研究 Ⅳ．① I207.411 ② C93

中国版本图书馆 CIP 数据核字（2021）第 009885

书名	从红学到管理学
著　　者	马经义
出　　版	四川大学出版社
地　　址	成都市一环路南一段 24 号（610065）
发　　行	四川大学出版社
书　　号	ISBN 978-7-5690-4264-1
印前制作	四川胜翔数码印务设计有限公司
印　　刷	四川盛图彩色印刷有限公司
成品尺寸	170mm×240mm
插　　页	2
印　　张	14.25
字　　数	241 千字
版　　次	2021 年 4 月第 2 版
印　　次	2021 年 4 月第 1 次印刷
定　　价	68.00 元

版权所有 ◆ 侵权必究

◆ 读者邮购本书，请与本社发行科联系。
　电话：(028)85408408/(028)85401670/
　(028)86408023　邮政编码：610065
◆ 本社图书如有印装质量问题，请寄回出版社调换。
◆ 网址：http://press.scu.edu.cn

四川大学出版社
微信公众号

人文素质教育在专业理论教学中的运用（代序）

　　高等职业教育将是我国未来教育发展的重点。现有的高等职业教育课程体系大致可以划分为两大模块：专业理论与技能教育和人文素质教育。专业理论与技能教育俗称第一课堂，旨在将知识转化为实际的能力，从而提高学生们的生存技能。人文素质教育俗称第二课堂，重在提升学生们的人文知识水平，拓展视野，修养身心。高职课程体系从这两个方面切入，双管齐下，文武结合，从理论上看是合乎规律的。然而问题随之而来：在实际教学中，专业理论与技能教育和人文素质教育形成了两条平行线，第一课堂和第二课堂在教学运行的维度下永不相交，自说自话，各不相扰。长此以往，不仅达不到教学的目标，反而增加了学生的负担，极有可能造成学生厌学的情绪。在这样的情况下，我们需要反思两个问题。第一，人文素质教育内容设置是否合理？所谓合理，并不是指人文内容本身，而是指它和专业理论与技能教育之间的关联度。从调查情况来看，高职院校设计第二课堂的随意性较大，"因人设课"的比例较高。第二，能否将人文素质教育的相关内容引入专业理论与技能教育之中，让第二课堂服务于第一课堂，专业理论与技能教育因为人文素质教育的丰富性而变得有滋有味？

　　在传统教学模式中，专业理论与技能教育和人文素质教育是两个相对独立的板块，所以在课程体系设置上，很多高职院校并没有仔细研究过二者之间的融合性和互通性。正因为如此，类似于"人文素质教育在专业理论与技能教育中的运用"的研究就非常稀少了。《从红学到管理学》这本书也就是在这样的背景下孕育而生的。通过此书的撰写，我想解决的问题是如何运用《红楼梦》中的故事来诠释管理学原理中的相关知识点，以人文素质课程"《红楼梦》欣赏"作为出发点，再走向管理学原理的专业教学中，从而为探索人文素质教育在专业理论与技能教育中的运用提供思路和参照。

当下研究人文素质教育在专业理论与技能教育中的运用有何意义？我认为至少有以下四点。

第一，就时代大背景而言，顺应时代的要求，回归本源文化与传统，是实现"中国梦"的必然要求。文献资料显示，在我国高职院校开设的人文素质教育课程中，传统文化类课程的比例相当高，几乎占据了半壁江山。这一趋势是极好的，它为落实回归本源文化提供了前提也奠定了基础。教育归根结底是为国家发展服务的，是为一个民族的兴旺与强盛注入力量的。对于国家而言，大科技与大资本，发展经济与强化军事都不是要飘向无限，而是要回归于自己的本源文化。历史一次次证明，越先进发达的国家，传统文化保存得越完好；越衰弱的民族，其固有文化越是支离破碎。如果说专业理论与技能教育是在为发展高科技储备人才，那么人文素质教育就是为科技发展的方向指明道路，二者有机结合，才能有的放矢，目标明确，知行合一。

第二，就高职院校的教育模式而言，能从课程体系设置的相对独立走向融会贯通，有机结合，在教学实践中真正实现第一课堂与第二课堂之间的相互补充，相互促进。知识的传授固然重要，然而让学生做到举一反三、触类旁通更有价值和意义。如果能将人文素质教育的内容用于专业教学中，势必能让学生体会和领悟知识之间理念相通的道理。

第三，就专业教学而言，能有效降低课程的枯燥程度。专业教学总会有不可避免的枯燥，如果此时再用专业术语去解释专业知识就会更加无味，学生如同嚼蜡，便会昏昏欲睡。如何减少枯燥？俗话说"开门的钥匙在门外"，如果能借助人文学科的内容来诠释，借用可听性强的故事去类比，从而化解专业教学的难点，专业教学的枯燥性就会大大降低。

第四，就学生而言，能提升其学习兴趣。厌恶读书似乎成了一些学生的潜意识，然而要彻底改变固有教育理念和教学方法并非易事，不可能一蹴而就。在没有办法改变现状的情况下，要让学生不讨厌课堂，只有一条路可走，就是增强讲授的可听性。专业理论课程的可听性是有限的，而人文素质教育课程的可听性是无限的，只要老师能将二者融会贯通，即刻就能显现出效果来。

人文素质教育在专业理论与技能教育中的运用，目的还是让学生理解并牢记专业知识点，所以研究这类课题一定不能忘记和偏离了这个中心。条条道路通罗马，运用人文素质教育只是其中的一条道路而已。

《从红学到管理学》的理论框架是如何建立起来的呢？高等院校所使用的管理学原理教材，几乎都采用了同一种编写模式：以管理学家法约尔（Henri Fayol）提出的五大管理职能作为基点，按计划、组织、协调、控制、指挥等职能分章节编写，略有不同的是有些教材增加了领导职能、创新职能等，然而用管理的基本职能来构建理论框架是没有本质性改变的。正因为如此，《从红学到管理学》也就必须遵循这样的撰写模式，所以才有了"从贾探春兴利除弊看管理的创新职能""从王熙凤协理宁国府看管理的领导职能""从元妃省亲看管理的决策与计划职能""从贾府的机构设置看管理的组织职能""从宁荣二府的衰败看管理的控制职能"等专题。

《从红学到管理学》虽然涉及两个不同的专业领域，但是这本书只用到了《红楼梦》的故事，总体上并不讨论除红楼故事以外的红学研究流派，所以不会让读者觉得混乱。这本书的重点是管理学，所以对于管理学理论的专业解释就非常关键。整本书所阐释的管理学理论是以周三多、陈传明、鲁明泓三位教授主编的《管理学：原理与方法》作为依托的。选用这部管理学教材的原因有两个：第一，专业理论阐释非常详尽，不仅仅有计划、组织、领导、控制等维持职能的内容，还增加了创新职能的内容，可谓面面俱到；第二，此教材经各高校管理专业长期使用，几度增删修正，已然成了管理学原理的标本教材。

对于"人文素质教育在专业理论与技能教育中的运用"的研究，需要注意以下五点。

第一，这是两个学科的结合。人文学科是一个很大的概念，我选用《红楼梦》作为案例平台来诠释管理学原理，你也可以选用《西游记》作为背景故事来分析管理的基本职能。所以重点不在于选什么样的人文内容，而在于所选的人文内容能不能很好地诠释专业知识，能不能让学生有兴趣地听下去，从而唤醒他们专业学习的自觉性。

第二，不能生拉硬扯，为了诠释专业知识而故意歪曲人文内容。如果是这样，不仅不能诠释专业知识，反而会把学生引入思维与认知的歧途。

第三，选用人文故事是为了诠释专业知识，在实际教学中应特别留心，不要本末倒置，从解释专业知识不自觉地落入分析文学形象和故事的陷阱中。

第四，对人文内容的选择要有取舍，遵循"喜闻乐见，雅俗共赏，名著当先，经典为主"四大原则。

　　第五，人文素质教育在专业理论与技能教育中的运用，关键点在"运用"二字，换而言之，第二课堂的设计以及内容的选择要跟着第一课堂相关知识的方向走，而且还要注意两者的先后顺序：首先在第二课堂开设人文课程，然后再用人文内容去诠释专业知识。如果在教学过程中两者的顺序颠倒，是没有办法运用的。

　　《从红学到管理学》是我研究方向的一个新的尝试，最初只是抱着一个目的——如何用红楼故事去讲解管理学的一般规律和基本职能，让学生喜欢听就已经满足了。然而当这本书写成之后，我却意外地发现，它帮我解决了一个红学问题：贾府的衰败在管理层面上到底有何原因？它能为我们现代企业管理提供什么样的启示？我欣喜于一个研究能收获两个"果子"。其实这也再一次证明了红学的生命力在于多维度的阐释，以及现代学科的切入。保护传统不是故步自封，敞开心胸吸纳各学科之精气，才能达到上乘。也许多年之后，如今的融汇将成为未来的传统。

目　录

总论篇

论红学研究的格局与意义 ……………………………………（3）

红楼学术、文化、娱乐的三层现象 …………………………（11）

《红楼梦》管理思想研究述评 ………………………………（14）

《红楼梦》与管理学 …………………………………………（24）

职能篇

从贾探春兴利除弊看管理的创新职能 ………………………（31）

从王熙凤协理宁国府看管理的领导职能 ……………………（38）

王熙凤的语言艺术对领导者的启示 …………………………（42）

从元妃省亲看管理的决策与计划职能 ………………………（52）

从贾府的机构设置看管理的组织职能 ………………………（64）

从宁荣二府的衰败看管理的控制职能 ………………………（74）

管理篇

从《红楼梦》看人力资源管理 ………………………………（87）

从红楼小人物看信息的管理与利用 …………………………（98）

从《红楼梦》看"X—Y"管理理论的异同 …………………（110）

从《红楼梦》看企业文化建设 ………………………………（114）

传播篇

曹雪芹使用的传播方法与技巧 ………………………………（129）

流淌在林黛玉眼泪中的"自我传播" …………………………（141）

《红楼梦》中的非语言传播 …………………………………（150）

薛姨妈的"受众定位"传播技巧···(159)

被诗化了的群体传播···(165)

拓展篇

浅析《西游记》对组织管理的启示···(177)

"修己安人"的儒学思想对领导的启示···(187)

从文学到管理学

　　——浅析管理学原理的教学方法···(193)

附录　平心论心武

　　——简析《刘心武续红楼梦》···(199)

授以术，游于艺

　　——《从红学到管理学》读后感···(213)

后　记···(216)

总论篇

论红学研究的格局与意义

如果我们把乾隆甲戌年（1754）脂砚斋重评《石头记》看作是红学形成与发展的原点，那么到如今红学研究已历 260 多个春夏秋冬了。这是一段漫长的岁月，红学研究也在这段光阴中穿过梨花春雨，迈过阴霾沟壑，有过阳光明媚，也有过乌烟瘴气。虽然唇枪舌剑，笔墨官司至今无有竟时，但是谁也撼动不了它在中国学术之林的这份尊荣，百年红学可谓风光无限。260 多次风刀霜剑的轮回竟然丝毫没有泯灭它的光芒，反而成就了霜叶"红"于二月花。我们在惊诧之余定会沉思：红学的研究格局是什么？其意义究竟何在？

一

在红学史上，大规模的红学讨论不止一次，例如 1954 年至 1955 年由李希凡、蓝翎引发的《红楼梦》大讨论；1976 年"文化大革命"结束后的红学反思；2005 年由刘心武"揭秘《红楼梦》"导致的红学论战；等等。在每一轮沉思中都有大量的专著和文章问世，然而归纳总结众位学者的论述，不外乎两类：第一类，综述性的红学研究与总结；第二类，红学未来发展方向性的探究与展望。学者们在这两个方面的探寻上可谓硕果累累，然而"越研究越糊涂"的魔咒似乎永远挥之不去。万箭齐发的研究阵势，最终仍然归于众说纷纭和一家之言的宿命。原因何在？笔者认为，当我们综述《红楼梦》研究从而探寻红学未来发展的方向时，忽略了一个前提，那就是要看清当下红学研究的格局与找到红学研究的意义。

当我们积蓄力量整装待发去寻求红学研究的意义时，可能有一种惯性思维，那就是首先要定义什么是红学，似乎只有如此才能更准确、更精细地找到红学的意义。然而笔者认为，如果以定义"什么是红学"为切入口的话，迈开第一步后就坠入深渊了。1982年周汝昌在《河北师范大学学报（哲学社会科学版）》上发表《什么是红学》一文，引发的争论一直延续到30多年后的今天，论辩与商榷仍不绝如缕。由此可见，无论是红学泰斗的红学界定，还是一般研究者的红学界定都无法统一，只好暂时求同存异了！

既然如此，探究红学的意义应该站在一个什么角度上才能相对科学和全面呢？笔者认为应该站在"现实存在"的基础上。所谓现实存在，是指《红楼梦》研究以及一切与《红楼梦》相关的研究都应该纳入我们的视野。存在即有存在的道理，无论学术理念一致不一致，也无论观点相同不相同，都不能否认它现实存在的事实，只有承认存在才能认识其中的道理。那么问题随之而来了：以现实存在为基础去探寻存在的意义，就不能笼而统之地一概而论，因为现实中的存在可能是一堆七零八碎自由自在的片断，所以探究的第一步就必须对现实存在分门别类。260年的红学研究虽然浩瀚无边，但是其中仍然有章可循，所以将其分门别类是可行的，也是科学的。

纵观两百余年的红学研究，虽然各个派别在学说观点、思想理念、研究方法上各有异同，它们之间相互渗透又相互排斥，整个状况看似复杂万分，但是稍加清理就会发现，红学研究的格局是以模块呈现的，而且这种模块的边界始终明晰。红学研究中的模块有一大特点：它不会因为时代、观念、理论的不同而变化。随着时间的累积，红学研究模块的变化不外乎越来越充实丰盈而已。有了这一点根基，我们再探究红学的意义就不难了。

二

当下的红学研究有四大模块。第一是以《红楼梦》为本的"内核模块"。所谓内核，就是把《红楼梦》真正放在一部纯小说的本位上展开研究，分析它的语言，欣赏它的诗词，解析它的结构，剖析它的人物，分辨它的思想。这是作为小说的《红楼梦》所具有的原始价值，也可以说这是一切红学研究的原始根茎。第二是以《红楼梦》为原点展开对中华文化的梳理与辨识的"外延模块"。所谓外延，就是将《红楼梦》置于华夏文明的长河之中，以此去透视中国的传统文化、社会、人性等。在现实存在的红学现象中，研究《红楼梦》所涉及的中医、民俗、园林、美食、礼仪、哲学等，都属于"外延模块"。第三是以更好、更深入、更精细、更准确地研究《红楼梦》为目的的"辅助模块"。所谓辅助，是指它并非《红楼梦》研究的根本，而是为了根本去进行的支撑性与旁证性研究。从当下的研究格局来看，它分为四个方向：曹雪芹研究，脂砚斋研究，版本研究，探佚研究。然而让人意想不到的是，正是这个"辅助模块"，让红学界战火硝烟近百年，曾一度占据红学研究的半壁江山，让很多读者甚至一流学者都误认为这就是"真红学"。第四是以总结、归纳、梳理红学研究的方法、研究的旨趣为目的的"学术史模块"。红学研究有两百多年的历史，这意味着红学研究是变化着的，是以动态性质存在着的。从红学历史动态的文化表现中去发现它内在的规律与演变就成了红学史研究的终极指向。在学术史模块中也有不同的五个方向，在实际研究里我们称它为流派——题咏派、点评派、索隐派、小说批评派、考证派。

三

　　红学研究的四大模块清晰明了，我们谈论红学研究的意义时，就必须要在相应的模块下进行，这样才能做到有的放矢，不偏不倚，严谨公正。但需要指出的是，这四大模块在实际研究中并非绝对独立，换而言之它们之间千丝万缕紧相连属，然而这并不妨碍红学模块的分化。换句话说，千丝万缕不外乎是学术方法的借用以及思维意识的延伸而已。这就如同一个省里的两个城市，它们有着各自的行政区域，但四通八达的道路又让两地紧紧相连。下面我们逐一梳理四个红学模块的价值。

　　首先讨论红学研究中内核模块的意义。从现有的研究状况来看，内核模块主要由五部分构成，它们分别是《红楼梦》语言研究，《红楼梦》人物研究，《红楼梦》艺术结构研究，《红楼梦》思想研究，《红楼梦》中的诗词曲赋研究。随着这五个部分研究课题的展开，作为小说的《红楼梦》已被学者们解读得酣畅淋漓。其中不乏精品著作传世，例如蔡义江的《红楼梦诗词曲赋鉴赏》，王昆仑的《红楼梦人物论》，梁扬、谢仁敏合著的《〈红楼梦〉语言艺术研究》，周思源的《〈红楼梦〉创作方法论》，等等。可以说内核模块就是红学研究的本源，当下呼声最高的"回归文本"，其实质就是呼吁回到内核模块上来。因为只有立足这个模块，才能不忘《红楼梦》是一部小说的原始本真。

　　在上面的表述中，内核模块的研究意义其实已经明朗化了。作为小说的

《红楼梦》就是通过语言、人物、故事结构来表达作者的思想情感，从而启迪读者的思想，打开读者的心灵。一部经典的传世之作，之所以能永恒，原因之一就是它深深地烙上了它所处时代的印记，这印记构成了它的特点，促成了它所具有的时代性。而内核模块正是发掘、探究这印记的切口。换句话说，内核模块的研究意义就是让《红楼梦》作为一部纯小说的价值原原本本、真真实实地被解析出来。

其次讨论红学研究中外延模块的意义。如果说内核模块是红学研究的根茎的话，那么外延模块就是红学研究的生命之源。因为外延模块是以整个中华传统文化为依托的。它的研究路数就是以《红楼梦》作为窗口透视中国传统文化的方方面面。笔者认为，这个模块应当成为红学研究的主干，更是未来红学发展的主流方向。从现有的研究状况来看，它主要分为十个大类：《红楼梦》与哲学研究，《红楼梦》与宗教研究，《红楼梦》与民俗文化研究，《红楼梦》与典章礼法研究，《红楼梦》与中医文化研究，《红楼梦》与园林建筑研究，《红楼梦》与封建社会研究，《红楼梦》与美学研究，《红楼梦》与经济管理研究，《红楼梦》与戏曲、游艺、美食等研究。至今外延模块的学术成果也最多，例如胡文彬的《红楼梦与中国文化论稿》，邓云乡的《红楼风俗谭》，光华山的《〈红楼梦〉中的建筑与园林》，梅新林的《红楼梦哲学精神》，萨孟武的《红楼梦与中国旧家庭》，段振离的《医说红楼》，孙伟科的《〈红楼梦〉美学阐释》，等等，可以说精品不一而足。需要注意的是，虽然我们把大类分为十个，但是在实际研究中，这十类里面的分支又更为细腻和丰富，已经涉及并深入到了中国传统文化的各个领域。

如果说红学研究中的内核模块呼吁的是"回归文本"的话，那么外延模块呼吁的就是"回文归本"。同样的四个字，排列方式不同所带来的意义也迥异。"回归文本"中的"文本"指的是《红楼梦》本身，而"回文归本"的真实含义应当是"回到中华文化之中，归到发源之本"①。这一解释其实已经探寻到了外延模块的意义——以《红楼梦》作为引子和窗口，透视、欣赏、研究、传承中国传统文化的精粹。回到我们的传统文化之中去解释《红楼梦》里的所有现象并阐发导致这种现象的文化本源，以《红楼梦》作为载体研究与传承中华文化，更是红学外延模块所担当的历史使命。

外延模块除了上面阐述的核心要义外，它同时还兼有另外的一个意义。

---

① 马经义：《红楼文化基因探秘》，四川大学出版社，2010年，第109页。

因为红学研究中外延模块的特殊性，它聚集起来的不仅仅是红学家，还有哲学家、文学家、民俗学家、美学家、建筑学家、美食学家、中医学家、社会学家，甚至还有数学家、经济学家、管理学家，等等。众多的学者把自己的专业专攻、治学方法一起融会贯通于红学的研究中，构建起了一套独有的学术体系。正因如此，红学才永远闪耀在中国学术之林，光辉夺目，生命亘古。

再次讨论红学研究中辅助模块的意义。辅助模块在红学史上地位极其尴尬。此话怎讲呢？我们知道，所谓辅助就是支撑性的，并非主心骨。对于红学研究中的辅助模块而言，它的终极目的就是为了更好地研究《红楼梦》，所以辅助模块属于铺垫性研究。然而正是这样一种铺垫性研究却"红"极一时。而且更让人匪夷所思的是，辅助模块成就了红学研究的一大亮点和特色，也正是这个辅助模块让红学研究区别于一般的小说研究。所以周汝昌才将红学界定为四学——曹学、版本学、脂学、探佚学①。虽然周先生的这一红学界定遭到了绝大多数红学家的反驳，但是我们平心而论，当今被称为"红学大家"的前辈们，也大多是在这"四学"的研究中硕果累累而享有如此尊荣的。当年那一场关于"什么是红学"的争论，虽然热闹异常，却随着应必诚先生"另立一门学问，叫《红楼梦》小说学亦无不可"②的言论而偏移了靶位，把"红学为什么能成为学的问题"转化成了"红学应该是谁的红学的问题"③。

那么红学研究中的辅助模块意义到底在哪里？在上面的论述中其实已经有了答案，它的第一个意义就是让红学研究更具独特性。这份独特是区别于其他学术，让红学独一无二的根源。辅助模块包括四个部分：曹雪芹研究，脂砚斋研究，版本研究，探佚研究。其实，这四个部分虽然相对独立，但是研究的意义都指向两个字——"求真"。研究作者曹雪芹是为了更好地理解文本，研究版本与脂批是为了更好地还原曹雪芹的创作思路，红楼探佚更是为了恢复残缺的文本。由此可见辅助模块的第二个意义就是"求真"。求真是中国传统学术的终极旨趣，也是文学导向中美与善的前提条件。当然在求真的过程中方法得不得当，理念科不科学，结论正不正确，这已经不在探究红学模块意义的范畴之中了。辅助模块的第三个意义在于它担负着对传统学

---

① 周汝昌：《什么是红学》，《河北师范大学学报（哲学社会科学版）》，1982 年第 3 期。
② 应必诚：《也谈什么是红学》，《文艺报》，1984 年第 3 期。
③ 陈维昭：《周汝昌：新红学的巅峰》，《红楼》，2004 年第 3 期。

术方法的传承任务。不难发现，辅助模块所使用的研究方法大多属于中国传统学术方法。例如脂砚斋研究中暗含的经学旨趣，曹雪芹考证研究中运用的诗骚学术传统，这些方法的运用与延展无不是对传统学术思想与方法的继承，可以说辅助模块研究延续着乾嘉以来学术思潮的脉搏。

最后讨论红学研究中学术史模块的意义。在两百多年的时间里，红学研究模块的形成是自然的，然而这并不代表红学研究在模块化的格局下一成不变，相反，红学的研究主题往往随着时代的变化而不断更迭。对红学流变的研究可以说一直伴随着红学的发展，相关的红学史著作也林林总总，不乏精品，例如潘重规的《红学五十年》，郭豫适的《红楼研究小史稿》，刘梦溪的《红楼梦与百年中国》，孙玉明的《红学：1954》，陈维昭的《红学通史》，苗怀明的《风起红楼》，等等。对红学史的梳理与研究，因学者研究方法与理念的不同而呈现出不同的状态，主要分为通史类、阶段史类和外国红学史类。从现有的研究来看，真正算得上通史的只有陈维昭教授在 2005 年出版的《红学通史》。

学术史模块的意义究竟是什么呢？主要有三点。第一，就是对已有的红学现象进行总结梳理，将各家的学说细化分类，辨其源，识其径，然后给研究者们提供一个可供参照的坐标系。大多数的红学史研究者习惯把已有的红学划分为评点、题咏、小说批评、索隐、考证五个流派，然后再分门别类进行研究。当然，对一门学科进行细化分类，其目的不在"分"，而在于"合"。换句话说，细化不是目的，只是一种治理学术的技巧而已，能让研究者将分类作为阶梯而最终融会贯通才是它的价值与意义[①]。第二，学术史模块能让红学研究的内在律动呈现出来。所谓内在律动，就是指导致一切红学现象的根源在哪里，为什么会出现这样的红学研究态势，让我们找到它最原始的根茎。陈维昭先生的《红学通史》就是以上面两点作为叙述基准的。陈先生将红学放到整个中华文化的背景下"透视各种批评旨趣与研究方法，在传统的学术渊源与中西方学术思潮这一坐标系上捕捉各种批评旨趣与研究方法的历史位置和学术价值"[②]，可以说这就是学术史模块的核心价值，而核心价值支撑起了学术史模块的终极意义——学术反思。在反思中修正方向与偏差，这就是我们总结的学术史模块的第三点意义。在两百多年的红学史

[①]　马经义：《中国红学概论》，四川大学出版社，2008 年，第 25 页。

[②]　陈维昭：《红学通史》，上海人民出版社，2005 年，第 5 页。

上，学术的每一次进步都是在深刻的反思后得以蜕变的。例如从政治性到文学性的修正，从实证主义到艺术创作的修正，从探秘戏说到严谨论辩的修正等，每一轮红学的反思都会迎来红学的又一次新生。

四

对于红学研究的格局与意义的探寻似乎在上面的论述中已经完成了，但是有一点我们不能忽略，或者说不能视而不见，那就是红学现象中，不在研究格局里面的现实存在——大众红楼。当下我们常常用"红楼学术"代指纯粹的红学研究，用"红楼娱乐"代指大众红楼。前者是学术层面上的问题，后者是文化娱乐层面上的现象。文章的一开始笔者就表达过"存在即有存在的道理"，只要是和《红楼梦》相关的话题与现象，都要纳入我们探究意义的范围。

那么大众红楼有何意义呢？其实它的意义是非凡的，甚至可以说凌驾于红楼学术之上。这并非危言耸听，因为学术的意义指向就是惠及读者与民众，只有惠及读者与民众的学术才是有价值和意义的。蔡元培曾经定义学术，指出所谓学就是学理，所谓术就是应用。红学研究是学术，这一点毋庸置疑，因为它的学理成分显而易见。但是红学研究的术在哪里？换句话说红学研究了，它的结果运用到哪里？遗憾的是这一点少有人思考，这也导致了大众对红学研究不屑一顾，因为民众认为红学研究就是"学而无术"。其实无论是红学研究的内核模块还是外延模块，是辅助模块还是学术史模块，它们综合的意义就是让读者更好地理解、欣赏《红楼梦》，这就是红学研究的"术"。从另一个层面上讲，红学学术就是为大众红楼服务的。但是有一点需要说明，大众红楼不等于庸俗红楼。所谓大众红楼，是指读者以自己的阅读方式在《红楼梦》中感悟到真善美，从而启迪他们的思想，净化他们的灵魂，安顿他们的内心。可以说这是小说《红楼梦》的终极旨归，是一切文学作品想达到的终极目的。

一位普普通通的读者能在《红楼梦》中找到生命的共感，能从贾府与大观园的锅碗瓢盆、茶余饭后感悟生活里的惬意，能在一本小说中感悟大千世界，能在纷繁复杂的现实社会中得到片刻的宁静，对于一个普通人而言，还有什么比这个更有意义与价值呢？正如刘梦溪所说，一部"《红楼梦》里仿佛装有整个的中国，每一个有文化的中国人都可以从中找到自己"①。这是什么原因？就是每一个普普通通的中国人都可以通过自己的人生感悟、人生阅历去激活一部经典，又在经典中找到一份生命的印证，最后和经典进行一次平民化、大众化的沟通。这就是《红楼梦》能传世并以一书名学的生命力之源，大众红楼的意义也就融在其中了。

---

① 刘梦溪：《红楼梦与百年中国》，中央编译出版社，2005 年，第 17 页。

红楼学术、文化、娱乐的三层现象

　　红楼学术、红楼文化、红楼娱乐是当今红学环境中的三层现象，单独理解这三个名词，并不困难。所谓红楼学术，是以《红楼梦》为根本构建起来的一套具有中国传统学术思想、理念和研究技法的学问。它的核心是用传统的治学理念解析文本，提炼《红楼梦》的精华与旨归。所谓红楼文化，是以《红楼梦》为核心拓展开去，从而达到对中国传统文学、美学、哲学等文化领域的切入与了解。它的核心是以《红楼梦》作为窗口，旨在透视、欣赏、感悟中国大文化的魅力以及中华文化各领域理念相通的特殊现象。所谓红楼娱乐，是以《红楼梦》为平台，让任何一个喜欢《红楼梦》的人在上面载歌载舞，自娱自乐。它的核心是以《红楼梦》为载体，怡情养性，安抚心灵，陪伴生命成长。

　　在红学环境的三层现象中，红楼学术是根本，红楼文化是核心，红楼娱乐是平台。如果三层现象单独存在，各不相扰，问题也就简单得多了，但是，麻烦就在于它们之间相互勾连，互为依靠，在一定的条件之下还会相互转化。这种情况往往会让人辨识不清层次，如坠五里云烟。本身是红楼娱乐，却偏偏误认为是地地道道的红楼学术，例如几个朋友围坐在一起，今天讨论的话题是林黛玉继承了多少遗产，林如海死了之后遗产如何分配，贾府有没有挪用林家的产业，大家你一言我一语，气氛活跃，分析鞭辟入里，道理层层推进，最后在一片欢声笑语中达成共识，握手言和；本身是一厢情愿的自我解读，却偏偏误认为是惠及大众的红楼文化推广，例如刘心武先生揭秘《红楼梦》，一度引起热议的"秦学"，以及红学历史中索隐派的种种言说，都曾红极一时，占据了红学环境的半壁江山。

　　请问这些是学术还是娱乐？说它是学术，但是牵强附会，仅可称一家之言，更重要的是它不仅仅有虚构性，而且还有大量的幻想性。说它是娱乐，但是其中又运用了传统学术的技法，本着考证的思想，引经据典，史海钩沉，推理丝丝入扣，逻辑清晰而又严谨。此时学术与娱乐早已分别不清了。如此一来，红学环境就成了混淆与幻想齐飞，乌烟与瘴气一色，再加上一场场歇斯底里的呐喊，唾沫横飞的争辩，几挥老拳，自己觉得冤枉委屈不说，还伤了和气。

那么我们如何来辨识学术与娱乐呢？我认为有这样四点可供参考：第一，红楼学术的终极指向是惠及大众，而红楼娱乐的终极指向是欢愉个体；第二，红楼学术是其他研究的根据与基石，而红楼娱乐除了引人会心一笑而外，不能作为文化依靠；第三，红楼学术具备文化的使命感和责任心，而红楼娱乐唯心是本，不兼文化义务；第四，红楼学术的生命具有长期性，而红楼娱乐的生命是短暂的。

写到这里，我必须要做一个解释：在辨别学术与娱乐的时候，并没有褒贬之意，因为它们同属于红学环境中的现象，只是性质不同而已。学术的地位并非高于娱乐，而娱乐的作用也并非亚于学术。对于当下的我们，忙碌之中，进行一段红楼娱乐，放松了心情，优雅了生活，它的意义恐怕不是金钱能衡量的。学术的意义更不必我赘言了，它兼顾的是一种文化的反思与传承，意义大如天。

此时我有一种感受，红楼学术就如同我们的儒家，它让我们在成长中担当，有一份责任，有一份义务；红楼娱乐就如同我们的道家，它让我们在生活中悠然自得，多一份随心，多一份惬意。如果说红楼学术是地，那么我们就应该脚踏实地，认认真真；如果说红楼娱乐是天，那么我们就应该展翅游心，快快乐乐。这二者兼具是最难得的红楼现象，可以把它当成一种境界，也可以把它当成一种高度，而我认为这是红楼精神所传递出来的情愫。

在红楼三层现象中，红楼文化处在当中，承上启下，意义是非凡的，我认为这也是红学研究的重点。只有红楼文化才能上通娱乐，下接学术。如果现实中只有学术就会枯燥，只有娱乐就会飘渺，可喜的是红楼文化不仅有学术的严谨，还有娱乐的欢愉。

红楼学术与红楼文化的区别在于，前者的重点是《红楼梦》文本，后者的重点是产生《红楼梦》的文化背景、学术渊源以及《红楼梦》与它们的关联。如果我们以窗子做比喻的话，红楼学术就是窗子本身，我们研究它的做工、质地、年代、出于哪个匠人之手，等等，红楼文化则是窗子外边的景致，我们通过这个窗子能看到什么样的山川河流，能听到什么样的莺歌燕曲，能感受到什么样的清新空气，而红楼娱乐就是我们研究者站在窗口的感受了。

所以红学环境中的三层现象一层都不能少。在红学研究中只有学术没有文化，你的视野就不会开阔，你不会真正理解研究版本、曹雪芹、脂砚斋的意义与目的；只有文化而没有学术，那就失去了根本，没有立足点，你所有的言论都可能演化成不切实际的假大空；如果有了学术与文化而缺失了娱乐，那我很难判断做研究的是活人还是机器人，因为一切领域的学术与文化，其终极关怀都是人，活生生的人。知道了这一点，就会豁然领会红楼娱乐的价值。如果没有了娱乐，我担心终有一天我们会被几千年的文化积累压垮，那个时候你会认为这不是文化而是累赘。

所以我们不要因为自己从事的是纯学术研究而去讥讽红楼娱乐。如果你把纯学术当成一种享受，其实你也已经在娱乐红学了。我们也不要因为娱乐而去讥讽纯学术，扬言那是一种无用功，因为你所娱乐的正是从学术中延伸出来的一种高级玩意。

需要声明的是，我们提倡的红楼娱乐绝不等同红楼庸俗。把"怡红院"的匾额挂在妓院当招牌，这不仅仅亵渎了经典，也丢失了做人的资格。

乐，如此简单的一个字，它的意义却非同一般。人生除了解决温饱以外，似乎一切追求都可以用"求乐"来概括。安居乐业，这是现实层面上的求乐；知足常乐，这是心态上的求乐；长乐未央，这是对求乐的期望。孔子所言的"乐知"，更是千百年来读书人追求的理想境界。所以"乐"不仅仅是一种状态，还是一种高度，一种信念，一种乐此不疲的追求，于是乐的意义也就在其中了。在红楼学术和红楼文化中都有"乐"的成分，所以我们常在红学家的自述中听说，虽然治学枯燥，但往往"乐"在其中。但凡在某一个领域有所建树的学者，想来都是如此吧！

我给出了划分红楼学术与红楼娱乐的参考建议，然而如何进行红楼娱乐就因人而异了，只要不违反法律，不逾越道德底线，一切围绕真善美的娱乐都是会被尊重的。

所以，站在红学窗口的人们，我们一起爱护窗子吧，因为那是我们看世间万物的基本点；我们一起保持愉悦的心境吧，因为那是人们一生都在追求的东西；我们一起去体悟中国大文化吧，因为那才是红学最大的天地。

《红楼梦》管理思想研究述评

《红楼梦》的生命力如此旺盛，究其原因，在于它永远都"活"在当下。这种活性度应归功于研究者将产生《红楼梦》的时代性与解释《红楼梦》的现代性高度融汇结合，它既是一种学理思想，也是一种术略方法。从《红楼梦》中探寻管理学的一般原理与技巧，从而服务于现代管理活动，就是最好的例证。到如今，研究《红楼梦》管理思想的学者不乏其人，专著、论文也不计其数，当这种跨学科、跨时空的研究成果不断呈现在我们眼前，也就到了我们应该认真梳理、审视并反思它存在的价值与意义的时候了。

对红学的研究历来总是见仁见智，这也是它能以一书名学的根由。见仁见智的前提是研究者在切入《红楼梦》之前，定会选择一个角度，秉持一种学科理论，然后各抒己见，发一家之言。于《红楼梦》中阐释管理学原理与方法亦是如此。从现有的文献资料来看，研究者探讨《红楼梦》中的管理思想，主要从三段故事出发——王熙凤协理宁国府，贾探春兴利除弊和薛宝钗小惠全大体；再配合着宁荣二府的日常管理制度以及相关人物性格特质，阐发其中的管理理念与技巧；再通过总结贾府管理成败的原因，最后落实到对现代管理的启示上。下面我们将从四个方面对现有研究进行梳理和总结。

一、对贾府管理制度成败的研究

其实在《红楼梦》文本中，并没有系统介绍宁荣二府日常管理制度与家族管理机制的章回。研究者们都是通过散落在文段中的零星细节，随着故事情节的渐渐推移，将那些日常管理制度拼凑起来，又通过推理、论证逐渐组合成一套完善的贾府管理体制。1986

年陈大康在《红楼梦学刊》上发表《论荣府的管理机构与制度》一文，这是迄今为止最为系统地介绍贾府管理机制的文章。陈先生从贾府的管理机构、财务制度、用人制度三个大方面入手，将整个国公府邸的管理体系呈现在了读者的面前，让我们知道了贾府的管理机构中有总管房、账房、银库、粮仓、买办房，有二门外的厨房、茶房、古董房、金银器皿房和二门内的浆洗房、针线房、戏房、库房。文章又通过故事发展中透露的零星信息论证了上述各房的职责与管理者的权限①。文章推理可谓丝丝入扣，勾勒出的贾府管理模型清晰而又有实据。陈大康的这篇文章主要的目的是构建贾府的管理模式，所以并没有深入阐发这套管理模式在实际运转过程中给整个家族带来的作用与结果。与之相反的是，在后来的研究者中很少再有人像陈大康这样论证并勾勒贾府的管理体系，而是先直接从探讨贾府管理制度的成败入手，因论证需要再来叙述管理体制。殊不知这种方法会造成一个误区——研究者已经有了贾府管理或成或败的观点，再去寻找支撑材料，如此一来，就会导致对原有管理体制认识的失真。

《红楼梦》中的贾府最终树倒猢狲散，这是一个不争的事实。我们可能会问，既然宁荣二府有着严密的管理体系，各色人等也在此体系中各司其职，为什么最后仍然免不了破败的命运？当然这里面有着复杂的社会政治原因。然而当研究者站在管理学的角度分析，得出的结论就有所不同了。梳理众家学说，贾府破败的根源，从管理学角度归纳起来主要集中在以下四个方面。

（一）贾府的管理职能出现了危机

很多学者认为，贾府的管理模式属于典型的中国封建社会"宗族式管理"，虽然宗族管理有一套系统的实施方案，但是在实际操作中往往会因为"遵循祖制"而丧失管理的职能，贾府最终破败的原因就在于此。例如薛海燕认为，贾府管理的职能危机主要表现在滥用族人，选拔管理人员不是以能力为标准，而是根据亲疏关系而定，所以导致了贾府用人的随意性，最后竟然走到了"故遗之子孙虽多，竟无可以继业"的危机局面②。当然对于这种观点也会有不同的意见，例如刘新宇就认为，荣国府在选拔管理人才上是非

---

① 　陈大康：《论荣府的管理机构与制度》，《红楼梦学刊》，1986 年第 3 辑。

② 　薛海燕、刘小杰："理家"在〈红楼梦〉中的内涵和艺术功能》，《河南教育学院学报（哲学社会科学版）》，2005 年第 4 期。

常严格的，它遵循着两条标准——德与才。王熙凤能进入贾府管理层，正是因为她的精明才干。而且这种选拔人才的理念在整个家族中一脉相承，上下皆是如此。刘新宇又用大观园小红的偶然晋升为例，再次证明了贾府重德重才的选拔标准[①]。出现这种分歧的原因与研究者一开始所持有的观点以及想最终达到的目的有关：如果研究者想从《红楼梦》中得到管理的正面指导，那么贾府的管理方略就是极好的；反之，如果研究者计划从书本中寻找反面的启示，那么贾府的管理就会一塌糊涂。

（二）贾府管理层派系斗争导致家族破败

派系斗争日益严重，在管理学上属于领导职能危机范畴。贾府的派系斗争是显而易见的，诸多研究者都在论述中提到了这一点。对于一个团队而言，如果领导者之间出现了分歧或者不和，势必导致整个管理活动的分裂，下属员工也会因此而选择自己的立场，于是派系形成，斗争也就此展开。《红楼梦》中"大房派"和"二房派"之间的斗争就是最好的例证。管理层出现派系斗争，最后不是西风压倒东风，就是东风压倒西风，其结果只有一个——整个团队会在管理层的内讧与争斗中土崩瓦解，家族破败也无可挽回了。对于贾府的最终破败，将派系斗争作为原因之一是无可厚非的，但是在这一点上研究者们却忽略了一个关键点，那就是责任应该归结于谁。换而言之，派系斗争如此激烈，需要责问贾府的最高领导人贾母，她对贾府派系之争是清楚的，然而却不闻不问，听之由之。有研究者曾把贾母的管理思想总结为道家的无为而治——"控制有为之人，达到无为管理"[②]，然而在处理派系斗争上贾母却真的无所作为。从管理学的角度看，派系斗争存在于任何团队之中，对其管理的方法并非去消灭派系，而是要利用派系彼此制衡。如果说贾府败于派系之间的矛盾，其实质并非是败于派系的存在，而是败于没有利用派系之间的矛盾来推动家族的发展与进步。

（三）贾府的经济管理出现危机

《红楼梦》一开始就展示了一个处于末世的贵族之家，经济上的"后手不接"、寅吃卯粮的状况从故事开篇就存在了。研究者认为，贾府经济危机

---

① 刘新宇：《〈红楼梦〉管理思想初探》，《江汉大学学报（社会科学版）》，1988 年第 3 期。

② 铃铛：《红楼管理密码——破解红楼现代管理之梦》，湖南人民出版社，2009 年，第 7 页。

的出现归根结底仍然是管理经营不善导致的。例如李儒俊就曾指出，因为在
贾府的派系斗争中"二房派"胜出，导致了王熙凤一手独裁，又由于缺乏合
理的权力制衡机制，贾府的资金收入管理十分混乱，既不进行财务核算，也
不进行财务审计，经济管理也缺乏合理的财务监督，导致贾府财产大量流
失①。李先生的这种观点可备一说，但是偏颇之处也是显而易见的。贾府的
经济管理，从陈大康论证的财务体系看，其实是有严密的制度的。例如支取
银两所使用的"对牌"就是一种财务制度的象征，无论是谁，没有"对牌"
都不能任意支取钱银，就算是王熙凤、贾琏也不行。《红楼梦》第十四回有
对"对牌"的专门描写，足见贾府的经济管理是有制度的。但是为何贾府经
济状况最终仍然是捉襟见肘呢？研究者认为，除了经济管理制度本身的问题
以外，还有日常费用过大，人口众多，一个人的活三个人干，该俭省之处却
因为面子与排场而不俭省等原因。何亚斌还从经济产权管理的角度作了分
析，认为贾府的最终灭亡与"资产管理者侵吞公有资产"，"未建立可持续发
展的公有经济"有关②。

（四）贾府的管理缺乏创新性

《红楼梦》中的贾府是历经了百年的贵族之家，他们在从事家政管理的
时候常常爱说一句话——这是祖上留下的老规矩。可见整个贾府在实际的管
理活动中沿用的也是上百年的老方法。所以康江峰就曾指出，荣国府中管理
的第一弊端就是"因袭性"③，管理者在从事管理活动的时候并没有根据实
际情况选择最为恰当的管理方式，而是因循传统的管理模式，遵循祖制办
事，这样一来，贾府的管理缺乏创新性，势必导致管理的失败。

在管理活动中，组织、领导和控制是保证计划目标的实现所不可缺少
的，从管理学原理的角度看，它们属于管理中的维持职能，其任务是保证系
统按照预定的方法和规则运行。然而系统的运行未必按照管理者预先设想好
的轨迹发展，而是千变万化的，所以在管理过程中就必须要有管理的创新。
管理创新"是一种思想及在这种思想指导下的实践，是一种原则以及在这种

---

①　李儒俊、贺明银：《〈红楼梦〉贾府家政管理的现代解读》，《东华理工大学学报（社会科学版）》，
2009 年第 2 期。

②　何亚斌：《从贾府的衰败看公有资产监管》，《上海国资》，2005 年第 5 期。

③　康江峰：《荣国府家政管理探析》，《宝鸡文理学院学报（社会科学版）》，2000 年第 4 期。

原则指导下的具体活动,是管理的一种基本职能"①。《红楼梦》中有管理的创新——贾探春兴利除弊就是一例,但是这种创新最后在不了了之的结果中化为灰烬。而且就算是贾探春这样的改革派人物,潜意识中依然保留着"这是祖宗手里旧规矩,人人都依着,偏我改了不成?"的理念,可见贾府的管理缺乏创新性到了何等程度。

二、对红楼人物管理方略的研究

贾府的管理者其实很多,像"赖、林、单、吴"四大管家都属于贾府的高级管理层,但是历来的研究者往往都把焦点集中在王熙凤、贾探春、薛宝钗等人物身上。其中的原因有两个:一是四大管家虽然是实际的管理者,然而他们毕竟是下人,仍然属于被领导层;二是《红楼梦》的主旨是"为闺阁昭传",在曹雪芹笔下,王熙凤、贾探春等人可谓光芒四射,也最吸引研究者的眼球。再加上她们的管理活动被描写得极为详细,分析起来也更有章可循,所以研究者选中她们也在情理之中。下面我们将逐一梳理学者们对红楼人物管理方法与理念的研究。

(一) 对王熙凤管理方略的研究

王熙凤被称为"脂粉英雄",这一份肯定主要来源于她的管理才能。在《红楼梦》中,她的管理活动是最多的,政绩也不少,协理宁国府就是她管理生涯中最出色的篇章。王熙凤属于"鹰派"人物,所以很多研究者把她的管理类型定位为"集权型"管理②。刘梦溪就曾说过:"王熙凤的管理模式渗透着权力万能的权威主义。"③ 对于王熙凤协理宁国府以及日常管理活动,研究者的评价则分列在两个极端上。

首先是肯定与赞扬。持这种观点的研究者认为,王熙凤的管理是出色的,对宁国府的协理也是成功的。吴松林就曾指出,王熙凤的管理属于"刚性管理"的范畴,在制度控制、文案控制、预算控制、内部牵制控制等方面

---

① 周三多、陈传明、鲁明泓:《管理学:原理与方法》,第 5 版,复旦大学出版社,2012 年,第543 页。
② 佚名:《〈红楼梦〉里的权威管理》,《中国商界》,2006 年第 8 期。
③ 刘梦溪:《凤姐的管理模式》,《领导文萃》,2009 年第 5 期。

都做得比较到位①。王熙凤在宁国府对五大管理弊病的治理也让研究者称快，因为王熙凤一口气解决了管理活动中人员配置与管理的问题，责任分工与工作检查的问题，财务制度与员工素质的问题，组织指挥与奖惩待遇的问题，人事管理与竞争机制的问题。如此优秀的管理人才，对其肯定与赞扬是理所当然的。

其次是否定与批判。持有这种观点的学者认为，王熙凤的管理并没有太多可取之处，如果今天的管理者受其误导，后果不堪设想。例如祝秉权就说："王熙凤协理宁国府，从贾府角度看是成功的，但是从管理学角度看，基本上是应当否定的。"② 因为王熙凤所有的管理手法都是强制性的，缺乏人性管理。对王熙凤管理的否定与批判最为彻底的当属周启志，周先生认为王熙凤的管理方法是以封建家族奴隶制为特征的，在协理宁国府时看似大刀阔斧，其实质不过是一味地树立自己的权威而已，于管理本无大益③。然而当周启志推翻王熙凤协理宁国府的管理方略的时候，其论证又陷入了另一个泥潭——王熙凤的整治是针对宁国府的，而周先生用来否定王熙凤管理方略的证据却来自荣国府，给人一种论据与论点之间不相吻合的感觉。

其实无论研究者对王熙凤的管理才能是肯定还是否定，有一点是大家都承认的事实，那就是贾府最终还是破败了。作为领导者的王熙凤，她的问题到底出在哪里？总结起来有这样四点：一是王熙凤缺少文化素养，因而管理视野不开阔；二是在王熙凤的管理实践中惩罚多于奖励，皮鞭多于奶糖；三是王熙凤心性好强，在她的血液中流淌着贪婪、阴毒、虚荣，而这些又恰巧是管理者的大敌④；四是她私心太重，玩弄权术，盘剥下人，后因贾母的离世而失去靠山。

（二）对贾探春、薛宝钗与李纨的管理方略的研究

贾探春兴利除弊与薛宝钗小惠全大体，是历来评论者们大书特书的章回。这里面不仅仅展示着三位人物的性情、才学与胆略，还包含着重要的管理学思想。探春等人的改革，虽然没有一个结果，但是其兴利除弊的过程却得到了研究者们的肯定与赞扬。究其原因主要有五点。一是相对于王熙凤的

---

① 吴松林：《从经济运营角度看荣宁二府家政刚性管理》，《学术交流》，2009 年第 11 期。
② 祝秉权：《现代企业管理与〈红楼梦〉》，《贵州商业高等专科学校学报》，2002 年第 4 期。
③ 周启志：《奸雄乱世之术——王熙凤管理术之批判》，《明清小说研究》，1996 年第 3 期。
④ 魏丽：《〈红楼梦〉与现代企业管理》，《经营管理者》，2009 年第 12 期。

管理而言，探春、宝钗等人能秉公执法，公正办事，没有私心杂念，也不会贪污受贿，这就从道德上树立了正面形象。二是她们都有较高的文化修养，遇事能商量，能听取各方面的意见与建议。三是探春、宝钗、李纨平时并不管家理政，处于旁观者列，所以对家族的管理弊病看得更真切。杜景华先生就曾指出，探春的改革就是基于她看到了贾府的巨大浪费，看到了这个家族普遍存在的恶习，看到了层层剥削层层克扣的管理弊端①。四是改革的中心理念是以人为本，这是最让人称道的一点。管理历史从某种意义上说，就是一部从剥削压榨人到合理利用并关心人的历史。探春等人的改革思想，把关心人、尊重人、开发利用人放到了一个重要的位置上，仅凭这一点就能载入管理学史。五是探春等人的改革有创新点——"承包责任制"，有学者认为这是"中国土地承包到户的雏形"。当然是不是雏形并不重要，重要的是这种承包责任制提供了一种"责权利相结合"的管理模式②，在那个时代绝对能称得上创新了。

然而无论怎么去赞扬，探春等人的改革最终销声匿迹的结局还是得承认，那么兴利除弊为什么会失败呢？归纳研究者们的学说，主要有这样两点。一是改革虽然有创新和进步，但是"它并不是为了改革这个社会基本制度，而是在维护现有制度和现存的统治秩序"③。所以很多学者都认为，探春等人管家的失败不是败在她们的德与才上，而是败于不可挽回的历史潮流。二是探春推行的"承包制"虽然是一个创举，但是仍然存在很多的弱点。成穷先生就认为，探春推行的是一种建立在主奴关系上，出于非经济目的的假承包。这种承包制缺乏必要的形式和合理的承包关系。"由于探春'承包制'从根本上排除了经营者向所有者转化的可能，永远把经营者拒斥在染指产权的大门之外，这也就同时决定了积极性的性质和程度。"④ 正因为如此，兴利除弊的改革只能半途而废。

（三）对其他红楼人物的管理方略的研究

从现有的文献资料来看，对《红楼梦》中管理思想的探索，切入点主要在王熙凤、贾探春、薛宝钗三人身上，不过偶尔也有关注其他人的管理技巧

---

① 杜景华：《关于贾探春的思想性格》，《红楼梦学刊》，1980 年第 3 辑。
② 陈秋玲：《探春宝钗管理模式的对比》，《上海大学学报（社会科学版）》，1999 年第 6 期。
③ 周玉清：《〈红楼梦〉中的改革家——探春》，《红楼梦学刊》，1993 年第 4 辑。
④ 成穷：《从〈红楼梦〉看中国文化》，上海三联书店，1994 年版，第 156~163 页。

的。例如王萌、操海燕等人就曾研究过王夫人的管理之道，他们认为在书中
称得上"管理大家"的只有王夫人。王夫人在管理家政时使用的是"主客体
管理"，她要稳固自己的地位，首先就要对人员配备进行控制，所以才选择
了自己的侄女——王熙凤和薛宝钗。对于自己的婆婆贾母，既要顺从又要控
制，这里面就巧用到了贵为皇妃的女儿元春。王夫人在管理中最漂亮的一招
就是"抓权而不掌权"①。

关于其他红楼人物的管理思想，研究者们还提到过秦可卿、贾宝玉、刘
姥姥等人。但是对于这些人物，因为他们并没有在《红楼梦》中直接参与过
管理活动，所以对他们的研究大多都停留在管理理念的分析上。例如刘黎平
把贾宝玉的管理之道称为"水理论"②，这显然是受了贾宝玉"女儿观"的
影响，然而贾宝玉在书中并没有具体实施过这样的管理活动，所以解释起来
总会让人觉得牵强附会。

三、《红楼梦》管理思想研究的不足

到如今，研究《红楼梦》管理思想的文章虽然很多，但是从论文质量上
看还有待于提高，对问题的探讨还有待于深入，研究的方法还有待于规范。
从《红楼梦》管理思想研究的现状来看，其不足之处主要集中在以下三点。

第一，研究的范围不够宽广，探讨的立足点需要转换。从现有的文献资
料来看，几乎所有的研究者都在王熙凤、贾探春、薛宝钗等三五个人身上做
文章。其实在《红楼梦》文本中还有大量可挖掘的管理思想，它们存在于袭
人、平儿以及荣国府的四位大管家身上。所谓立足点需要转换，意思是说我
们不能仅仅站在管理者的角度去探讨该如何管，还要站在被管理者的角度思
考他们希望以什么样的方式被管。其实管理活动本身是一个主客体之间双向
互动的过程，如果我们一味研究主体而不理会客体，这种研究从一开始就偏
离了方向。

第二，研究不成系统，缺乏管理学理论的支撑。大多数文章对《红楼
梦》文本中管理思想的探讨，都仅仅停留在管理学的表层，未能深入探究，
总给人蜻蜓点水的感觉。这可能和研究者多是文学家而非管理学家有关。缺

---

① 王萌、操海燕、王志强：《从红楼梦看主客体管理》，《广西大学学报（哲学社会科学版）》，2006
年 S1 期。

② 刘黎平：《从管理角度解读〈红楼梦〉》，《国学》，2013 年第 6 期。

乏相应的管理学理论作指导，势必导致对管理理念阐释不清楚甚至混为一谈。例如很多研究者都提到了"以人为本"的管理理念，然而在解释"以人为本"的时候又都站在文学的角度，最后将分析管理思想逐渐演变成了分析人物形象。

第三，对管理方法与技巧的评判缺乏科学性。从管理学的角度而言，使用哪一种管理方法并没有一个固定的公式，方法的选择因时因地因人而异，所以不将管理活动放到具体的历史环境、社会环境、自然环境中去审视的话，是无法做出对错评判的。然而对于《红楼梦》中管理思想进行研究时，学者们往往会陷入简单的"好"与"坏"的评价，而且好的无一不好，坏的无所不坏。另外在研究的方法上还存在着"因果颠倒"的现象——研究者不是根据文本分析出管理的方法，而是心中预先有了一种管理理念，再借用《红楼梦》中的人物或者情节去印证。

四、《红楼梦》管理思想研究的意义与启示

从《红楼梦》中探索管理的方法与技巧，这是一段从文学到管理学的过程，它不仅仅是学科上的跨越，还体现出当今红学发展的导向与意义。《红楼梦》毕竟是一本小说，所以暗含在书中的管理学理念也不可能像管理学教材那样系统缜密，所以我们不能寄希望于通过研究《红楼梦》来构建一套管理学理论与具体的实施方案，我们只能通过对人物与故事情节的分析，从中得出一些管理启示，从而服务于当下的管理实践，这才是《红楼梦》管理思想研究的立足点和出发点。

无论是东方还是西方，管理活动古已有之，然而中国管理思想和西方管理思想却有着本质性的区别。西方的管理理念是从被管理者角度出发而产生出来的，而中国的管理思想却刚刚相反——管理理论是从管理者的角度出发而产生出来的。这也是为什么在上述《红楼梦》管理思想研究中，我们看到的都是对王熙凤、贾探春、薛宝钗等人的分析，从没有看到任何一个学者从贾府的仆人们的角度分析贾府该如何管理。

管理活动本身多有"理"而少有"术"。换句话说，管理没有任何固定办法，而只有理念相通的方法。恰巧在这一点上，《红楼梦》能给我们"理念相通"的管理方法。例如从王熙凤的管理模式中，我们可以得出管理是一个包括计划、组织、协调、控制、指挥的过程，协理宁国府就非常准确地使

用了这五步，这些被称为管理的基本职能，任何管理都要用到，古今不变。再如我们可以从贾探春的改革中看到好的管理一定是"以人为本"的，管理过程中激励应该多于惩罚，这些道理可以说贯穿于任何团队、任何时间。再如刘姥姥，虽然她不是一个管理者，但是从她的身上我们却看到了领导者需要具备的素养——直面困难，寻找机会，抓住机遇，知恩图报①。

所以从这些红楼人物出发去研究管理，它的意义不在于我们知道了这些人物在《红楼梦》中是如何去实施管理的，而是从这些具体的办法中我们能悟到哪些管理的方法。我们也许会问，《红楼梦》中的管理大多都是失败的，那么它又能给我们什么样的管理启示呢？其实反面的教材也是教材，失败的背面就是成功，就如同风月宝鉴一样，照的是正面，而我们却要看它的反面。

---

① 张国勇：《管理者可以向刘姥姥学些什么》，《化工管理》，2012 年第 10 期。

《红楼梦》与管理学

经典有它诞生的时代，然而经典却不仅仅属于诞生它的时代，它总是能穿越时空，立足于原本并不属于它的层面之上。这似乎构成了一种时空矛盾，但是，恰巧是这份矛盾成就了经典的现代性，又正是这份现代性激活了经典的永恒。《红楼梦》与管理学，前者是产生于清代的小说，后者是 20 世纪 70 年代才传入我国的学科门类，两者之间似乎风马牛不相及。然而经典的生命力总是让人匪夷所思，它竟能从古代渗透到当下，成为现代学科的文化参考与例证。

从红学到管理学，不是简单地通过《红楼梦》中的故事，只言片语地介绍一点管理启示，而是要从这部经典名著中读出管理学的系统来，立足于现代管理学构架，用《红楼梦》中的故事、人物、事件去解读管理学的原理，从而启迪人们找到一种适合运用于管理实践的方法。有了这样一种学术理念，在进行研究探索之前就需要解决一个问题：《红楼梦》与管理学有何关系？

纵观中国几千年的历史，朝代更迭兴衰，归根结底，可谓成也管理，败也管理。虽然管理学的体系源于近代西方，但是人类自诞生开始就在运用管理。中国也正是因为有了各种各样的管理思想，才让五千年的文明史绵延不断，光彩夺目，五彩斑斓。何谓管理？近百年来许许多多的学者都试图给管理下定义，然而不同的角度和阐释却让管理陷入了无可定义的局面中。

1916 年，被誉为"过程管理学之父"的法约尔（Henri Fayol）指出，管理是由计划、组织、指挥、协调及控制等职能为要素组成的活动过程。这一观点在岁月的浪淘之下逐渐显现出它的光芒来，也为后来管理定义作了基础和铺垫。

1942 年，美国管理学家福莱特（Mary P. Follett）以人为核心诠释了管理，她说管理是有目的地通过其他人来完成工作的过程，它的核心问题就是如何处理人与人之间的关系，如何去调动他人的积极性。

1954 年，美国管理学家彼得·德鲁克（Peter F. Drucker）通过自己多年的管理经验总结道：管理是一门运用于实践的综合艺术，它的本质不在于"知"而在于"行"；其验证不在于逻辑而在于成果。至此诞生了"目标管理"的概念。

1978 年，诺贝尔经济学奖获得者赫伯特·西蒙（Herbert A. Simon）定义：管理就是决策。这一简单明了的解释为管理工作开辟了一条发现问题、解决问题的必经之道。

1993 年，美国管理学家哈罗德·孔茨（Harold Koontz）说，管理就是设计并保持一种良好环境，使人在群体里高效率地完成既定目标的过程。

2005 年，斯蒂芬·罗宾斯（Stephen P. Robbins）定义：管理就是通过协调他人的工作有效率和有效果地实现组织目标的过程。

综合以上的学说，"管理是指一定组织中的某些人，通过有效地利用人力、物力、财力、信息等资源，运用决策、计划、组织、领导、激励和控制等职能，来协调他人的活动，从而使他人与自己共同实现既定目标的活动过程"[①]。其实不难发现，从这近一百年的跨度中，在众多管理学家的定义里，虽然我们看到了不同的表达方式以及不同的管理视野和管理实践的结晶，然而有一个核心自始至终没有变，那就是"人"的存在。

什么又是红学？这也如同管理的定义一样，百余年来争论不休却又莫衷一是。一般读者认为所谓红学就是研究《红楼梦》及作者曹雪芹的学问，这种解释不能说错，但是它又不是严格意义上的定义。1982 年周汝昌在《河北师范大学学报（哲学社会科学版）》发表《什么是红学》一文，定义红学就是研究曹雪芹、脂砚斋、《红楼梦》版本、红楼探佚四个方面的综合学问[②]。这一定义直接导致了一场关于什么是红学的大讨论。应必诚、赵齐平等先生纷纷否定周先生的观点，然而否定之后的红学界定似乎也不能让人心服口服。2008 年笔者在《中国红学概论》一书中定义红学为"研究《红楼梦》本身及其相关课题，从而达到了解、研究、传承中华优秀传统文化，让人明辨是非、美丑、善恶，启迪人类新思想、新思路、新视角、新方法，最

---

① 姚丽娜：《管理学教程》，浙江大学出版社，2007 年，第 4 页。

② 周汝昌：《什么是红学》，《河北师范大学学报（哲学社会科学版）》，1982 年第 3 期。

终使人了解自我、实现自我、超越自我的学问"①。

当然，红学与管理学在它们各自的发展史上形成了属于自己的特点。相比较而言，从同质层面上看，二者的解释都呈现众说纷纭的状况。从异质层面上看，多家管理学定义相互之间没有否定关系，换句话说，福莱特的管理定义并没有建立在否定法约尔的定义的基础之上，反而相互之间有补充和借鉴之效。然而红学的定义却相反，这一家的定义，往往是在否定另一家的定义的前提下诞生的。这也就造成了早年周汝昌和应必诚二位先生关于"什么是红学"的论战，直至今日仍余波未歇。

有了对管理学与红学的定义的梳理，它们之间的关系也就容易理清了。从研究的时长上看，两种学术从诞生到当下都历经了百余年的历史，虽然都还属于年轻学科的行列，但是其系统的构建、理论的深度、视野的广度已然达到相当水平，形成了严格意义上的学科门类。从研究的根源上看，二者的根系都紧扎在文化的土壤之中。西方管理学是以西方文化为背景与依托的，中国管理学是以中华五千年的文化为根本的。所以离开本源文化谈管理，只能停留在学术的层面，唯有从本源文化滋生出来的管理才能真正运用于实践。《红楼梦》是中国传统文化的结晶，它传承着华夏文化的基因，以《红楼梦》作为案例平台透视中国的管理，这不是随意嫁接，当属有根之木。

管理学揭示着社会组织的内在逻辑与构架，《红楼梦》演绎着由逻辑与构架支撑起来的这个社会组织的故事，其实两者归根结底都在研究人。红学研究是以人为中心去透视文化的种种表现，又在五彩缤纷的文化表现中理解人性。那管理学研究呢？无论东方还是西方，所有的管理都是以人为起点，而最终又归结于人。所以红学与管理学研究的核心对象是一样的，只不过前者以文艺形式呈现，后者以组织形式呈现。

既然管理学与红学在理论逻辑上有了上述如此多的关联，那么以《红楼梦》的故事来诠释管理学原理，其可行性到底有多大呢？在管理学的理论视野中来解读《红楼梦》的意义又在哪里呢？我们从管理的四个特性说起。

第一，管理是由两个以上的人员组织起来的社会活动，它的生产动力来自社会组织的要求。组织的规模越大，劳动分工、领导与协调、控制与激励就越复杂，管理工作也就越显重要。《红楼梦》的故事围绕"贾史王薛"四大家族的兴衰史展开叙述，其中的人物共计421人。如果把四大家族看成一

---

① 马经义：《中国红学概论》，四川大学出版社，2008年，第24页。

个股份制企业，如此众多的员工，其规模已经不小了，劳动分工的千头万绪，组织领导的复杂程度可想而知。要让这个企业良好地运转，管理是不可缺少的。所以从这一层面上看，《红楼梦》中足够庞大的人物构架、系统化的劳动分工，为体现管理的特征提供了依靠。

第二，管理的载体是组织。组织是构成社会大系统的子系统，管理正是通过组织这个子系统来实现管理目标的。《红楼梦》中的宁荣二府，是演绎红楼故事的主要场所，它是社会这个大系统中的一个子系统。贾母、王夫人、王熙凤等人构成的领导层的管理，协调着这个组织的众多成员，从而实践着他们的管理理念，整个家族也在具有系统模式的管理中往复运转了近百年。所以从这一层面看，宁荣二府这个组织足以承载起管理理念的实施，这也为阐释管理特性提供了平台。

第三，管理的核心对象是人，处理好人际关系是领导所要具备的职业素养之一。在管理活动中，每一个环节都要和人打交道，只有深刻地了解了人性，认识到了人们的真正所需，处理好各种人际关系，管理的目标才能最终实现。《红楼梦》之所以经典，是因为其中有一大批栩栩如生的人物。曹雪芹之所以伟大，是因为在他笔下诞生了一大批经典的艺术形象。红楼人物之间有勾心斗角的，有尔虞我诈的，有相亲相爱的，有互帮互助的，有相依为命的，有冤冤相报的，有感恩戴德的，有恩将仇报的。正是如此错综复杂的人际关系，为阐释管理特征提供了丰富的案例。

第四，管理的任务就是有效地利用人力、物力、财力、信息等资源，通过对组织成员的领导，使用决策、计划、激励、控制等管理职能去实现组织目标。《红楼梦》中的宁荣二府是皇帝敕造的国公府邸，是当时极有名望的贵族之家，其人力、物力、财力都是非常雄厚的，它也是当时社会的一个缩影和真实写照，故而被称为"封建社会的百科全书"。所以从这一层面上看，王熙凤等人通过利用一切资源来打理整个家族的生活与生产的过程为诠释管理特性提供了环境支持。

上述的"依靠""平台""案例""环境"四点，足以说明用《红楼梦》的故事诠释管理学原理的可行性是非常高的。那站在管理学的视角解读《红楼梦》的意义又在何处呢？

任何一部传世经典名著都具有深刻的时代性和超强的现代性。所谓时代性是指这部名著中烙下了诞生它的那个时代的方方面面，所谓现代性是指经典名著对现代社会的切入能力。时代性为我们还原了一个真实的社会空间，现代性为我们构建了一个阐释空间，两个空间的叠加便形成了一种解读经典的方法。正因为如此，从管理学的视野解读《红楼梦》，你会看到被尘封在历史中的社会组织当年坍塌的管理学原因，它的历史意义便在于此。我们又可以反过来审视当下某些组织的现状，从而找到问题，解决问题，以此构建新的管理方式，得到新的管理启示，它的现实意义就此诞生。《红楼梦》被称为"大美"，而对美的解读应该是多方面的，多维度的解读才能让美更为立体，所以从管理学层面解析《红楼梦》的美学意义也在于此。一书名学，在中国文学史上《红楼梦》是独一份。一部小说，聚集起来的不仅仅有红学家，还有史学家、文学家、哲学家、经济学家、建筑学家、美食家、管理学家，等等。众多学者的汇集，众多人文社会学科的交汇，让红学更加光彩照人。用管理学视角解读《红楼梦》，再一次证明了中国文化各领域理念相通的传统，它的文化意义也就此实现。

《红楼梦》的伟大归根结底在于中华传统文化的伟大，中国传统文化的伟大根源在中国人，所以红学研究的根本在于中国人。管理无国界，这是站在管理学原理层面上讲的；管理有国界，这是站在管理对象层面上讲的。在中华文化的背景下，管理的核心对象是中国人。所以，"中国人"成了红学和管理学永恒的焦点，也造就了《红楼梦》与管理学之间的桥梁。

职能篇

从贾探春兴利除弊看管理的创新职能

　　一提到管理的职能，可能我们首先想到的是管理学家法约尔提出的计划、组织、协调、控制和指挥。这当然没有错，在实际的管理活动中，这五大职能是保证管理体系按照预先设定好的方向有规则有节奏地运行的条件，我们把这样的职能称为"维持职能"。维持职能是确保管理正常运转的基本手段。在现实社会中，无论是国有企业还是民营公司，其基层与中层的领导和管理者都需要花费大量的精力和时间来从事"维持职能"的管理工作。

　　如果管理只需要"维持职能"，那就太简单了。事实刚好相反。任何一个社会组织都不是绝对独立的，它本身就是由众多要素构建起来的一个系统。这个系统有自我的内部循环，也有与外部不断发生信息交换、能量传递、利益往来的外部循环。换而言之，任何企业在社会体系中都是一个开放的、动态变化着的非平衡系统。如果管理不根据外部的变化作出调整，让企业的生产适应社会与市场的变化，那么企业面临的就是被淘汰的危险。如何去避免这种危险？这就需要启动管理的创新职能。为了更好地理解管理创新职能的内容与特征，我们借用《红楼梦》中贾探春"兴利除弊"的故事作为案例平台逐一阐释。

一、管理创新的过程

　　贾探春"兴利除弊"是《红楼梦》第五十六回的故事①，这是探春改革贾府管理机制的一次创新性举动，更是彰显她个性、才能

①　本书所有出自《红楼梦》的引文和关于《红楼梦》故事情节的叙述，均据华夏出版社 2006 年版本，以下不再一一注明。

的正传。正因为兴利除弊的壮举，贾探春被读者冠以"改革家"的美名。任何类型的创新都是一个漫长而复杂的过程，这个过程甚至显得杂乱无章，所以创新者一定要经得起数次失败的考验，这也是创新者首先需要具备的心理素质。其次，创新者要对旧事物有非常深刻而详细的了解，对其利弊能做出明确的肯定与否定，然后再提出新方法、新制度、新章程。贾探春在大观园的兴利除弊，经历了以下三个阶段的努力。

（一）创造条件，等待机遇

《红楼梦》中的贾府，是一个庞大的家族，其中的人物关系、情感纠葛可谓错综复杂。主仆人员，丫鬟小厮，上上下下多达几百人。它的日常管理、财务运作、人员配备都有着系统的制度安排，但是这些章程都是贾府老祖宗们留下的"旧规矩"，近百年来竟没有变动过。随着时间的推移，虽然贾府依旧赫赫扬扬，然而"内囊早已尽上来了"的现实却越来越明显。出于"孝"的文化心理，后辈儿孙没有一个敢私自变更老祖宗的制度，就算精明能干的王熙凤也只能按照制度办事。贾府的最终衰败，从管理学层面上看就是管理制度的失败，管理制度的失败又源于管理者抱残守缺，只顾管理实践中的维持职能，而不顾管理的创新职能，这就势必导致"新现实"与"旧管理"之间的错位。

对于贾府这样的管理现状，难道就没有明眼人吗？当然有，她就是贾府的三小姐探春。但是她毕竟是一位"未出阁"的大家闺秀，管理家政原本就不是她的分内之事，所以制度改革也就一向和她无缘。然而故事发展到第五十五回，因为王熙凤小产，需要休养不能管事；王夫人上了年纪，精神早已不如从前，现在失去凤姐这位得力干将，总觉得力不从心，所以自己只管大事，家中一切琐碎之事都暂时让李纨协理；而李纨尚德而不尚才，一副菩萨心肠，未免放纵了下人们，所以王夫人破格让探春协同李纨打理家政，至此探春才有了施展才能的机会。

对于探春而言，机会只能等，但是条件却可以创造。她作为贾府管理层的旁观者，这些年早已看出了很多管理上的弊端。更难得的是，她有一种"期男意识"，换而言之，只要给她一个平台，她就能建功立业。她自己也曾说："我但凡是个男人，可以出的去，我必早走了，立一番事业，那时自有我一番道理。"然而千金小姐的身份只能把她锁在闺阁之中。当下这一个千载难逢的机会，让她兴奋，觉得实现自己的抱负似乎指日可待了。

（二）集思广益，提出构想

机遇有了，如何开始创新呢？其实创新是从仔细观察管理实践中不协调、不合理的现象开始的。在探春看来，贾府日渐衰落，最主要的问题不在外部，而是内部系统出现了严重问题。就如同她那句名言："这样大族人家，若从外头杀来，一时是杀不死的，这是古人曾说的'百足之虫，死而不僵'，必须先从家里自杀自灭起来，才能一败涂地！"虽然这句话揭示的是贾府勾心斗角的内部人际关系，但是归根结底仍然是家族管理出现了问题。所以探春创新的契机就从贾府内部的管理机制开始。然而探春毕竟是处世不深的小姐，有了初步的想法，还需要集思广益，这一点她自己也明白，所以她叫了平儿、宝钗、李纨一起商议策略，而且商议确定后，还让平儿细细转达给王熙凤，看可不可行。

集思广益对于管理创新是非常重要的。一个人的力量终究有限，想尽可能地面面俱到，就必须多层次、多方面、多角度地分析和预测。当下使用的"头脑风暴""德尔菲法""畅谈会"等形式也就是集思广益的具体方法。

（三）迅速行动，落到实处

创新的意义是以行动来表现的，只有落到实处，创新才可能真正成功。从实践层面上看，任何构想都不可能在付诸行动的过程中与实际完全吻合，换而言之，创新的构想只有在不断尝试的过程中才能逐步完善起来。

贾探春兴利除弊的改革也是如此。例如她发现贾府少爷们上学，每人每年有八两银子的费用供给，这笔费用专供少爷们在学校买笔墨纸张、课间吃点心等使用。但是贾府的少爷们原本又有专门的"月钱"，每月每人二两银子，这一笔钱也是专门供给少爷们零用花费的。这样一来，无疑重重叠叠，增加了开销，族中子弟上学大多不是为了增长知识，而是为了这八两银子。所以探春当机立断，把这一项开销免除。也许此处的当机立断显得有点鲁莽，因为这八两银子牵动的是一群人的实际利益，但是如果不迅速行动，偌大的家族，千丝万缕、错综复杂的经济往来，又从何处改革起呢！行动的迟疑终究会让创新的思想自生自灭，化为乌有。

以上叙述的贾探春兴利除弊的创新过程，正是众多企业在实践中创新成功的一般过程，它具有一定的代表性。然而需要特别提醒的是，在现实社会中只有前面三个阶段的努力还不够，还需要"忍耐与坚持"。创新本身就具有一定的风险性和不可控性，它一定是在不断尝试又不断修正的过程中完善起来的。一蹴而就的成功只是我们的美好意愿，现实总是很残酷。发明家爱迪生曾说："我的成功乃是从一路失败中取得的。"我想这句用时间、经历、汗水总结出来的话，就是对创新者最好的启迪。

二、管理创新的基本内容

促成管理创新的成功，会涉及很多方面，这里就触碰到了管理创新的基本内容。以现代企业系统为例，管理创新一般是指目标创新、技术创新、制度创新、组织机构和结构创新四个大类。如果我们把《红楼梦》中的贾府也看成一个企业，那么探春这次兴利除弊的创新主要归结为哪几类创新呢？

所谓目标创新，是指一个企业在社会环境、市场状况的改变之下，为了适应市场而在生产方向、经营目标以及生产过程上的调整或改变。目标创新的终极指向是获取利润。探春的改革目标并非获取巨大的利润，而是让不堪重负的运行机构得以减负，经营的目标仍然是维护整个家族的地位和荣誉。基于这样的理念，探春在整个改革中只对生产运作的过程作了适当的调整和优化，所以她的创新不能算作严格意义上的目标创新。

所谓技术创新，是现代企业依靠当下的科技发展，借用先进设备，让自己在生产技术水平上达到一个更高的层次。它包括产品的创新，以及要素和要素组合的创新。技术创新的核心就是产品创新，因为产品本身是创造利润的关键点。产品创新也会受到诸多因素的制约，例如新设备、新工艺、新方法等。探春协理的是家族的日常生活，所以在兴利除弊的过程中，并没有创造发明先进的劳动工具、生产设备，更谈不上产品的创新。所以技术创新和探春的改革不沾边。

那么探春的管理创新到底体现在何处呢？主要集中在以下两个方面。

（一）制度的创新

所谓制度，是社会中任何组织在正常运行时都需要遵循的原则与规定。它主要是站在社会经济的角度来统领协调组织成员之间的关系。对于企业制度的创新，归根结底就是不断地优化和调整企业经营者、产权所有者、生产劳动者之间的关系，尽可能地平衡三者之间的利益，让他们各自的权益都能得到充分的保证。制度的创新主要包含三个层面：产权制度的创新，经营制度的创新，管理制度的创新。

在制度创新中，产权制度创新可谓核心、关键，它直接决定着其他相关制度的性质。纵观企业的发展史，好的产权制度似乎是在寻求一种"个人所有"与"共同所有"之间的配比度。

《红楼梦》中探春的改革是否涉及产权制度的创新呢？回答是否定的。贾府是朝廷封赏的公爵之家，主子成员之间是以血缘亲情黏合在一起的，这是一个有着共同祖宗的庞大的家庭群。从贾府的经济来源与产权所有的性质来看，一切财物都属于家族集体所有。这看似私有制，但是和个人私有制完全不同。贾府中的主人除了极少数拥有自己的私人财产以外，绝大部分的财物都由家族统一安排和调配。这也是我们常在《红楼梦》中看到"官中的钱"的原因。贾府的仆人们更不可能有贾府产业的所有权和支配权，他们只能靠着辛勤的劳动获得相应的报酬。探春兴利除弊的目的是为了大观园和家族的内部治理，压根儿就没有想利用大观园的生产来谋求巨大的经济利益，更不可能将属于贾府的公共产业分配给下人所有。所以对于产权制度，探春并没有去改变，也不可能改变得了，这是她自我意识的局限性，也是时代的局限性。

那么"兴利除弊"的改革到底创新在何处呢？细读《红楼梦》文本，我们会发现，探春在制度上的改革，其创新点主要是经营制度的创新。从管理学的创新职能看，经营制度的创新主要是寻求生产资料最合理、最有效的利用方法。探春上任之后，根据自己多年冷眼旁观、客观分析的结果，实施了两个方面的举措：一是开源节流，二是实行承包责任制。这两项改革都是生产资料优化利用的好方式。免除重叠开支，虽然对于改善家族的财政现状只是杯水车薪，但毕竟开了一个好头，如能坚持下去，形成新的财务规则，集腋成裘，节省的银子数量也是相当可观的。

比起开源节流来，实行承包责任制可谓探春改革最闪亮的一点。她的这一新思维源于参观了贾府管家赖大家的花园后产生的灵感。按她自己的话说："从那日我才知道，一个破荷叶，一根枯草根子，都是值钱的。"在探春理家之后，她就协同李纨、宝钗、平儿商议"承包"的具体办法。首先，按照生产类别划分承包对象。例如可以生产香料的鲜花藤萝类，可以提供竹笋的蔬菜类，可以产出大米小麦的粮食类。其次，挑选、委派有相应经验的仆人专职管理。除了供给贾府所需外，所剩之物皆是个人所得。最后，探春的承包制中极其重要的一点就是，承包带来的一切个人所得都不用归入账房，只需要在年底拿出一部分钱来，散与大观园中没有承包的老妈妈们。这样做的好处在于，让所有人都能看到利益，避免大观园因为和某些人没有关系而遭到破坏。

探春承包责任制中的最后一点，还让我们看到了分配制度的创新。在管理制度的众多项目中，分配制度是相当重要的一环，这里面不仅仅关乎利益，还关乎公平，孔子曾说"不患寡，而患不均"，就是针对分配制度而言的。分配制度的创新从形式上看是千差万别的，然而纵观企业发展史，你会发现分配制度的变革始终都遵循着一个定律——追求劳动贡献与现实报酬之间的平衡与对称，即体现多劳多得。当探春等人把承包大观园各项目的办法公布于众时，众仆人无不欢喜雀跃，就算要拿出一部分收益分给不料理园子的老妈妈们，她们也愿意。这股原始动力的根源其实就是仆人们看到了多劳多得的公平。当然探春的分配制度中还兼顾了情感与悲悯，这份情感与悲悯又会反过来作用于承包责任制的落实和推进。

从管理学的角度看，探春接受宝钗的建议，在分配制度中融入情感与悲悯，其实是在营造一种氛围，我们可以把它称为"环境创新"。环境是企业发展与经营的土壤，它既能促进企业的生长，也能制约企业的发展。所以对于环境，企业不仅仅要去适应，还需要适当地开发与改造。环境的创新不是指一个组织为了适应市场而作的内部调整，而是通过组织的实际举动积极地改造环境，从而引导所处环境朝着有利于组织发展的方向变动。探春在大观园兴利除弊的目的就是能让这个园子"一天好似一天"，只有部分人的劳动还不够，还要将没有参与此次改革的人们一起拉进来，让她们为改革提供便利，于是由部分人参与的改革就演变成了全体组织成员的共同关注。如此下去，整个大观园的氛围就会在有利于"兴利除弊"的方向上积极变化。

（二）组织机构和结构的创新

一个组织或企业之所以能持续运转，是因为不同成员在不同岗位上劳作，从而形成一股动能。岗位、职务、部门、集权、分权等管理要素属于组织机构与结构的范畴。所谓机构，是指各部门之间横向的分工问题，主要突出不同部门所承担的不同任务；所谓结构，是指各部门之间的权力管辖分配问题，主要体现在不同的结构形式对应着不一样的权力分配。探春的改革在组织机构与结构上都有创新。任务的分配是分门别类的，这属于机构的创新。大观园的劳动所得不再归入账房，不受王熙凤的管辖，自由度相应扩大，这属于结构的创新。双管齐下，让整个大观园充满勃勃生机。这实现了组织创新的目的——合理的机构与结构的调整能提高劳动效率，提升组织成员的劳动积极性，更方便实施管理。

　　从上述分析我们可以看到，创新作为管理的一项基本职能，首先是一种思想理论上的创新，将这种新思想、新理论用于实践，在实践的过程中再次细化修正创新理论，最终形成能指导具体活动的一般原则和章程。如何去判定管理创新成功与否呢？一般来说，通过对原有管理体系局部或者整体的调整，能让整个管理系统更加适应内外的变化，规避被社会淘汰的可能，并且能够良好地运转，产生出相应的价值，这样的管理创新就是成功的。

　　贾探春的改革能不能算成功，因为书中并没有交代得很详细，所以我们不得而知。但是从人物零星的对话中，我们可以得知，正是因为这样的改革创新，仆人们各司其职，少有偷懒吃酒的人。正如春燕说："这一带地上的东西都是我姑娘管着，一得了这地方，比得了永远基业还厉害，每日早起晚睡，自己辛苦了还不算，每日逼着我们来照看，生恐有人糟蹋。"从这些话语可以看出，探春对相应机制的调整已经激发了员工的热情，并让他们以主人翁的姿态积极投入工作，可以说这样的管理创新是成功的。

其他参考文献

　　成穷. 从《红楼梦》看中国文化 [M]. 昆明：云南人民出版社，2005.

　　马经义. 中国红学概论 [M]. 成都：四川大学出版社，2008.

　　周三多，陈传明，鲁明泓. 管理学：原理与方法 [M]. 5 版. 上海：复旦大学出版社，2012.

从王熙凤协理宁国府看管理的领导职能

　　对于《红楼梦》的解读总是见仁见智。究其根源，主要在于《红楼梦》有一种超强的现代性。所谓现代性，并非指它具有现代人的思想、观念等，而是文本中有对现代理念的切入能力。《红楼梦》第十三回主要是王熙凤协理宁国府的情节，就在这一回中，我们便能从王熙凤的身上领略现代管理者的风采，从而体会并感悟管理学中的领导职能。

　　人类使用管理由来已久，但是真正形成学术体系，已是近现代的事了。法国管理学家法约尔于 1916 年发表了《工业管理和一般管理》，正式提出了管理的五大职能。随着社会的发展，管理学家们又从不同的角度对管理的职能进行了诠释和补充，人们对管理的认识也因此而大大提升，然而管理的基本职能并没有因为社会的发展而发生本质性的变化，换而言之，管理的基本职能是众多管理学说所共有的核心。如何从《红楼梦》这部文学经典中去发现并认识领导职能呢？我们将焦点集中在王熙凤协理宁国府这一故事情节上。

　　王熙凤是脂粉堆里的英雄，对她的才干的描写贯穿于《红楼梦》的始终，然而最能展示她能力的情节当属"协理宁国府"。宁国府中的蓉大奶奶秦可卿突然死亡，在没有任何准备的情况下，宁国府的管理层顿时乱成一团。在古代人心中，丧礼是大事，尤其像贾府这样的侯门公府之家对此更为重视。为了让秦可卿的丧礼风光体面，宁国府需要找一个才干出众的人协理府中事宜。在贾宝玉的极力推荐下，贾珍征得邢、王二夫人的同意，聘请了王熙凤，并让她担任"治丧委员会主任"，换句话说，此时的王熙凤成了秦可卿丧礼的实际领导者。

　　什么是领导？不同的管理学家有不同的表述，然而无论何种表达方式，其核心要素几乎相同。所谓领导，是指"在一定的社会组织或群体内，为现实组织预定目标，运用其法定权利和自身影响力影响被领导者的行为，并将其导向组织目标的过程"①。对于领导的定义，其中有三个要素需要注意。第一，领导者必须要有部下或者追随者。第二，领导者必须拥有影响下属的能力。第三，领导者的目的是通过影响下属来达到组织的最终目标。

就此时的王熙凤而言，她具有作为一个领导者的三要素吗？回答是肯定的。王熙凤是红楼四大家族中金陵王家的小姐，后嫁到贾府，因为才干优长被贾府的领导层破格提拔为"执行总经理"，无论是从法定的权利还是从影响下属的能力而言都符合一个领导者所需要具备的要素。贾府乃公爵之家，皇亲国戚，家中的仆人少说也有好几百人，这些人都要听从王熙凤的调度和指派，所以她从来就不缺乏部下和追随者。虽然王熙凤平时所管理的是家庭琐事，但是这一次所要完成的任务十分明确，就是让秦可卿的丧礼风光体面，保质保量，万无一失。至此，从上述的分析来看，王熙凤是一个不折不扣的领导者。

王熙凤的领导方式有两个突出的特点，一是"重事"大于"重人"，二是决策时比较专断。她接受任命后，第二天一早就召集了宁国府中的管家、仆人吩咐道：

> 既托了我，我就说不得要讨你们嫌了。我可比不得你们奶奶好性儿，由着你们去。再不要说你们"这府里原是这样"的话，如今可要依着我行，错我半点儿，管不得谁是有脸的，谁是没脸的，一例现清白处理。

从王熙凤的言行中可以判定她属于重事型的领导者，这一类型的领导者以工作为中心，注重组织的终极目标，看重任务的完成情况以及工作效率等。所以王熙凤才对仆人们说，无论是有脸面的还是无脸面的，都要按照规定认真完成分内的工作，否则一律依法惩处。王熙凤的"就职演说词"也彰显出她是一位专断型领导，一切活动由她一人决策安排，以她的权力推行工作，一切都要依着她行。

从现代管理学的角度而论，不同领导方式各有不同特点，每一种方式也

---

① 　向秋华：《管理学原理》，中南大学出版社，2011年，第139页。

都各有千秋，运用哪一种领导方式需要根据自身所处的实际环境、工作性质以及下属的具体情况而定。王熙凤的"重事"与"专断"虽然并非唯一的选择，但是在当时的环境下，却是最优的选择。在正式就职之前，王熙凤就仔细分析了宁国府的实际情况：

> 头一件是人口混杂，遗失东西。第二件，事无专执，临期推委。第三件，需用过费，滥支冒领。第四件，任无大小，苦乐不均。第五件，家人豪纵，有脸者不服钤束，无脸者不能上进。此五件实是宁国府中风俗。

王熙凤协理宁国府表现出的"重事"与"专断"正是基于上述原因才做出的选择。当王熙凤正式就职后，宁国府在她的治理下变得井井有条了，这当然要归功于她的才干与尽职尽责，然而如果从管理学的角度分析，王熙凤的成功在于她运用领导职能的成功。

领导贯穿于组织管理活动的全过程，能否有效运用领导的职能就成了是否能实现最终目标的关键。具体而言，主要的领导职能包括组织职能、指挥职能、监督职能、协调职能、激励职能。王熙凤在协理宁国府时，是如何运用这些职能的呢？

首先看王熙凤领导过程的组织与指挥职能。组织机构是支撑组织运行的基础条件，所以对于领导者而言，首先就需要筹划设立组织机构，定岗分工。王熙凤走马上任的第一步就做了这方面的安排。她将宁国府的仆人集中造册，然后逐一分派任务：

> 这二十个分作两班，一班十个，每日在里头单管人客来往倒茶，别的事不用他们管。这二十个也分作两班，每日单管本家亲戚茶饭，别的事也不用他们管。这四十个人也分作两班，单在灵前上香添油，挂幔守灵，供饭供茶，随起举哀，别的事也不与他们相干。这四个人单在内茶房收管杯碟茶器，若少一件，便叫他四个描赔……

这样的统筹与安排让仆人们清楚了自己的职责，各司其职，各负其责，清晰明了。但是有一点需要注意，在现代管理中，定岗分工还需要兼顾知人善任的原则，王熙凤在这一点上并没有过多考虑。这里面有一个原因：所谓知人善任是针对特殊岗位和特殊人才而言的，像管理杯盘碗盏、倒茶端水这样的活，技术含量低，只要四肢健全、头脑正常就能做，所以王熙凤直接统一安排了，这也是领导过程中的一种变通。

其次看王熙凤领导过程的监督职能。领导的监督职能是体现在组织目标的实现过程中的，它除了直接监管工作以外，还能给领导提供反馈信息，以便对工作中的偏移、差错作出修正。王熙凤在监督职能上把控得最好，除了自己总监督以外，还增派管家巡查监管。书中这样写道：

> （王熙凤安排）来升家的每日揽总查看，或有偷懒的，赌钱吃酒的，打架拌嘴的，立刻来回我，你有徇情，经我查出，三四辈子的老脸就顾不成了。

这些话语足以看出王熙凤对监督的重视。

除此以外，领导过程中的协调也是她重视的。从《红楼梦》的故事情节来看，王熙凤使用协调职能有一个特点，就是以自己的作息时间来规范协调各项事务。王熙凤对属下说：

> 素日跟我的人，随身自有钟表，不论大小事，我是皆有一定的时辰。横竖你们上房里也有时辰钟。卯正二刻我来点卯，巳正吃早饭，凡有领牌回事的，只在午初刻。戌初烧过黄昏纸，我亲到各处查一遍，回来上夜的交明钥匙。第二日仍是卯正二刻过来。

因为一个组织是由人力、财物、信息等要素构成的，要使组织的一切工作都能配合适当，就需要领导统一协调。如何协调，选择什么样的方式协调，这里面有一个前提条件，就是领导属于什么类型。王熙凤属于专断型领导，各项事务必须以她的决策为准，既然如此，她就是中心，以她的作息时间来协调各项事务就是适当的选择。

王熙凤是特权阶级的代表人物，所以她的管理理念有时代的局限性，例如过于专横霸道，少有员工激励等，但从协理宁国府这一事件来看，她的管理过程也可以给我们现代企业管理作一个参照。

王熙凤的语言艺术对领导者的启示

在管理学中,"领导"一词的意思是非常广泛的。作为名词的"领导"代表的是一个人;作为动词的"领导"是指解决问题,指挥部下的行为;作为管理职能的"领导"是指处理管理实践中决策、用人、指挥、协调等一系列事务的过程。在实际的管理活动中,对于领导来说,似乎找不到一条通向成功的一般原则,领导的方法与手段可谓千变万化,正因为如此,我们常常将领导方法的实施称为领导艺术。

对于"艺术"这个词,我们要从两个方面来理解。在儒家文化中,曾把礼、乐、射、御、书、数称为六艺,可见"艺"多指一个人的修养,而"术"是指技能。所以"领导艺术是一种富有创造性的领导方法,是建立在丰富知识和实践经验基础上,超越一般规范性的程序,是实施有效领导活动的巧妙方法和创造性智慧"①。美国管理学家斯道戈迪尔也曾指出:"最有效的领导应该表现出一定程度的多才多艺和灵活性,从而使自己的行为不断变化以适应充满矛盾的需求。"② 所以对于领导者而言,管理的过程就是被艺术化的过程。艺术本身是很难用科学去衡量的,如何将"艺"和"术"进行有效的配比与融合,就要看领导者本人的悟性了。

在众多的领导艺术中,语言艺术是极其重要与关键的。如果没有上司与下属之间的信息交流,就不可能有领导的行为。在管理实践中,领导者在实施指挥与协调等职能之前,就必须将自己的想法、意识、感受等诸多信息糅合成语言传递给下属,这样才能影响和指挥被领导者,管理才能达到预期的效果。如何去修炼领导者的

---

① 王国宾:《领导艺术与管理之道》,知识产权出版社,2013年,第3页。
② 转引自王国宾:《领导艺术与管理之道》,知识产权出版社,2013年,第3页。

语言艺术，接下来我们将从王熙凤的语言艺术中去寻求启示。

王熙凤是《红楼梦》中的核心人物。无论是管理家政，还是周旋在公婆妯娌之间，语言的表达与交流都是凤姐需要具备的第一要素。她的说话能力当然是第一流的，就如同贾府的说书女艺人所言："奶奶好刚口。奶奶要一说书，真连我们吃饭的地方也没有了。"在社会交往中，判断一个人的说话能力有三个标准，第一是能否准确传递信息，第二是能否使用恰当的词汇，第三是对事物命名的能力。那么王熙凤在《红楼梦》中有哪些精彩的语言呢？我们试举几例。

一、上对下的语言艺术

作为贾府的执行总经理，王熙凤要面对上上下下各色人等，所以她的语言会根据不同的人做出不同的调整和设置。例如《红楼梦》第六回，刘姥姥第一次到荣国府。她来的目的是想得到一些好处，因为家里实在艰难，寒冬逼近，为了不至于饿死，所以才想到了这样一步。王熙凤原本并不认识刘姥姥，当她得知刘姥姥的来意，又综合王夫人的指示，于是便和刘姥姥有了这样一段对话：

> 凤姐儿笑道："亲戚们不大走动，都疏远了。知道的呢，说你们弃厌我们，不肯常来，不知道的那起小人，还只当我们眼里没人似的。"刘姥姥忙念佛道："我们家道艰难，走不起，来了这里，没的给姑奶奶打嘴，就是管家爷们看着也不象。"凤姐儿笑道："这话没的叫人恶心。不过借赖着祖父虚名，作了穷官儿，谁家有什么，不过是个旧日的空架子。俗语说，'朝廷还有三门子穷亲戚'呢。何况你我。"

凤姐的第一句话就把她不认识刘姥姥的尴尬扭转过来了，而且指出不认识的原因是因为像刘姥姥这样的亲戚厌弃他们，不肯常来。当然这话并非真的在怪罪谁，而是让双方都有一个台阶下。当刘姥姥表示自己穷，走不起的时候，王熙凤的话语就更加有意思了。"不过借赖着祖父虚名，作了穷官儿，谁家有什么，不过是个旧日的空架子。俗语说，'朝廷还有三门子穷亲戚'呢。何况你我。"这句话有两层含义：第一层意思，是在回应刘姥姥的话，表示所谓的富贵不过是个空架子而已；第二层意思，是在为下面的对话作铺垫，因为凤姐已经知道刘姥姥来的目的，有这句话作铺垫，后面就好操控了。

当刘姥姥用过饭，王熙凤打听清楚了王夫人的意思之后，便笑道：

> 且请坐下，听我告诉你老人家。方才的意思，我已知道了。若论亲戚之间，原该不等上门来就该有照应才是。但如今家内杂事太烦，太太渐上了年纪，一时想不到也是有的。况是我近来接着管些事，都不知道这些亲戚们。二则外头看着虽是烈烈轰轰的，殊不知大有大的艰难去处，说与人也未必信罢。今儿你既老远的来了，又是头一次见我张口，怎好叫你空回去呢。可巧昨儿太太给我的丫头们做衣裳的二十两银子，我还没动呢，你若不嫌少，就暂且先拿了去罢。

第一句是客套话，虽然说得真心诚意，其实一听就知道这不是重点。第二句话虽然是在告穷，但确是情真意切，实实在在——"外头看着虽是烈烈轰轰的，殊不知大有大的艰难去处"，然而就如同凤姐说的一样——"说与人也未必信"，当然包括现在的刘姥姥。第三句话落到了实处，指出虽然如今的贾府不如从前，但是亲戚们找上门来了，自然是要想办法接济的，于是将王夫人给她丫头做衣服的二十两银子捐赠了出来。三句话，三层意思，有虚也有实，有真心也有假意，有实情也有伪造，从人际交往中的说话能力的角度来评价，无论是从信息传递的准确性还是从用词的恰当性来讲都分寸有度，恰到好处。

当平儿把二十两银子拿来，再拿了一吊钱，都送到刘姥姥的跟前，凤姐又道：

> 这是二十两银子，暂且给这孩子做件冬衣罢。若不拿着，就真是怪我了。这钱雇车坐罢。改日无事，只管来逛逛，方是亲戚们的意思。天也晚了，也不虚留你们了，到家里该问好的问个好儿罢。

在这最后一段话里，其实真正融入了王熙凤对刘姥姥的同情。二十两银子名义上是王夫人给的，凤姐儿不过转了一道手。另有一吊钱才是王熙凤给的，她的原话是"这钱雇车坐罢"。也许在这个时候，她不忍心再看到这一老一少光着脚走回去。一念之间，让一个惯于玩弄权术的贵妇多了一处人性本善的闪光点。

二、下对上的语言艺术

如果说王熙凤接见刘姥姥是"上对下"的人际交往方式，那么在"下对上"的人际交往中，王熙凤又有怎样的语言表现呢？《红楼梦》第七十二回，宫里的夏太监派小太监来勒索银子，幌子是夏太监要买一所房子，刚好少了二百两银子，想暂时借用，日后一定还，而且还要加上以前在贾府借的银子一起还。这个时候王熙凤让贾琏躲起来，自己出来应付：

> 那小太监便说："夏爷爷因今儿偶见一所房子，如今竟短二百两银子，打发我来问舅奶奶家里，有现成的银子暂借一二百，过一两日就送过来。"凤姐儿听了，笑道："什么是送过来，有的是银子，只管先兑了去。改日等我们短了，再借去也是一样。"小太监道："夏爷爷还说了，上两回还有一千二百两银子没送来，等今年年底下，自然一齐都送过来。"凤姐笑道："你夏爷爷好小气，这也值得提在心上。我说一句话，不怕他多心，若都这样记清了还我们，不知还了多少了。只怕没有，若有，只管拿去。"

在人际交往中，除了语言，面部表情也是非常重要的，它能直观地表现传播者想表达的情感。所以在这段对话中，我们观察到的王熙凤一直都是"笑道"。因为她知道，此时面对的不是这个地位低下的小太监，而是他背后的大太监"夏爷爷"，此人绝不能怠慢。当小太监告知要借钱的时候，凤姐儿道："有的是银子。"为什么要这样说？这明明就是打肿脸充胖子。但是以贾府的地位而论，又必须要这样——为了苦苦支持着的空架子，也为了宫里元妃娘娘的面子。当小太监表示夏太监要归还所借银两的时候，王熙凤道："你夏爷爷好小气，这也值得提在心上。我说一句话，不怕他多心，若都这样记清了还我们，不知还了多少了。"这句话表面温和，实际上非常厉害。从字面上看，表现出了荣国府的财大气粗，但是也表明了荣国府的态度——借的钱，虽然没有催促着让你还，但是并不表示借钱给你的人是傻子，自己知趣一点好。

然而表现财大气粗可能导致这些太监再次勒索，于是王熙凤又和自己的仆人演起了大戏：

> （王熙凤）因叫旺儿媳妇来："出去不管那里先支二百两来。"旺儿

媳妇会意，因笑道："我才因别处支不动，才来和奶奶支的。"凤姐道："你们只会里头来要钱，叫你们外头算去就不能了。"说着叫平儿，"把我那两个金项圈拿出去，暂且押四百两银子。"平儿答应了，去半日，果然拿了一个锦盒子来，里面两个锦袱包着。打开时，一个金累丝攒珠的，那珍珠都有莲子大小，一个点翠嵌宝石的。两个都与宫中之物不离上下。一时拿去，果然拿了四百两银子来。凤姐命与小太监打叠起一半，那一半命人与了旺儿媳妇，命他拿去办八月中秋的节。那小太监便告辞了。

这出戏是演给小太监看的，这些话语也是说给小太监听的，其中有两层含义：第一，让小太监转告夏太监，以后别来"打抽丰"了，家里的日常用度已经比较艰难了；第二，当着小太监拿出金项圈去当，又当着面分给银子，是为了让小太监做个见证人。

三、对平辈的语言艺术

欣赏了王熙凤"上对下"和"下对上"的语言技巧，我们再来看看她在平辈姊娌之间周旋的语言艺术。《红楼梦》第四十五回，因为大观园起诗社需要费用开销，李纨想出了一个办法，让探春邀请凤姐做"监社御史"，名虽如此，但实际上是带领众位姑娘到王熙凤处要钱。这点小把戏早被凤姐看透，她笑道：

> 你们别哄我，我猜着了，那里是请我作监社御史！分明是叫我作个进钱的铜商。你们弄什么社，必是要轮流作东道的。你们的月钱不够花了，想出这个法子来拗了我去，好和我要钱。可是这个主意？

这段话是对众位小姐说的，直来直去，既幽默又敞亮。因为凤姐知道，起诗社是小孩子的把戏，就算要用钱，也不过是官中的，再退一步说，老太太哪天高兴了，投资一点，一两年的用度都够了。还有更重要的是，伺候好了这些小姑子小少爷，在贾母、王夫人处讨个好，比什么都强。所以王熙凤用幽默方式戳穿了她们的"小把戏"，既显得爽快，又拉近了姑嫂之间的距离，何乐而不为呢？然而当李纨掺和着说话之后，王熙凤的话语就完全不同了：

> 李纨笑道："真真你是个水晶心肝玻璃人。"凤姐儿笑道："亏你是

个大嫂子呢！把姑娘们原交给你带着念书学规矩针线的，他们不好，你要劝。这会子他们起诗社，能用几个钱，你就不管了？老太太、太太罢了，原是老封君。你一个月十两银子的月钱，比我们多两倍银子。老太太、太太还说你寡妇失业的，可怜，不够用，又有个小子，足的又添了十两，和老太太、太太平等。又给你园子地，各人取租子。年终分年例，你又是上上分儿。你娘儿们，主子奴才共总没十个人，吃的穿的仍旧是官中的。一年通共算起来，也有四五百银子。这会子你就每年拿出一二百两银子来陪他们顽顽，能几年的限？他们各人出了阁，难道还要你赔不成？这会子你怕花钱，调唆他们来闹我，我乐得去吃一个河枯海干，我还通不知道呢！"

王熙凤知道，带领小姐们来要钱的幕后主使一定是李纨，因为她是大观园的领导，虽然不问家政，然而知书识礼，心中自然明白。王熙凤和李纨在贾府都是孙媳妇，无论是地位还是享受的待遇都应该平等，但是李纨因为死了丈夫，又给贾家生了一个儿子，贾母、王夫人体恤她孤儿寡母的，所以"工资福利"远远超出了孙媳妇辈的规格。对于这一点，王熙凤早看在眼里，盘算在心里，只是不好意思去理论，正巧遇到机会，便一股脑儿地倾诉了出来，把压在心头的不满，通过玩笑的方式一泻千里了。虽然是玩笑着说的，但是这样的精推细算，绝对不是即兴发挥，而是早在心里算了千遍万遍的结果。

思维与语言是同轨的，人际交往所使用的语言，其根本的目的是向对方披露些什么，这里面包含着传播者与接收者双方的微妙关系。对于传播者来说，自我的表达，就是将自己的心情、意志、情感、意见、态度等向他人加以表述的过程。王熙凤对李纨的这段话，虽然是在玩笑中表达的，但是她们之间的利益冲突，已经一览无余了，对于王熙凤来说，她的目的达到了。但是，自我表达是以他人为对象和在特定的社会、文化环境里进行的，如果不顾及他人和社会价值规范，一味以自我为中心，那么这种表述不但不会收到好的效果，反而会招致误解和造成个人的社会孤立[①]。王熙凤和李纨是同辈中人，在贾府这样一个等级森严的家族中，妯娌之间和睦相处、不招是非，是媳妇们应该坚守的本分。王熙凤自然知道这一点，所以在自我表述中用一种幽默诙谐的技巧来掩饰着，而且点到为止，不事纠缠。这一份尺度的把控

---

① 周鸿铎：《传播学教程》，中国书籍出版社，2010年，第177页。

是难得的，这不仅仅是语言的技巧，更是一段"中庸之道"的好注脚。

王熙凤的性格立体而又鲜明，她的语言生动而又暗藏玄机，她在人际交往中堪称语言高手。《红楼梦》第六十八回，贾琏偷娶尤二姐，并在花枝巷买房置业，王熙凤发现后，经过周密思考，决定趁着贾琏外出办事之际把尤二姐诓骗到贾府，然后找机会铲除。为了实施自己的计划，凤姐精心安排打点之后，带了众仆人浩浩荡荡到了花枝巷。见到尤二姐，凤姐儿满面春风，用尽浑身解数说道：

> 皆因奴家妇人之见，一味劝夫慎重，不可在外眠花卧柳，恐惹父母担忧。此皆是你我之痴心，怎奈二爷错会奴意。眠花宿柳之事瞒奴或可，今娶姐姐二房之大事亦人家大礼，亦不曾对奴说。奴亦曾劝二爷早行此礼，以备生育。不想二爷反以奴为那等嫉妒之妇，私自行此大事，并不说知。使奴有冤难诉，惟天地可表。前于十日之先奴已风闻，恐二爷不乐，遂不敢先说。今可巧远行在外，故奴家亲自拜见过，还求姐姐下体奴心，起动大驾，挪至家中。你我姊妹同居同处，彼此合心谏劝二爷，慎重世务，保养身体，方是大礼。若姐姐在外，奴在内，虽愚贱不堪相伴，奴心又何安。再者，使外人闻知，亦甚不雅观。二爷之名也要紧，倒是谈论奴家，奴亦不怨。所以今生今世奴之名节全在姐姐身上。那起下人小人之言，未免见我素日持家太严，背后加减些言语，自是常情。姐姐乃何等样人物，岂可信真。若我实有不好之处，上头三层公婆，中有无数姊妹妯娌，况贾府世代名家，岂容我到今日。今日二爷私娶姐姐在外，若别人则怒，我则以为幸。正是天地神佛不忍我被小人们诽谤，故生此事。我今来求姐姐进去和我一样同居同处，同分同例，同侍公婆，同谏丈夫。喜则同喜，悲则同悲，情似亲妹，和比骨肉。不但那起小人见了，自悔从前错认了我，就是二爷来家一见，他作丈夫之人，心中也未免暗悔。所以姐姐竟是我的大恩人，使我从前之名一洗无余了。若姐姐不随奴去，奴亦情愿在此相陪。奴愿作妹子，每日伏侍姐姐梳头洗面。只求姐姐在二爷跟前替我好言方便方便，容我一席之地安身，奴死也愿意。

这段话语言流畅，逻辑严谨，理由充分。其中大到人伦秩序，小到儿女私情，鞭辟入里，条分缕析，晓之以理，动之以情，演说技巧更是娴熟。王熙凤不愧是一个极其高明的演说家。如果我们稍加留意就会发现，这段演说词和王熙凤平时的语言习惯大相径庭。王熙凤本不大认识字，更没有林黛玉式的才华，所以她的语言几乎都是世俗的大白话，然而这一段说辞却极有文采。这种语言反差更说明一个事实——王熙凤的这段语言表达是早有准备的。为什么要这样做？这样做在人际交往中能起到什么效果呢？

这段话的特点有两个，第一是少用"我"这个人称代词。在尤二姐面前，王熙凤对自己不称呼"我"，而是用"奴"代指。第二是话语间没有"你"这个人称代词，而是用"姐姐"来指代和称呼尤二姐。从人际传播的语言技巧来说，这里面大有学问。

美国传播学者弗吉尼亚·赛特（Virginia Satir）发现在人际交往中，有十个特别的词语用起来要十分谨慎。这十个词语是"我""你""他们""它""可是""是""不""总是""从不""应该"①。同样，在中国文化背景下，话语间使用过多的"我"，会给别人造成盛气凌人的感觉，有咄咄逼人的架势。王熙凤第一次见尤二姐，要给二姐留下一个和蔼可亲、三从四德的标准形象，所以那一份真实的光彩和锋芒是必须要隐藏的。赛特在研究中还发现，不在话语间使用"我"的人，在潜意识中不想为自己的话语负责②。王熙凤这一套言辞原本就是虚伪的，何谈负责呢？所以她回避"我"，在人际传播中是明智的选择。

对于"你"的使用也要留心。赛特认为，当两个人共事，并对做这件事发表议论时，用过多的"你"，可能会产生一种"责备""谴责"或者"罗列罪名"的意思③。王熙凤见到尤二姐后的这段言语，几乎没有使用"你"，全部用"姐姐"替代，这样一来，首先拉近了她们之间的距离。从这段话语的内容来看，王熙凤是想和尤二姐"同居同处，同分同例，同侍公婆，同谏丈夫。喜则同喜，悲则同悲，情似亲妹，和比骨肉"；从两人共事的层面看，凤姐在构建一种理想的同事状态。这种美好的允诺必须要在一种宽和、温馨的人际关系中展开，所以凤姐回避"你"，就是要在言语间营造这样的氛围。

曹雪芹笔下的王熙凤，其语言艺术水准是一流的。这定格了王熙凤的经典形象，同时又能让当下的领导者在文学名著中找到文化参照系，得到一份语言艺术的启示。对于领导的语言艺术，其实很难找到一种规范的、程序化

---

① 转引自周鸿铎：《传播学教程》，中国书籍出版社，2010 年，第 179 页。
② 转引自周鸿铎：《传播学教程》，中国书籍出版社，2010 年，第 179 页。
③ 转引自周鸿铎：《传播学教程》，中国书籍出版社，2010 年，第 179 页。

的方法去学，因为艺术本身重在一个"悟"字，这也是中国文化的精妙之处。《文子·道德篇》说："上学以神听之，中学以心听之，下学以耳听之。"① 在中国文化中，很多技艺不是学出来的，而是领悟后内化演变出来的。就如同上述王熙凤的语言艺术，她的每一句话都有故事背景和情节氛围，离开了这个故事的大环境，所有的话皆无意义。我们学习她的什么呢？不是语言的字句，而是运用语言的机敏和智慧。这再次提醒我们，领导艺术不是苦练出来的，而是在日常生活中、人际交往里，不断地积累、总结、提升，最后内化成做人做事的原则与风格。

领导艺术博大精深，除了语言还有很多。虽然我们很难将其系统化、程序化地归纳总结，但是无论哪一种领导艺术都指向一个核心，那就是提高工作效率和完善工作效果。既然如此，领导艺术就有了根本。换而言之，无论领导的方式方法怎么变，以下三点根本是不会动摇的。

第一，领导者做自己的本职工作。这里的本职工作是指决策、计划、指挥、协调等。领导工作并非所有的事情都要亲力亲为，而是需要认清主次先后，轻重缓急。该放权的，该放手的，领导者都要明白于胸，自己通观全局，激励下属细致于每一件小事。王熙凤在管理家政时，这一点做得还略有欠缺，事事都要亲自过问。这和她要强的性格有很大的关系，怕管理不好被人议论，可惜正因如此，反而弄得仆人们抱怨她刻薄。周瑞家的就曾对刘姥姥说过，王熙凤百事周到，"就只一件，待下人未免太严些个"。第六十一回，大观园发现小丫头们盗窃之事，王熙凤要亲自过问时，平儿就劝道："何苦来操这心！'得放手时须放手'，什么大不了的事，乐得不施恩呢。"虽然这一次王熙凤听取了平儿的劝告，但是可见她对自己的本职工作的定位仍然没有做好。

第二，领导者善于倾听下属的意见，善于与下属交流。领导的工作归根结底就是做人的工作，人与人之间的屏障大多都可以通过交流来打破。据统计，善于倾听的领导，受欢迎和尊重的比例最高。倾听是交流的前提，交流又是实施管理、行使管理各项职能的重要途径。上述王熙凤的语言艺术，对我们的启发就是如何同下属交流，倾听他们心声。

第三，领导者善于安排自己的时间。世间除时间以外一切都是变化着的，然而不变却对应着万变。要在不变的时空中创造更多的价值，对于领导

---

① 转引自陈柱：《诸子概论》，中国书籍出版社，2006 年，第 13 页。

者而言，就要善于安排自己的时间。一切效率都是时间演化出来的，优秀的企业家、管理学家的管理方式可能千差万别，然而唯一不变的就是对时间的合理运用。王熙凤也是如此，《红楼梦》就直接描写过她在协理宁国府时如何安排时间。王熙凤对宁国府的仆人们说道：

> 素日跟我的人，随身自有钟表，不论大小事，我是皆有一定的时辰。横竖你们上房里也有时辰钟。卯正二刻我来点卯，巳正吃早饭，凡有领牌回事的，只在午初刻。戌初烧过黄昏纸，我亲到各处查一遍，回来上夜的交明钥匙。第二日仍是卯正二刻过来。

从王熙凤的话语中足见她对时间的合理使用。珍惜自己的时间，就是在爱惜自己的生命，对领导者如此，对所有的人亦是如此。

从元妃省亲看管理的决策与计划职能

在《红楼梦》时代，男子状元及第，女子进宫封妃，这是光耀祖宗，彰显门楣的大喜事。贾元春因为才孝兼得被选入宫中当了女史，后来晋封凤藻宫尚书，加封贤德妃，至此贾家已经跃居皇亲国戚的行列了。元妃省亲是贾府的鼎盛之时，也是书中极其重要的章回。为了这次省亲，贾府耗费了巨资，围绕元妃省亲而展开的一系列活动更是有组织有纪律的。它和秦可卿的丧礼还不大一样。秦可卿的丧礼其实只是宁国府的事，换句话说，荣国府中的人，除了王熙凤在为此忙碌以外，其余的人不过是陪陪客人，周旋来往而已，并没有把这件事当成分内的责任。但元春省亲是整个家族的大事，不单单是荣国府，宁国府也一样要行动起来，所以从这一点上看，办理省亲的事情属于组织行为。为了迎接元妃回家，贾府大兴土木，上上下下各色人等都参与其中，这一浩繁的工程，逐渐被演化成了一系列管理活动，我们也将通过书中对相关细节的描写去认识、理解管理的决策与计划职能。

一、决策与计划

在法约尔最早提出管理五大职能之时，决策并未位列其中。随着管理学的不断发展，人们意识到，无论是计划、组织、协调，还是控制、指挥、领导，都离不开决策，决策已然成了管理工作的本质。赫伯特·西蒙曾说："管理就是决策。"那么何谓决策呢？不同的学者会有不一样的解释，例如杨洪兰先生说："从两个以上的备选方案中选择一个的过程就是决策。"[①] 这个定义非常简单，也方

---

① 杨洪兰、王方华：《现代实用管理学》，复旦大学出版社，1996年，第112页。

便记忆，但是从管理学的角度看，这样的解释并没有把决策职能的核心要义明晰化。因为决策的重点是管理者要认清形势，以便利用机会去解决问题，而且决策不是一个简单的举动，而是一个过程。所以周三多先生定义决策"是指组织或个人为了实现某种目标而对未来一定时期内有关活动的方向、内容及方式的选择或调整过程"①。

何谓计划？它是指为了实现决策所确定的目标，对各项任务进行分解，并落实到部门或个人头上，为各个环节的工作提供具体的依据，要求在一定的时间内完成。这一系列的活动就称之为计划。在实际管理活动中，决策和计划有些时候是交织在一起的，这也导致了很多管理者混淆了决策与计划的概念。从管理实践的先后顺序上说，决策是计划的前提，计划是决策的行动实施以及逻辑延伸。从管理内容与方式上看，决策是整个活动的理念，具体而言，它就是关于组织活动的方向、内容以及方式的选择。计划是活动的具体工作部署，它被细化为部门与成员在一定时间内的具体工作任务，并且给出了详尽的要求。下面我们以贾元春归家省亲这件事为例，再来认识一下决策与计划的区别。

贾元春是贾府的大小姐，因为生在大年初一，所以取名"元春"，后面的姊妹都跟着她的"春"字依次命名。元春因为贤孝才德兼备，所以很早就被选入宫中做了女史。在《红楼梦》第十六回，因为贾政的生日，荣国府中正在大开宴席，突然六宫都太监夏守忠传圣旨，让贾政立刻进宫陛见。这一没有任何预兆的事件，吓得贾府上下不知所措，惊恐万分，后来才知道贾元春晋封凤藻宫尚书、加封贤德妃，贾府上下又开始欢呼雀跃，个个喜气盈腮。就在元春当上皇妃后不久，朝廷颁发了一道上谕给椒房贵戚：

> 凡有重宇别院之家，可以驻跸关防之处，不妨启请内廷銮舆入其私第，庶可略尽骨肉私情，天伦中之至性。

这道上谕的意思是说，后宫所有嫔妃的娘家，如果有防卫比较严密的府邸，在能保证后妃出行安全的情况下，可以邀请嫔妃们回到娘家和父母共聚天伦。此消息一出，很多家庭都开始修建省亲别院，贾府也在其中。为什么朝廷要下这道旨意呢？通过贾琏的话语我们可以得知：

---

① 周三多、陈传明、鲁明泓：《管理学：原理与方法》，第 3 版，复旦大学出版社，1999 年，第221 页。

　　如今当今贴体万人之心，世上至大莫如"孝"字，想来父母儿女之性，皆是一理，不是贵贱上分别的。当今自为日夜侍奉太上皇、皇太后尚不能略尽孝意，因见宫里嫔妃才人等皆是入宫多年，抛离父母音容，岂有不思想之理？在儿女思想父母，是分所应当。想父母在家，若只管思念女儿，竟不能见，倘因此成疾致病，甚至死亡，皆由朕躬禁锢，不能使其遂天伦之愿，亦大伤天和之事。故启奏太上皇、皇太后，每月逢二六日期，准其椒房眷属入宫请候看视。于是太上皇、皇太后大喜，深赞当今至孝纯仁，体天格物。因此二位老圣人又下旨意，说椒房眷属入宫，未免有国体仪制，母女尚不能惬怀。竟大开方便之恩，特降谕诸椒房贵戚，除二六日入宫之恩外，凡有重宇别院之家，可以驻跸关防之外，不妨启请内廷鸾舆入其私第，庶可略尽骨肉私情，天伦中之至性。

　　贾琏的这段言论让人感慨。想来父女母子之间的情感，非一个"孝"与"念"字能够概括总结的。与其说这是贾琏的话语，还不如说这是曹雪芹的思想。特别是父母对于子女的爱，让我想起了龙应台先生的一段文字："我慢慢地、慢慢地了解到，所谓父女母子一场，只不过意味着，你和他的缘分就是今生今世不断地在目送他的背影渐行渐远，你站立在小路的这一端，看着他逐渐消失在小路转弯的地方，而且，他用背影告诉你，不必追。"最后用一个"不必追"来结尾，其中含着欣慰与依赖，一幅画面就呈现出来了——父母拄着拐杖，看着自己的儿女，拥有健壮的身体，背着行囊渐渐远去。欣慰的是他们独立了，在社会上有了自己的担当与责任；依赖则是那一份不舍之情。当年贾政、王夫人目送贾元春进宫，是否也是这样的画面呢？我们不得而知。如今自己的大女儿跃居皇妃之尊，衣锦还乡，荣耀之极，这是一份安慰，更是一份骄傲。所以贾府众人得知元春晋封，莫不"得意洋洋"。那么要让銮驾回家，需要有"重宇别院"可以"驻跸关防"。其他"妃子之家"已经开始行动了：周贵人的父亲已在家里动了工了，修盖省亲别院；又有吴贵妃的父亲，也往城外踏看地方去了。贾府原有"重宇别院"，但是为了彰显气派，于是开始着手打造大观园。紧接着就有了后来的设计建筑图纸，丈量土地，拆迁规划，下苏州采买戏子，置办省亲一切物件。

　　现在我们又回到决策与计划上来。皇帝为了展示自己以孝治国的理念，所以准许自己的后妃们归家省亲，这一举动就是管理学意义上的决策。决策是关于组织活动理念、内容以及方式的选择。就皇帝所作出的这一决策来说，它的理念就是彰显"以孝治国"；具体的内容就是发扬中华孝文化，因为"百善孝为先";实施的方式就是让椒房贵戚们迎接自己的女儿归家省亲。皇帝有了决策,就需要臣子们落到实处,换而言之,有关的大臣和家庭就负责具体实施,于是就有了贾府建造大观园的相关计划。"计划是对组织内部不同部门和不同成员在一定时期内行动任务的具体安排,它详细规定了不同部门和成员在该时期内从事活动的具体内容和要求。"① 对于贾府而言,操办这次省亲大典,其各项安排就是管理学中的计划。

二、从省亲制度看决策的特点

在中国古代,并没有后妃回家省亲的记载,在《红楼梦》时代更没有嫔妃省亲的制度,元妃省亲只是曹雪芹的艺术手笔而已。然而书中的相关情节却能让我们看到决策的特点。从管理学的角度看,决策的类型是多种多样的,这源于我们划分的标准不同,有长期决策、短期决策,战略决策、战术决策,集体决策、个人决策,等等。然而无论怎么划分决策的类型,决策职能的特点是不会变的。决策的特点主要表现在以下六个方面。

第一,目标性。这是任何决策都不会少的要素。目标主要表现在组织想要获得的结果上。需要注意的是,决策的目标不一定是一个非常具体的事件或效果,还可能是一种理念的传播。贾元春可以回家省亲,这是皇帝做出的决策,因为皇帝认为世上至大莫过于一个"孝"字,孝是不分高低贵贱的,天下所有父母儿女之性皆是一理。皇帝看见自己的后宫佳丽们离家多年,岂有不思念父母的,于是就有了省亲的制度。但是这个决策不是针对元妃一个人,而是整个后宫的嫔妃。换句话说,省亲制度出台的目标是推行"以孝治国"的理念,而不是单个嫔妃回娘家这件事本身。

第二,可行性。决策的出台要考虑的第一点就是它的可行性,再好的决策如果不能落到实处,就成了空中楼阁。所以领导在决策的过程中不仅要考虑方案的必要性,还要注意它的条件有限性。《红楼梦》中的后妃能不能归家省亲,皇帝给出了两个条件,一是"有重宇别院",二是"可以驻跸关防"。"重宇别院"是指相对独立的院落,"驻跸关防"是指防卫严密,满足了这两点的家庭就可以申请省亲了。当然这里面还有一个隐含的条件,就是

---

① 周三多、陈传明、鲁明泓:《管理学:原理与方法》,第 5 版,复旦大学出版社,2012 年,第 235 页。

申请之家一定是有女儿被封为了嫔妃的，否则请谁回娘家呢！要满足皇帝给出的两个条件，对于椒房贵戚们是比较容易的，因为"重宇别院"对于这些家族来说都是现成的，不过有新旧而已，就算没有也可以立即修建，例如周贵人的父亲已经在家里动工了，吴贵妃的父亲吴天祐已经去城外看地方了。这说明大家都要大兴土木。然而大兴土木建造"重宇别院"有两种情况：一种是旧址整改，周贵人家就属于这一类；另外一种是重新选址修建，吴贵妃家就属于这一类。贾府属于这两种的综合，旧址整改是将宁荣二府连接起来，选址新建是又重新扩了地修建大观园，但是并没有和原来的府邸相隔离。至于"驻跸关防"那就更容易了，因为后妃出行仪仗卫士已经非常多了，加之皇亲国戚们原本就有护院家丁，保证贵妃的安全绝对没有问题。

这样看来，省亲制度是有可行性的。但是这种制度的可行性并不高。为什么呢？可能皇帝在做出决策之时忽略了相关条件的有限性。这里的有限性主要指的是娘家在外省的后妃。我们可以看到，无论是周贵人、吴贵妃，还是贾元春，她们的家都在京城内。所谓省亲，对于她们来说就是从皇宫出来回到京城的家里，然后再回宫，路程很近也很方便。然而如果是外省入选的后妃呢？在交通不便利的时代，回个娘家来去就要十天半个月，如此兴师动众，就算皇帝恩准，恐怕后妃们自己都不愿意长途跋涉了。

第三，选择性。决策在很大意义上就是选择，没有选择就没有决策。选择的前提就是要有至少两种备选方案。在管理活动中，为了实现目标，活动的方式总是多种多样的，目的就是为了有选择性。选择性不仅能增加活动的多样性，还可以规避单一策略带来的风险。《红楼梦》中的省亲制度是兼顾了选择性的。其实省亲有两种方式，一种是后妃归家省亲，另外一种是每月逢二六日椒房眷属入宫探望。皇帝最先提出的是第二种方案，后来太上皇、皇太后说，椒房眷属入宫未免有国体仪制，母女之间不能惬怀，所以在皇帝的方案外又增加了归家省亲一项。这样一来就可以化解策略实施当中的局限性了。选择归家省亲可以不拘国礼，选择入宫探视可以规避护卫风险，还可以节省修建重宇别院的开支，可见选择性的好处。当然如果有条件，两者都可以选，从后面的情节得知，贾府就二者都选了。

第四，满意性。决策就是选择，在选择的过程中没有"最优"，只有"满意"，所以"满意"就成了决策的原则。就如省亲制度的两种方案，我们很难说哪一种最优，因为优劣是不同的人根据其立足点来判断的。任何一种方案都有它的风险性和局限性，选择时只要能"满意"就是对的。对于贾府而言，能请回元春就是满意，因为他们有钱修庭院，有人作保卫。可能对于其他妃子家，能入宫探视就是满意，因为他们觉得为一次省亲就花光所有积蓄不太理智。所以决策的原则就是满意，而不是最优。

第五，过程性。对于一个组织或者企业而言，决策并不是一个单项行为，而是一个系列行动的综合。当满意的决策方案选出来以后，领导者还需要对其他决策作出安排和定夺，以保证该决策的顺利实施。省亲制度的决策就是一个综合过程，当皇帝作出决策之后，该决策就涉及一系列的问题。《红楼梦》第十八回这样写道：

> 展眼元宵在迩，自正月初八日，就有太监出来先看方向：何处更衣，何处燕坐，何处受礼，何处开宴，何处退息。又有巡察地方总理关防太监等，带了许多小太监出来，各处关防，挡围幕，指示贾宅人员何处退，何处跪，何处进膳，何处启事，种种仪注不一。外面又有工部官员并五城兵备道打扫街道，撵逐闲人。

其中的繁琐礼节可见一斑。然而这毕竟是皇妃回娘家，皇家的威仪和气派是要拿足的。虽然决策本身就只是"归家省亲"四个字，但是这一系列的过程综合，才能促成决策的成功实施。

第六，动态性。决策是一个过程，这代表着决策是以动态形式存在的，而且它还是一个不断循环的过程，一旦运作起来就没有实际的起点和终点。在这种情况之下，管理者必须根据外部环境的变化做出适当的修正，其目的就是保证组织和外部环境的动态平衡。第十八回元妃回家省亲之后，虽然没有再如此兴师动众地回过家，但是省亲的制度并没有终止，省亲还在不断地延续，每月逢二六，王夫人等都要去宫里探视。

三、从修建大观园看计划的性质与编制

决策与计划是一组相对的概念，离开了一个具体的管理事件，我们无法判断哪一个是决策，哪一个是计划。就元妃省亲这件事来说，皇帝制定的省亲制度就是决策，而贾府响应皇帝的号召，迎接贾府的大小姐归家省亲，从而开始筹备相关事宜并组织修建大观园，这就是计划。管理学中的计划有着什么样的性质？它的编制过程是怎样的？我们以《红楼梦》中一系列事件为例来诠释。

计划工作是为实现组织目标服务的，它也是落实决策的第一步。计划工作一般从时间和空间两个维度进一步细化决策。计划工作的时间维度是指将决策所确定的目标，按照时间的先后顺序安排，它遵从的是工作间的逻辑与衔接。计划工作的空间维度是指将决策所确定的目标，按照不同部门、不同层次分派到位，让组织中的个体各司其职，各安其位，它遵从的是工种间的协作与配合。正因为如此，我们常把计划工作称为管理活动的基础，这也构成了计划的性质之一。计划工作还具有普遍性、秩序性、追求效率性等。所有管理人员，无论是高层管理人员还是基层管理人员，都需要做计划，只不过计划的广度和深度不一样罢了。从计划的时间维度和空间维度可以看出，它的实质就是在寻求和布置一种秩序，只有在秩序下才能完成衔接、配合和协作。管理本身就是在追求效率，计划工作也不例外，在计划工作的实施过程中，你会清晰地看到追求效率的运动轨迹。

按照不同标准来划分，计划也可以分为很多类，例如长期、短期计划，战略、战术计划，程序性与非程序性计划等，但无论是哪一种计划，管理人员在编制计划的时候，所遵循的逻辑与步骤都是一致的。一般来说计划的编制要历经六个步骤，我们通过贾府置办元妃省亲事宜的实际活动来诠释这个过程。

第一，确定目标。

目标就是期望的成果，在上面我们就讲过，决策是对目标方向性的选择，计划是实现既定目标的第一步，所以在迈出这第一步时就必须时时刻刻牢记选定的方向。宁荣二府筹划的省亲事宜，其方向就是遵从皇帝"以孝治国"的理念。"忠孝"二字在传统文化中一直被供奉在顶级的位置上，省亲制度是皇帝为发扬"孝文化"而打开的方便之门，所以对于贾府来说，办好省亲事宜不仅是发扬"孝文化"的实际举动，还是效忠皇帝的最好表现。确定目标不仅要为组织各成员再次指明方向，还要将确立的目标分解成不同的任务，并落实到各部门。元妃归家省亲，贾府需要做哪些具体的工作呢？一是修建省亲别墅，这就是后来由元春重新命名的大观园。这里面又包含着很多子任务，例如设计图纸，划定建筑范围，修建与监理，等等。二是为省亲采办相应用品人力。这就更加繁琐，例如需要娱乐用的戏子，可能拜佛使用的尼姑，装饰场地使用的金银器皿，等等。这一切就构成了实际目标。

第二，认清现实。

哈罗德·孔茨曾说："计划工作是一座桥梁，它把我们所处的这岸和我们要去的对岸连接起来，以克服这一天堑。"① 我们要去的"对岸"就是实现我们的计划。然而千里之行始于足下，出发到对岸之前，一定要认清脚下的"这岸"。对于此时的贾府来说，将省亲办得越热闹越好，办得越豪华越好，但是这需要大量的人力物力，需要耗费成千上万的银子，这不是在想象中就能完成得了的。贾府此时面对着三个方面的问题，一是修建省亲别墅的地方。宁荣二府虽然同属于一个祖宗，但毕竟是两座府邸，经济、人事、管理等都各自独立。现在元妃要回来省亲，这又是两府的共同事件，所以省亲别墅是连着两府修建呢，还是另外找地方独立修建？二是如果独立修建，去哪里找地方？如果连着修建，又如何规划，怎么拆迁，怎样将两府合二为一？三是贾府历经百年，此时非彼时，经济状况早已不如从前。正如冷子兴所说："如今的这宁荣两门，也都萧疏了，不比先时的光景。"那么省亲所需的经费怎么筹划，又如何能在保证排场的前提下节省？这些都是现实，只有认清了、认可了这一切，下面的工作才能在一个实际的平台上开展。

第三，预测并有效地确定计划的重要前提条件。

这里的前提条件是指在已有的环境下要实现计划的假设条件。例如我们在贾府现有的地理环境下选择连接宁荣二府并打造大观园，这个方案选定之后，就必须确定实现这个方案的前提条件。前提条件认识得越清楚，计划工作就越有效果，可行性也就越强。而且在预测前提条件的工作中，组织成员能更彻底地理解计划工作的思想与步骤。

对于贾府来说，现在要连接原有两座府邸并扩地修建大观园，这种方案有可行性吗？书中第十六回这样写道：

> 老爷们已经议定了，从东边一带，借着东府里花园起，转至北边，一共丈量准了，三里半大，可以盖造省亲别院了。

> 先令匠人拆宁府会芳园墙垣楼阁，直接入荣府东大院中。荣府东边所有下人一带群房尽已拆去。当日宁荣二宅，虽有一小巷界断不通，然这小巷亦系私地，并非官道，故可以连属。会芳园本是从北拐角墙下引来一股活水，今亦无烦再引。其山石树木虽不敷用，贾赦住的乃是荣府旧园，其中竹树山石以及亭榭栏杆等物，皆可挪就前来。如此两处又甚近，凑来一处，省得许多财力，纵亦不敷，所添亦有限。

---

① 哈罗德·孔茨、海因茨·韦里克：《管理学》，郝国华译，经济科学出版社，1993年，第66页。

从这两段原文中可以看到，几个实现计划的前提条件都得到了解决。首先，修建省亲别墅需要足够大的土地，于是贾府的主人们商议，从东边一带，借着宁国府的花园，再转至北边，丈量周长有三里半，面积相当于现在的 16 个标准足球场，这足够建造"重宇别院"了。其次，想连接宁荣二府也是可以的，虽然现在的两座国公府由一条小巷子隔断了，但是这条巷子并非官道，属于贾府的私宅地，所以可以直接打通，将两府合二为一。最后，要让整个修建过程尽量节省也是可行的。因为要合并两府，所以原来宁国府会芳园中的亭台楼阁，以及贾赦院中的山石树木都可以挪用，重新布局。这样一来既不浪费旧物，还可以让它们重新散发光辉。另外，修建园林讲究山水融合，大观园的布局中有了树木山石，那水呢？原来会芳园就从北拐角墙下引了一股活水，现在会芳园已经成了大观园的一部分，所以就无需再引了。水的问题也得到了解决。可见修筑大观园计划的重要前提条件都得到了满足，开工指日可待。

第四，拟订主要计划。

在拟订主要计划之前还可以增加一个环节，那就是拟订和选择可行性计划。什么意思呢？就是多预备几套计划方案供选，在选择可行性较强的方案之后再进入主要计划步骤的拟订。例如在大观园修建之前，其实是有几套方案备选的，虽然书中没有明确交代，但是当贾蓉说出两府合并，旧址重建的决定后，我们从贾琏的话语中便可得知：

> 正经是这个主意才省事，盖造也容易，若采置别处地方去，那更费事，且倒不成体统。你回去说这样很好，若老爷们再要改时，全仗大爷谏阻，万不可另寻地方。

从这句话中可以看出，贾琏是赞同两府合并，旧址重建的，并提出如果贾赦、贾政等要改选其他方案，就由贾蓉请贾珍谏阻。

接下来就是拟订主要计划了，这是计划编制的中心环节，在管理学上我们常用"5W1H"来描述它的内容。"5W"是指：What——做什么，这是指目标和内容；Why——为什么做，这是指推动计划的原因；Who——谁去做，这是指参与的人员；Where——在哪里做，这是指具体的地点；When——何时做，这是指开工以及竣工的时间。"1H"是指 How——怎样做，这是指方法和程序。在《红楼梦》第十六回有一段描写就非常清晰地展示了"5W1H"计划编制思路：

次早贾琏起来，见过贾赦贾政，便往宁府中来，合同老管事的人等，并几位世交门下清客相公，审察两府地方，缮画省亲殿宇，一面察度办理人丁。自此后，各行匠役齐集，金银铜锡以及土木砖瓦之物，搬运移送不歇。先令匠人拆宁府会芳园墙垣楼阁，直接入荣府东大院中。荣府东边所有下人一带群房尽已拆去。

贾政不惯于俗务，只凭贾赦、贾珍、贾琏、赖大、来升、林之孝、吴新登、詹光、程日兴等几人安插摆布。凡堆山凿池，起楼竖阁，种竹栽花，一应点景等事，又有山子野制度。下朝闲暇，不过各处看望看望，最要紧处和贾赦等商议商议便罢了。贾赦只在家高卧，有芥豆之事，贾珍等或自去回明，或写略节，或有话说，便传呼贾琏，赖大等领命。贾蓉单管打造金银器皿。贾蔷已起身往姑苏去了。贾珍、赖大等又点人丁，开册籍，监工等事，一笔不能写到，不过是喧阗热闹非常而已。

从这一段文字中可以看出，整个大观园修建工程的实施有条不紊。做什么，为什么做，在哪里做，不必再述，贾府所有的人都了然于胸，这里主要展示的是谁来做，怎么做。大观园的总设计师是一位叫"山子野"的老先生，文中说"一应点景等事，又有山子野制度"，意思就是一切都按照山子野先生的设计实施。贾政、贾赦是总监理，贾政不喜俗务，只在下班之后各处看看而已，所以实际的总监理就是贾赦。贾珍、贾琏是总指挥。贾赦平时就在办公室，想起什么就叫来贾珍吩咐，工地上一应大小事情贾珍、贾琏都要向贾赦回报。贾蔷负责采购，贾蓉负责金银器皿的打造。赖大、来升、林之孝、吴新登等贾府的管家们担任总干事，点名造册、搬运东西、工程实施都是他们具体负责。现场工人除了贾府一部分仆人以外，还请了很多匠人，负责修楼铺路、堆山凿池等。

第五，制订派生计划。

所谓派生计划是指主要计划的子系统部分。从管理实践来看，主要计划都需要派生计划来支持。例如大观园修建好了，其景点中有一处叫栊翠庵，是一座寺庙。既然是寺庙，那么就需要有尼姑打理佛事，请谁来住持呢？这就属于派生计划的范畴。从《红楼梦》后来的情节得知，贾府邀请了一位叫妙玉的带发修行的尼姑，因为她出身官宦人家，模样又标致，而且精通佛典，又能演先天神数，所以王夫人特别中意，于是下帖子邀请，专门派车马去接。再例如贾蔷去姑苏买回来的十二个唱戏的女孩子，聘请的教习，以及各色唱戏使用的行头往哪里安置？这也属于派生计划。因为梨香院空着，所以王夫人就安排她们在梨香院练习戏目，"令贾蔷总理其日用出入银钱等事，以及诸凡大小所需之物料账目"。

第六，制订预算。

对于一家企业而言，任何计划的实施都需要钱。制订预算一方面可以让计划的指标体系更加明确，另一方面也方便管理者对计划进行控制和监督。元妃省亲虽然说让整个贾府光芒四射，但是为这一次活动耗费的钱银已经伤到了贾府的元气。按照贾蓉的话说："再两年再一回省亲，只怕就精穷了。"《红楼梦》中虽然没有写省亲耗费银子的具体数目，但是能让皇妃元春都觉得奢华靡费，可以想象其用度。正如赵嬷嬷所说："别说银子成了泥土，凭是世上所有的，没有不是堆山塞海的，'罪过可惜'四个字竟顾不得了。"

那么这次省亲活动有预算吗？当然是有的。然而贾府的预算并不到位。贾府的预算是以"好看"为前提的，只要能让场面好看，气势恢宏，就算多用一些钱也没有关系。在王熙凤协理宁国府时，贾珍也是如此。他对王熙凤说："妹妹爱怎样就怎样，要什么只管拿这个取去，也不必问我。只求别存心替我省钱，只要好看为上。"秦可卿的丧事尚且如此，更何况元妃省亲呢。贾蔷要下姑苏买戏子，贾琏问这一项银子从何处拿，贾蔷回答道：

> 才也议到这里。赖爷爷说，不用从京里带下去，江南甄家还收着我们五万银子。明日写一封书信会票我们带去，先支三万，下剩二万存着，等置办花烛彩灯并各色帘栊帐缦的使费。

从贾蔷的回复看，这样的预算并不到位，几乎笼统到没有预算的地步。正因为如此，省亲活动加快了贾府经济崩溃的步伐。

四、从管理到哲学

《红楼梦》中最典型的大悲与大喜分别是"可卿丧礼"与"元妃省亲"。在故事情节的先后顺序上，一前一后紧相连属。它们分别发生在宁国府和荣国府。当年宁国公居长，荣国公居次，如今东府哭声戚戚，西府却迎来欢歌笑语，这对矛盾发人深思。世间万物可谓瞬息万变，富贵与贫穷也就一墙之隔，悲欢离合也总是魔幻般交替更迭，否极泰来，周而复始。作者让大悲牵引着大喜，不仅仅是一种写作技巧，更多地融汇了中国式的人生哲理。所以这一悲一喜也在曹雪芹的笔下浓墨重彩地呈现，场面宏大，笔触细腻。

　　大悲与大喜是情感世界中的两个极端，它们就像天平的两极，平衡着人生。大悲与大喜又像生命历程中的指向。我们一落娘胎，第一件事就是大声啼哭，这似乎暗示着"大悲"的开始；然而哭泣中并没有泪水，声音是那么嘹亮高亢，这似乎又宣示着生命的意义是要从"大悲"走向"大喜"。《红楼梦》其实归根结底是在渲染生命中的大悲与大喜，悲喜交错总是耐人寻味，芸芸众生也在悲与喜的交织中体验着五味与五色。

从贾府的机构设置看管理的组织职能

《红楼梦》中的贾家，是一个历经了百年的大家族，从贾氏祖宗九死一生挣下这份家业到贾宝玉这一辈，贾府已运转了一个世纪。虽然贾府最后衰败了，但是在一百年的风雨历程中也曾盛极一时，辉煌无比。一座拥有三四百人口的国公府邸是如何运转的，管理是如何实施的，王熙凤等领导者的号令又是以何种方式传递并执行的，这一切都牵涉到管理的一项基本职能——组织。对于一个团队而言，要想高效率地运行，就必须有一个合理的组织机构。一位优秀的领导者，定是一个能设计并搭建合理组织构架的高手，因为再高明的管理者也不能离开组织发挥作用。本文将以贾府的机构设置为出发点，从四个方面梳理管理的组织职能。

一、组织结构的基本形态

组织结构的设计从形式上看千变万化，然而无论是什么样的设计，组织结构的实质是永恒不变的：它是对管理者的管理活动进行横向和纵向的分工。所谓横向分工指的就是管理幅度。因为在一个组织中，最高管理者会受到时间、精力等限制，他必须委托一定数量的人来分担其管理工作，这样一来就减少了他的业务工作量，但与此同时又增加了他协调受委托人之间关系的工作量，所以任何一个管理者能够直接有效地指挥和监督的下属数量是有限的。在管理学中，我们把这个由领导直接管理的下属的数量称为管理幅度。所谓纵向分工指的就是管理层次。同样由于时间和精力的原因，最高管理者的受委托人也需要将受托承担的管理工作再委托给另一些人来协助完成，以这样的方式类推下去，就形成组织中从最高管理者到具体工作人员的不同管理梯队，这个梯队就被称为管理层次。

　　《红楼梦》中的贾府其实是宁国府和荣国府的统称，最早开府的是两兄弟，因为开国定鼎之时战功赫赫，所以分别受封宁国公和荣国公两个爵位。宁荣二府因为等级相同，又都属敕造，建筑面积、亭台楼阁、人员配备等都几乎一模一样，所以我们就选取荣国府为例来讲解。

　　在《红楼梦》时代，主子和仆人之间是天然的上下级关系，所以贾府的主子们就是这座府邸的最高统治集团。在这个最高统治集团中，一般是按照血缘辈分来划分管理层次的。例如贾母的辈分最高，理所当然就成了贾府的最高管理者。她受年纪、精力等原因的影响，现在已经很少理事，以颐养天年为主，所以就把管理工作委派给了王夫人。王夫人受委托之后，因同样的原因，又再次把管理工作分派给贾琏和王熙凤夫妇。贾琏和王熙凤这一层级的管理者非常关键，地位也很独特。就最高统治集团而言，他们两人属于最低级的管理者，然而从属于被统治集团的仆人们的角度看，他们又属于高级别的直接领导者。贾琏和王熙凤毕竟是主子，他们不会直接参与具体的劳动，在管理上也会把相应的工作再次分派给仆人们，于是就有了荣国府的四大管家——赖大、单大良、林之孝、吴新登。

　　荣国府的四位大管家，以赖大为首，我们可以称其为正总管，他负责安排管理所有工作。赖大虽然是贾府的仆人，但是他的家私也是惊人的，有独立的宅院，还有类似于大观园的花园别墅，当然规模不及大观园，因为受身份的局限，赖大就算有钱也只能享受和自己奴仆身份相应的规格。所以赖大除了要打理贾府的日常工作，也要料理自己的私人产业。这样一来他的精力就分散了，为了不让贾府的管理出现纰漏，于是又把管理工作分派委托于单大良、林之孝、吴新登三位副总管。

　　单、林、吴又有各自的管辖范围。单大良类似于常务副总管，所以他管辖的范围最大，贾府的门房、厨房、茶房、古董房、金银器皿房、配药房、家禽饲养场等都归他总领。林之孝分管各处的田庄以及账房。田庄并不在贾府周围，而是在相对较远的乡下，林之孝没有办法亲临现场监督，就让田庄的庄头乌进孝全权管理，每年给贾府上缴的实物地租也由乌进孝押送进京。田庄的货币地租则委派王夫人的陪房周瑞分春秋两季收取，然后上缴贾府。林之孝的精力主要放在了账房的管理上。贾府的账房相当于当下的会计科，并不直接接触银子，这样也是为了控制经济上的风险，会计和出纳分开。贾府直接管理银子进出存放的地方叫银库，由吴新登副总管管辖，他还兼管粮仓和买办房。和林之孝一样，吴新登自己主要管理银库和粮仓，将买办房的事务交给钱华分管。

需要特别指出的是，以上的组织机构都是男性仆人们在管理，其实在《红楼梦》中还有一个隐形的组织机构，就是大管家的妻子们，她们也在贾府效力，这就是我们常在《红楼梦》中看见的赖大家的、单大良家的、林之孝家的、吴新登家的四位管家娘子。男仆总管由贾琏负责，主要的活动范围是二门外。四位管家娘子由王熙凤负责，主要的活动范围是二门内。在《红楼梦》时代，侯门公府的二门是一条界限，二门外是男性的世界，二门内是女性的世界。仆人们能不能进二门已经成了身份的象征，只有高级别的仆人才有资格进入二门。大家闺秀和太太、少奶奶们一般都不会轻易迈出二门的。

上面提到的常务副总管单大良主管的门房、厨房、古董房等都在二门外。二门内也有一些组织机构，例如浆洗房、针线房、戏房、库房等。原则上这些机构都由王熙凤负责，而王熙凤同样给每一个机构都指定了主要负责人。浆洗房由鸳鸯的嫂子主管，针线房由张材家的主管，戏房是贾蔷主管。而王熙凤自己主要负责调度和管理库房。二门内的库房都存放着贾府的古玩奇珍，价值连城，异常重要，所以贾府的旧例，谁管家谁就掌管库房的钥匙。当年的贾母和王夫人都是管家人，所以她们也都直接掌管过二门内的库房，正因为如此，贾母对库房的物件才那样清楚，就连收藏了多年的霞影纱等高级布料都能如数家珍。（荣国府组织机构图附后）

贾府的组织结构既有管理幅度也有管理层次。以管理层次而言，整个贾府的主要管理梯队就有四层，有些机构甚至高达五层。管理层次受到组织规模和管理幅度的影响。管理层次与组织规模成正比，组织的规模越大，拥有的成员越多，管理层次就越多。贾府的仆人接近四百人，拥有如此众多的组织成员，管理层次也就会相应增加，所以才出现四五层管理梯队的现象。在组织规模已定的条件下，管理层次与管理幅度成反比，主管直接控制的下属越多，管理层次就越少，相反，管理幅度缩小，则管理层次就会增加。例如贾府二门内的管理，王熙凤是最高主管，如果她放权给平儿，平儿再去管理浆洗房、针线房、戏房，每一机构因为职能不一样，又各自设立主管，这样一来二门内就形成了四层管理。对于王熙凤而言，此时她的管理幅度就很小，只需要管理平儿一人，但是管理层次就增加了。如果王熙凤把权力收回，直接管理浆洗房、针线房、戏房和库房，她的管理幅度就从原来的一个机构增加到四个机构，此时的管理层次又从原来的四层减少到了三层。

《红楼梦》荣国府组织机构图

注:

①荣国府的主子们是组织机构的最高层，以贾母为 代表。

②四位总管的妻子也是荣国府的管家，男性总管负责二门外，女性总管负责二门内。

③林之孝主要管理账房的事务，相当于主会计。

④买办房的人员相当于现在的采购员。鸳鸯的哥哥金文彩就属于此机构。

⑤吴新登主要负责银库，相当于总出纳。

⑥因为家庙在封建社会地位非同一般，所以直接由贾府宗笈子弟负责管理。

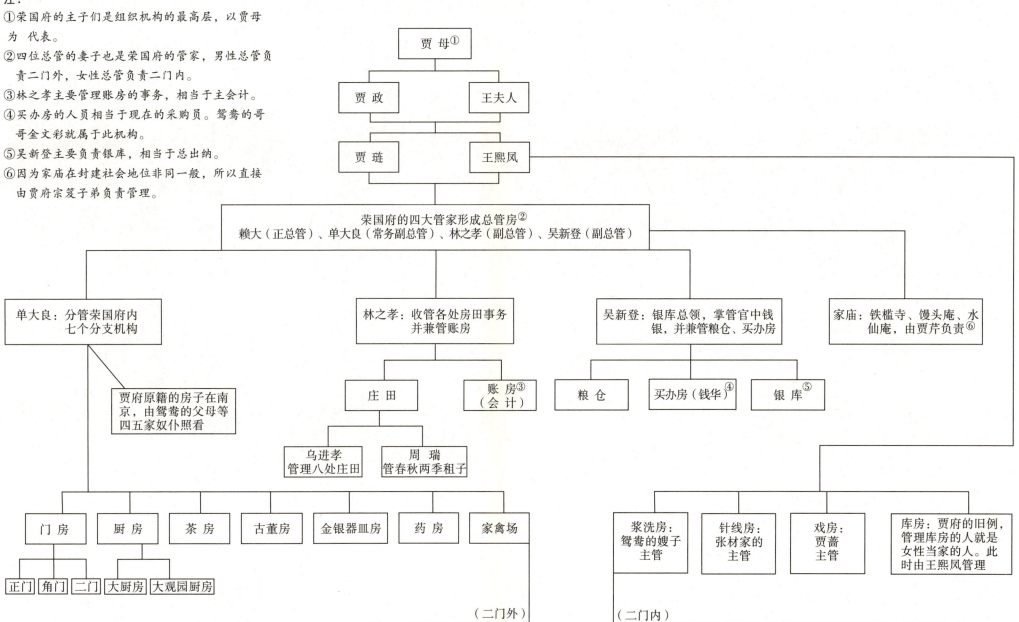

　　管理层次和管理幅度的反比关系，构成了组织的两种基本形态——扁平结构形态和锥形结构形态。扁平结构形态是指组织规模已定的情况下，管理幅度较大，管理层次较少的一种组织结构形式。锥形结构形态是指管理幅度较小，而管理层次较多的金字塔形结构。两种组织结构形态各有优缺点。扁平结构形态的优点在于从上至下的信息传递快，因为管理层次的减少，信息在传递的过程中失真的可能性也就大大降低。而且因为管理幅度宽广，主管对下属的控制也不会僵化，这样有利于发挥下属的主观能动性。然而缺点也在此产生：正因为管理幅度大，主管对每一个下属的监督和指导就会减少，从而可能会让事情偏离原来的计划，最终失败；加之下属给主管直接反馈的信息过多，可能导致甄别困难，过犹不及。锥形结构形态的优点和缺点刚好和扁平结构形态相反。较小的管理幅度可以使每一位主管仔细研究从下属那里得到的信息，并作出详细的指导，但是管理信息的传递又会因为层级多而失真，这样就导致计划的控制工作更加复杂。而且，层级太多，会让各层主管感到压力和晋升困难，从而影响积极性的发挥。

　　从整体上看，贾府的组织结构属于锥形结构形态。按照上述分析，在实际管理运行中，锥形组织结构的优缺点应该在贾府的管理中同时表现出来。然而奇怪的是，贾府的管理活动只表现出了缺点而少有优点。例如锥形结构形态下最高管理者所管理的幅度很小，他可以仔细考虑下属的建议从而对他们进行详尽的指导，但是贾府在管理活动中并没有利用好这一优点。譬如林之孝直属于贾琏管理，因为长期从事贾府财务管理，看到贾府的经济状况每况愈下，于是建议贾琏开源节流，对每位主子使用的丫鬟仆人进行裁减，这样就可以缓解经济压力。然而为了维持旧日的空架子和"体面"，以贾琏为代表的统治集团最终否定了林之孝的建议，白白地浪费了一计良策。

　　由此可见，两种基本的管理组织结构形态各有优缺点，在组织设计时要尽可能地综合两种基本组织机构形态的优势，克服它们的局限性。更重要的是，管理活动毕竟是人在作为，如果管理者本身不去利用组织结构形态原有的优势，那么优势就只能成为一种理论停留在书本上。

二、组织设计的原则

　　组织所处的环境，组织的规模，以及变化着的时政都会影响组织结构的设计，所以我们看到的组织机构千差万别。然而任何组织在进行结构设计时，都会遵循一些相通的原则。

（一）因事设职和因人设职相结合的原则

任何一个组织，其结构的设计都是为了实现组织目标。那么在组织设计的过程中首先要做的就是让每一项工作内容都能落实到具体的岗位和部门，即"事事有人做"。所以从逻辑性的角度看，组织设计首先考虑的是因事设职，因具体的职位用人。但是这并不意味着因事设职就不考虑人的因素。只看职位不看人，也不能有效地完成工作。

例如《红楼梦》第二十三回，元妃省亲之后，原本在大观园玉皇庙和达摩院两处的十二个小道士和十二个小沙弥就要挪出去，按照贾政的意思，就要分发到各庙里去住。后来王熙凤建议王夫人说：

> "这些小和尚道士万不可打发到别处去，一时娘娘出来就要承应。倘或散了，若再用时，可是又费事。依我的主意，不如将他们竟送到咱们家庙里铁槛寺去，月间不过派一个人拿几两银子去买柴米就完了。说声用，走去叫来，一点儿不费事呢。"王夫人听了，便商之于贾政。贾政听了笑道："倒是提醒了我，就是这样。"

王熙凤因为受了贾芹的母亲周氏的央求，就把管理小和尚小道士的差事交给了贾芹，还提前预支了三个月的费用，共计二三百两银子给他。贾芹于是坐着驴车，带着这群人去了铁槛寺。管理工作到这里应该就是因事设职了，但是贾芹管理得怎么样呢？看第五十三回，贾芹到贾珍处领取年货，两人之间的一番对话就可得知：

> （贾珍）命人在厅柱下石矶上太阳中铺了一个大狼皮褥子，负暄闲看各子弟们来领取年物。因见贾芹亦来领物，贾珍叫他过来，说道："你作什么也来了？谁叫你来的？"贾芹垂手回说："听见大爷这里叫我们领东西，我没等人去就来了。"贾珍道："我这东西，原是给你那些闲着无事的无进益的小叔叔兄弟们的。那二年你闲着，我也给过你的。你如今在那府里管事，家庙里管和尚道士们，一月又有你的分例外，这些和尚的分例银子都从你手里过，你还来取这个，太也贪了！你自己瞧瞧，你穿的象个手里使钱办事的？先前说你没进益，如今又怎么了？比先倒不象了。"贾芹道："我家里原人口多，费用大。"贾珍冷笑道："你还支吾我。你在家庙里干的事，打谅我不知道呢。你到了那里自然是爷

了，没人敢违拗你。你手里又有了钱，离着我们又远，你就为王称霸起来，夜夜招聚匪类赌钱，养老婆小子。这会子花的这个形象，你还敢领东西来？领不成东西，领一顿驮水棍去才罢。等过了年，我必和你琏二叔说，换回你来。"贾芹红了脸，不敢答应。

从贾珍严厉的批评和贾芹的表情看，贾芹不但没有做好在家庙的工作，还常常赌博嫖娼。从组织设计的角度来说，这就是王熙凤只考虑到了因事设职，而没有兼顾因人设职的缘故。任何组织，虽然以实现组织目标为主要任务，但是组织首先是人的聚合，而不是事和物的堆积，完成工作任务的也只有人，所以现实工作中，组织设计要遵循因事因人相结合的原则。

（二）权责对等的原则

为了完成计划中的工作，组织中的每一个部门都要利用人力、物力、财力等资源。所以组织就会赋予每一个部门一定的权力，如果没有权力，就调配不动人、财、物等资源，工作也就无法完成。相反，如果权力过大，就可能导致不负责任的权力滥用，危及整个组织系统。所以组织设计应坚持权责对等的原则，即赋予权力的同时给予相应的责任，权力不能超过其应负的职责。

其实贾府组织设计在权责对等的原则上还算处理得比较好。也许我们会认为王熙凤在贾府的权力很大，其实不然，她的权力是受到很大的限制的。她主要的工作就是调度，一切事务都有"祖宗旧例"。使用钱银并非她一个人说了算，上面有贾母、王夫人定夺，下面还有总管房的四大管家预算筹划，所以在很大程度上，王熙凤掌管的钱不过就是过一道手，增加一道程序而已。例如，二门内丫鬟们的月钱，账房算好后，从银库支取，再转交给王熙凤分发。王熙凤唯一能作弊的就是拖延时间，推迟分发给丫鬟们的最终日期，利用时间差放高利贷，等本利回来再把月钱发到丫鬟手里。

（三）统一命令的原则

无论是哪一种组织结构形式，一旦构建起来就要实际运转，除了处于最高层的领导者外，组织中所有的成员都要接受上级下达的命令，从而开始或者结束、进行或者修正自己的工作任务。但是问题随之而来：如果一位员工面对着多位领导者，他们都同时向这位员工下达命令，那么这位员工该听谁的呢？这时就会出现员工无所适从，命令无法落实，工作不能推进的情况。为了防止这种情况的发生，在设计组织结构时就要把握"统一命令"的原则。

所谓统一命令就是指组织中的任何员工只能接受一个上司的命令和指挥。

上面我们已经讲到，贾府的组织机构属于锥形结构形态，从组织结构上看是能遵循统一命令的原则的，但是在实际运转中往往会出现多位领导者指挥一个下属的情况，从而导致矛盾产生。

例如《红楼梦》第二十七回，王熙凤到大观园稻香村找李纨话家常，半道上突然想起了一件事，然而身边又没有跟自己的丫鬟，于是就随手召唤了一个人来，她就是贾宝玉房里的小红。小红是三等奴仆，在贾府组织结构中属于基层员工，她的直接上司是贾宝玉房里的晴雯。按照统一命令的原则，小红应该受命于晴雯，但是王熙凤毕竟是主子，主人让一个三等仆人做事，谁敢违背她的命令！小红也只能按照王熙凤的安排行事。就在办事的途中，她遇到了晴雯，晴雯便指责小红不好好在怡红院当差，就知道到处闲逛。小红辩解道：

> "你们再问问我逛了没有。二奶奶使唤我说话取东西的。"说着将荷包举给他们看，方没言语了，大家分路走开。晴雯冷笑道："怪道呢！原来爬上高枝儿去了，把我们不放在眼里。不知说了一句话半句话，名儿姓儿知道了不曾呢，就把他兴的这样！这一遭半遭儿的算不得什么，过了后儿还得听呵！有本事从今儿出了这园子，长长远远的在高枝儿上才算得。"一面说着去了。这里红玉听说，不便分证，只得忍着气来找凤姐儿。

从这段故事中我们可以看出，晴雯知道是王熙凤在使唤小红，也不敢对此事进行批评，更不敢对王熙凤妄加评论，然而怒气就直接转嫁到了小红身上，说她"爬高枝儿去了"。小红也觉得很无辜很委屈，王熙凤是家里的"执行总经理"，吩咐事情谁敢不做，所以两头为难，也只能忍气吞声了。

为了防止上述情况的出现，在组织设计中应尽量按照一个下级只能听命于一个上级的原则，将管理层级中的各个职务串联成一条连续而且有等级梯队的线，严禁越级指挥。

三、组织人员配备

组织结构的设计完成仅仅为组织的正常运转提供了可以依托的框架，实际的管理工作还需要特定的人员来操作。因此组织人员配备就成了组织设计的逻辑延续。

（一）人员配备的任务

人员配备的任务是围绕岗位需要展开的，同时因为每个人的性情、能力、爱好等存在差异，配备时又要兼顾个人的特点和专长。所以一般而言，人员配备的任务是从组织和个人两个层面综合考虑的。从组织的角度考虑，就要看此人员能不能按照标准完成相应的任务，对组织有没有一颗忠诚的心。从人员的角度考虑，就要看工作的要求和人员的自身能力是否匹配，有无大材小用、小材大用的情况；通过人员配备，每个员工是否能在自己的岗位上有所提升。

从人员配备的任务上看，贾府人员配备的随意性较大，有能力的不能上进，无能力的通过关系青云直上。例如前面提到的两个人贾芹和小红，他们的岗位就是典型的错误配备。贾芹就是小材大用，他自己没有能力管理家庙事务，且品行不端，所以上任之后就日赌夜嫖，玩忽职守。小红就是大材小用。小红原本是非常聪明智慧的，因种种原因只是一个三等奴仆，平时做的都是一些粗笨活计，然而她的能力远在很多二等丫鬟之上。

（二）人员配备的程序

当组织的构架建立起来以后，就要配备相应的工作人员，在通常情况下首先要确定组织中的职务数量以及职务类型，并以此作为依据确定人员的类型以及需要量，然后再选配人员，以能胜任相应工种为条件来选取。员工与岗位之间还需要一个磨合的过程，所以人员选配结束之后还需要制订和实施人员培训计划，从而让人员与岗位之间尽快适应。

贾府人员配备的程序并没有那么复杂。在《红楼梦》时代，仆人的天职就是服侍主人，所以贾府人员配备主要的依据就是看主人的身份以及辈分。身份和辈分都高的人所需要的仆人就多，反之就少。因为贾府的仆人是有等级的，按照一、二、三、四等划分，所以身份和辈分都高的主人所使用的仆人也对应着高等级。例如贾母房里，一等丫鬟就有八个，除此以外，二、三等的丫鬟有二十多个。王夫人低一辈，所以一等丫鬟的使用数量就要少一半。贾宝玉虽然受宠，但是按照贾府的规矩，这样的年轻主子是没有资格使用一等丫鬟的，贾母因为疼爱，在自己的一等丫鬟中挑选了一个给贾宝玉使唤，这算是例外的。

（三）人员选配的原则

在管理活动中，为求得人员与岗位配合的优化，在人员选配过程中就需要遵循一定的原则。一般来说，有三个选配原则是通用的：因事择人的原则，因材器使的原则，人事动态平衡的原则。

因事择人的原则就是根据职务相应的工作要求，对应着去寻找具备相应知识和能力的人员。因材器使的原则，就是从人的角度考虑选配方案。只有根据人的特点来安排工作，才能使人的潜能得到发挥，使人的主观能动性得到充分利用，使的工作热情因此被激发。《红楼梦》第五十六回，贾探春兴利除弊之所以能得到仆人们的拥护，其中有一个重要的原因就是人员的配备依据了因材器使的原则。例如在大观园"承包"的过程中，谁能承包什么东西，不是随意抓阄，而是根据承包人的技术特点来定。探春、宝钗、平儿三人议论道：

> 这一个老祝妈是个妥当的，况他老头子和他儿子代代都是管打扫竹子，如今竟把这所有的竹子交与他。这一个老田妈本是种庄稼的，稻香村一带凡有菜蔬稻稗之类，虽是顽意儿，不必认真大治大耕，也须得他去，再一按时加些培植，岂不更好？

从这些话语中可见贾探春的改革是有管理学理论依据的。

在人员配备中，人事动态平衡的原则也相当关键。处在动态环境中的组织，必须要考虑人事动态中的平衡，所以人与事的配合需要不断调整。有能力的人，有积极上进心的人，在现有岗位上得到锻炼后就应该得到提拔和重用；相反，不求上进的人，就应该从现有的职务上下来。上下有序，良性竞争，才能实现人与工作的动态平衡。然而遗憾的是，百年贾府正是因为失去了在动态环境中寻求平衡的能力，才一步步走向衰亡。贾府机构中人员配备已经到了僵化的程度，王熙凤都曾叹息："有脸者不服钤束，无脸者不能上进。"

四、正式组织与非正式组织

组织是开展管理活动的平台，无论是组织结构的设计还是组织机构的建立，其目的都是为了实现组织的目标。从理论上看，组织就是拥有明确目的、任务，有清晰的结构，有明细的职能，有相应的人员配备以及成员间的责权关系而构建起来的网络，我们把这种组合称为正式组织。然而在实际管理活动中，除了上述的组织形态以外，还有一种组织形态如影随形，附着在组织之上，它就是我们常说的非正式组织。

非正式组织是在正式组织运转起来之后才诞生的。在正式组织开展的业务活动中，部门与部门之间，人员与部门之间，人员与人员之间必然有千丝万缕的联系和交往，这样一来，一些人会渐渐发现在其他同事身上有自己所具有、所欣赏、所喜爱的东西，于是彼此间相互吸引，相互了解，慢慢地，独立于正式组织的小群体就诞生了。因为这个群体的人员都有着相似的兴趣爱好或者世界观、价值观、人生观等，所以他们会走得很近，群体中逐渐形成一些被大家所接受并遵守的行为规范，从而使原来松散、随意的群体逐渐成为相对稳定的非正式组织。

正式组织与非正式组织的区别在于，正式组织的活动是以成本和效率为主要标准的，而非正式组织的活动是以情感与和谐的关系为标准的。从构成上看，正式组织中的成员与非正式组织中的成员是交叉混合存在的，所以在管理活动中非正式组织对正式组织的活动一定会产生影响。这种影响有积极的一面，也可能有消极的一面。

《红楼梦》第三十七回，探春在大观园中发起了诗社，林黛玉、薛宝钗、贾宝玉、迎春、惜春、李纨等人都因此而聚集起来，因为她们都有着共同的雅趣。如果把贾府看成是一个正式组织，那么大观园这群小姐少爷就是一个非正式组织，办诗社就是这个非正式组织的活动之一。在后来的故事情节中，如芦雪庵联句、中秋联句、林黛玉发起桃花诗社，都是这个非正式组织开展的系列活动。这些活动为大观园增添了青春的朝气，勾勒出了生活中的缕缕诗意，对于处在末世的贾府而言，这是一份难得的活力。仆人们在这样的环境中劳动，都感觉身心愉悦，人与人之间的关系也变得和谐、融洽，可以说这就是非正式组织对正式组织的积极影响。

常言道"物以类聚，人以群分"，《红楼梦》中的赵姨娘、贾环、马道婆等人也构成了一个非正式组织，然而它对于正式组织的影响却是消极的。他们唯恐天下不乱，家中很多矛盾的诱发、纷争的挑起都是这个非正式组织成员所为。所以正式组织的目标要能有效实现，还需要利用非正式组织的积极影响，避开它的消极影响。

其他参考文献

周三多，陈传明，鲁明泓. 管理学：原理与方法［M］. 5 版. 上海：复旦大学出版社，2012.

从宁荣二府的衰败看管理的控制职能

贾氏是百年望族，《红楼梦》中的人物多以自己是宁荣二府之人感到无比自豪和光荣，然而"千里搭长棚——没有不散的筵席"似乎成了一句魔咒。赫赫扬扬，风光无限的国公府邸，也免不了逐渐走向衰败的局面。贾家最终轰然倒塌，让人感到无比遗憾，也让人为香消玉殒的众位金钗们投以无比的惋惜，但是这一切似乎又在情理之中。贾府衰亡的原因当然很多，从政治而言，家族联姻一荣俱荣，一损俱损；从人性而言，树倒猢狲散，大难临头各奔东西；从经济而言，寅吃卯粮，后手不接；从人力资源而言，安享尊荣者居多，运筹帷幄者无一，后辈儿孙更是一代不如一代。其实在上述众多因素之中，我们会发现它们都围绕着一个核心——管理过程中控制职能的丧失。宁荣二府在历史的进程中，丧失了控制职能的哪些要素，从而导致灭亡呢？下面我们逐一分析。

一、控制职能的一般情况

首先我们需要回顾一下管理的控制职能。控制是亨利·法约尔提出的五大管理职能之一，它贯穿于任何一类管理实践活动的始终，它的目的是及时地找出工作中的偏差和错误，并加以纠正。对于任何一家企业而言，无论是对技术、财务、安全，还是对人、对事，都需要控制。只有如此，计划才能得到有效而准确的实施，各项指标才能和既定的原则相符。管理学界对控制的定义为："它是根据计划的要求，设立衡量绩效的标准，然后把实际工作结果与预定标准相比较，以确定组织活动中出现的偏差及其严重程度；在此基础上，有针对性地采取必要的纠正措施，以确保组织资源的有效利用和组织目标的圆满实现。"①

控制是必要的，因为环境复杂多变，可能导致实践与计划偏离。从管理权限的分散上看，任何一个组织或者企业，它的管理权力都在制度化或者非制度化的过程中分散到了各个部门或子系统中。权力的分层越多，控制就越有必要，而且难度也越大。从个人的工作能力角度上看，每一个员工都有着不同特点，他们学识与技能水平都参差不齐，而且在很多情况下是在不同的空间内进行作业，所以加强控制对于完成工作是非常必要的。

回到《红楼梦》中的贾府来。在贾府各项管理活动中，我们看到最多的一句话就是"这是老祖宗留下的旧规矩，人人都依着，偏我改了不成？"正是因为有这样一种潜意识中的封闭，贾府的管理实践和环境的变化失去了融合的可能，管理中的僵化倾向逐渐形成。被读者视为"管理奇才"的王熙凤，其实在整个荣国府的管理中不过就是"按例行事"而已。然而环境的变化早已超出了贾府老祖宗们的管理智慧，而后代儿孙们又处处因循守旧，这就势必抑制有效控制的形成。

通观《红楼梦》全书，从管理层面而论，举办得最为成功的两大活动当属"可卿丧礼"和"元妃省亲"。前者集中展示了王熙凤的才干，后者凸显了贾府烈火烹油般的家族运势。究其成功的根源，还是因为"控制"得好。依据时间、对象和目的的不同，一般将控制分为三类：预先控制、现场控制、成果控制。所谓预先控制，就是指在活动开始之前就对各项资源的筹备情况进行检查，对各类信息进行综合分析，以便预测对资源的利用效果。王熙凤的"大手笔"——协理宁国府，一开始就在进行预先控制。她将宁国府的管理弊病分析得头头是道，这促使了她协理的最终成功。所谓现场控制，就是指在生产和经营的过程中，对参与工作的人，对执行的事进行监督和指导。王熙凤协理秦可卿的丧事，可谓兢兢业业，一丝不苟。她卯正二刻点名，午初刻办公处理事务，戌初刻到各处巡查，等等，都是亲力亲为，从这个过程足以看出王熙凤现场控制是非常到位的。因此，宁国府偷懒玩牌、喝酒闹事的事情，在丧事期间就再没有发生过。所谓成果控制，是指工作结束后的管理行为，这里的结束不仅是指完全竣工，也指某一个阶段的结束。成果控制的意义在于对这一时期的资源利用以及呈现出来的结果进行总结分

① 周三多、陈传明、鲁明泓：《管理学：原理与方法》，第 5 版，复旦大学出版社，2012 年，第500 页。

析，为下一个阶段或者下一轮工作积累经验和教训。大观园竣工后，对家政很少过问的贾政亲自带领贾珍、贾琏等人验收工程，目的是如有"不妥之处，再行改造"。贾政在游览检查的过程中还不断地询问几案、桌椅、帐幔、陈设古董等是否备齐，贾琏还专门汇报了各处帐幔的使用情况。贾政的这一系列行为就在实行管理中的控制职能。正是由于贾府的这些爷们如此用心管理与控制，元妃省亲才会如此轰轰烈烈，锦上添花。

二、从有效控制的特征看贾府管理的缺失

控制的目的是使实践按着计划的要求进行，最终实现预定的目标。在整个管理活动中如何才能让控制更有效呢？这里就涉及有效控制的特征问题，只有在管理实践中满足并遵循有效控制的特征，控制才会有效果，目标才有可能圆满地实现。而贾府正是因为丢掉了有效控制，才逐渐衰落，最终一败涂地。有效控制一般应具有四个特征：适时控制，适度控制，客观控制和弹性控制。

（一）适时控制

适时控制是指在生产活动中如果出现偏差，就需要立即采取措施加以纠正，防止更大的偏差出现，避免偏差给生产带来不利的影响。然而要做到适时控制，还需要有一个前提条件，那就是管理人员能够及时地掌握反映偏差的信息。在《红楼梦》中，很多时候正是这个前提条件不满足导致了控制的失灵。例如第七十三回，大观园爆出夜里有疑似强盗的人翻入了怡红院的消息，此事惊动了贾母，管理层上上下下无一人敢怠慢，立即展开调查。这一查便把贾府的管理弊病彻底暴露了出来。虽然贾母亲自出马努力控制，然而管理积弊已久，实在无力回天。虽然这一事件很快得到了平息，但是治标难治本的管理现状已经彻底将贾府推向了深渊。

为什么贾母亲自领衔处理此事仍然不能力挽狂澜？原因就在于反映管理弊病的众多信息姗姗来迟，甚至很多事情都以"孝顺""不敢惊动"的名义瞒着贾府最高管理者。这种"隐瞒"似乎不能完全从道德角度加以指责，因为贾府的中层管理者几乎就没有控制的意识，换而言之，对于控制在管理中的地位和作用都没有给予足够的重视。当贾母斥问为什么院子里的安保措施如此松懈时，探春的回答显得轻描淡写："近因凤姐姐身子不好，几日园内

的人比先放肆了许多。先前不过是大家偷着一时半刻，或夜里坐更时，三四个人聚在一处，或掷骰或斗牌，小小的顽意，不过为熬困。近来渐次发诞，竟开了赌局，甚至有头家局主，或三十吊五十吊三百吊的大输赢。半月前竟有争斗相打之事。"贾母听了之后，非常惊讶，忙说道："你既知道，为何不早回我们来？"探春道："我因想着太太事多，且连日不自在，所以没回。只告诉了大嫂子和管事的人们，戒饬过几次，近日好些。"从探春轻描淡写的描述中足以看出，她根本就没有把喝酒打牌这类小事放在眼里，认为不过就是"小小的玩意，不过为熬困"。我们不能说探春在管理中玩忽职守，但是足以看出她在此事上缺乏控制的意识。

接下来贾母的一席话，让这些小辈茅塞顿开："你姑娘家，如何知道这里头的利害。你自为耍钱常事，不过怕起争端。殊不知夜间既耍钱，就保不住不吃酒；既吃酒，就免不得门户任意开锁。或买东西，寻张觅李，其中夜静人稀，趁便藏贼引奸引盗，何等事作不出来。况且园内的姊妹们起居所伴者皆系丫头媳妇们，贤愚混杂，贼盗事小，再有别事，倘略沾带些，关系不小。这事岂可轻恕。"

当事件水落石出后，贾母命令将骰子和牌烧毁，没收所有的赌资散与众人，主犯每人打四十大板，撵出贾府，永不再入。从犯每人打二十大板，革去三个月的工资，调离现任岗位，全部去打扫厕所。一番痛快的处理，让人真真切切地体会到"姜还是老的辣"，也让我们看到了当年贾母当家理事的风采。但是这一切都无济于事，贾母的风采也只能定格在遥远的过去。就算此时贾母英明果断，然而贾府大势已去，迟来的信息对纠正偏差已无任何效果和作用。所以适时控制最理想的状态就是将偏差纠正在产生之前。

（二）适度控制

适度控制从名称上看很好理解，它是指控制的程度、控制的范围、控制的频率都要恰到好处。然而适度控制在实际操作中却是最难的一项。度如何去把握，这不仅仅是一个技巧问题，还关乎情感、理智、悟性等元素，多一分则过，少一分则不足。其实适度控制的核心要领就在于中庸之道。控制不仅要对企业的活动起到监督与指导作用，还要防止企业成员之间矛盾的产生。在管理活动中，适度控制并没有一个具体的标准，一般要根据活动的性质，管理层次的多少，下属的素养以及技术的熟练程度等因素而定。总结起来，要做到适度控制，就要处理好整体控制与局部控制的关系，防止控制过度给员工造成生产阻碍，也要杜绝控制不足造成的松懈怠慢。

《红楼梦》中的贾迎春和贾探春是贾府的两位小姐，身份地位几乎一模一样，然而不同的性情造成了她们在对自己的仆人的管理控制上走向两个极端。贾迎春属于控制不足一类。书中第七十三回写道，迎春的奶娘因为打牌输了钱，偷偷地将迎春的首饰累金凤拿出去典当，原本想捞回本钱来就赎了归还，谁知跌进赌博的深渊不能自拔。然而时近中秋，贾府中的各位小姐按例都要佩戴累金凤出席宴会，当丫鬟绣橘示意迎春将首饰要回时，迎春却说："罢、罢、罢，省些事罢。宁可没有了，又何必生事。"仆人偷拿主子的东西去典当，这已经违法了，可是迎春不仅不追问，反而觉得多一事不如少一事。奶娘的儿媳在外边偷听了迎春和绣橘的对话后，闯进屋里辩解，和绣橘产生了口角，此时迎春不仅没有及时制止，反而拿出一本《太上感应篇》看了起来，对争吵不闻不顾。奴仆在主子跟前如此放肆地争斗实在不可思议，这能说明什么呢？是奴才胆大还是主子无能？站在管理的层面上看，迎春就是典型的控制不足。她认为奶娘是长辈，只有被她教育的份，没有指责自己奶娘的理。但正如邢夫人所说："如今她（奶娘）犯了法，你就该拿出小姐的身分来。她敢不从，你就回我去才是。"这些生活琐事可以反映贾迎春的控制无力。

与迎春形成鲜明对比的就是探春，她因为兴利除弊而被冠以改革家的美名。但是贾探春对自己的仆人的管理控制又走向了另外一个极端——控制过度。第七十四回，王熙凤带着众人抄检大观园，检查到秋爽斋时，探春极力维护自己的丫鬟，不让他们搜查。当然这里的"维护"并没有贬义，探春的行为主要源自对自己管理控制的自信。她对众人说道："我的东西倒许你们搜阅，要想搜我的丫头，这却不能。我原比众人歹毒，凡丫头所有的东西我都知道，都在我这里间收着，一针一线他们也没的收藏，要搜所以只来搜我。"细细品味探春的这句话，其重点不在于搜查谁，而在于表达她对于下人们的控制有多么严格，近乎苛刻。这类过度控制往往会让事态倒向另一个极端，就如同探春打在王善保家的脸上的那一巴掌，看似痛快，却将主子和奴仆之间的矛盾推向了巅峰。

（三）客观控制

要让控制有效，控制必须是客观的，是基于企业实际的。如何才能做到客观控制呢？要定期检查既定的标准和计量规范，使其符合当下的要求。换而言之，客观的标准和行之有效的检测手段是实现客观控制的重要前提。那么贾府的管理过程中，做到了客观控制吗？我们以第七十四回抄检大观园事件为例。

这一次抄检大观园，从表面上看是在实行管理的控制职能，但正是这样的控制彻底暴露出了贾府控制的不客观性。抄检前没有制定客观标准——到底要抄检出什么来？抄检的导火索是"绣春囊"事件，换句话说，抄检的本质应该就是一次"扫黄"运动。但是当王熙凤带着众婆子进入大观园时，王善保家的在上夜的婆子处抄出了"多余攒下蜡烛灯油等物"，王善保家的立即将其查封，说道："这也是赃，不许动，等明儿回过太太再动。"这抄检的第一步似乎就偏离了原计划。查到潇湘馆，王善保家的发现了一些男人佩戴之物，突然得了意，忙请王熙凤过来验视，并问"这些东西从哪里来的？"此时似乎又明白了，抄检的目的就是要找出丫鬟房中是否有男人之物。然而就算有男人之物又能说明什么呢？按照王善保家的理解，有男人之物就等于有私情。那么紫鹃房里的男人之物是贾宝玉的物件，难道就等于紫鹃和贾宝玉有私情了吗？在入画的房间也查出有男人之物，但是这却是贾珍赏赐给她哥哥的，难道入画和自己的哥哥乱伦，或者和贾珍有私情？在司棋房中查出的那一双男人的棉袜和缎鞋也不能直接证明什么，真正能证明司棋有出格行为的是他表弟潘又安给她写的"情书"。可见"男人之物就等于私情"这种简单的等量代换，不仅仅刻画出了王善保家的的愚昧，还体现了贾府控制无客观标准，反映出王熙凤等人所犯的方向性错误。

抄检也没有计量规范。这里的"计量"可以理解为抄检的范围。哪里该抄，哪里不该抄，并没有客观计量。王熙凤说薛宝钗屋里不能抄，王善保家的也赞同，原因是"岂有抄起亲戚家来"。那为什么又抄了林黛玉屋里呢？这也是亲戚。你可能会说，薛宝钗屋里使用的是薛家的仆人香菱和莺儿，可林黛玉也在使用林家的仆人王嬷嬷和雪雁呢！所以有没有奸情和是不是亲戚没有关系。更重要的是，为什么只抄检大观园？难道青春和奸情也是紧相联属的？如果真是这样，那么为什么明明白白、众所周知的奸情都发生在大观园之外呢？如果说抄出绣春囊就等于获取了赃证，那么赃物的所在地就一定是贼的诞生地吗？声势如此浩大的贾府整风运动在根源上就犯下了刻舟求剑这样一个低级错误，这只能说明贾府的管理层在行使控制职能时，根本不知道计量规范。

上面已经阐明了抄检大观园这样的控制行为既没有客观标准，也没有计量规范，更重要的还有一点，那就是控制目标的选择性错误。王善保家的，以及王夫人、王熙凤等人都认为控制的目标是拥有绣春囊等物的丫鬟们，这就犯了一个巨大的选择性错误。大观园是一个封闭系统，别说外姓男人，就是像贾芸这样的宗族子孙都不能顺便出入。在这样一个守卫森严的园子里，能有外姓男人自由出入，这只能说明重重关卡已经有了缺口。事实也是如此，司棋和潘又安能幽会成功，暗中传递私物，靠的就是后门上守门的张妈。潘又安的"情书"上写得明明白白："若园内可以相见，你可托张妈给一信息。"入画房间查出了"赃物"，当王熙凤正在疑惑是谁做的传递人时，惜春一口咬定："必是后门上的张妈。""有事找张妈"似乎在大观园内外已经成了公开的秘密。可见缺口就在后门张妈处，如果不首先控制这个缺口，抓住了一个司棋，也许下一次查到的就是"李棋""王棋"了，永无止境。可以说后门张妈应该是控制的本，司棋等人是控制的末，然而事实却是本末倒置了。

第七十四回的回目叫"惑奸谗抄检大观园"，谁被惑？当然是以王夫人为首的贾府管理高层。谁在奸谗？是以王善保家的为首的老一辈管家媳妇们。这一次抄检，各方都抱着自己的目的，有情感的纠葛，有利益的争夺，有派系的较量，然而唯一没有的就是管理控制的客观性。轰轰烈烈的抄检行为完全可以看成是老一辈的媳妇们举着"扫黄"的旗号对小一辈的丫鬟们的围剿。

（四）弹性控制

一个企业或者组织，总免不了遇到突发事件，这些突发事件往往会让计划与现实条件产生背离。要想控制在此时仍然发挥作用，维持企业的正常运营，它就必须具有弹性。弹性控制与控制的标准相对应，换而言之，控制标准不能是一个具体的值，而应是一个合理的区间。只有把控制的标准设定在一个区间内，控制才有弹性。

贾惜春在管理上就缺乏弹性。当抄检队伍到了暖香坞，在入画房间查出金银锞子、男人使用的鞋袜等物时，惜春显得非常紧张。后来证明这些物件都是惜春的哥哥贾珍赏赐给入画的哥哥的，入画的哥哥怕这些财物被叔叔婶娘挥霍，所以偷偷地传递进来让妹妹入画保管。虽然私下传递这些物件已经违反了贾府的规定，但是多方证明入画所说都是实情，并没有所谓奸情发生。王熙凤、尤氏都表示可以原谅入画的错误，但是惜春坚决反对。从情感上说，惜春认为丫鬟入画的行为伤了她做主子的面子，她说道："这些姊妹，独我的丫头这样没脸，我如何去见人。"从管理层面上说，惜春认为："这里人多，若不拿一个人作法，那些大的听见了，又不知怎样呢。"当然惜春要拿入画杀一儆百也是可以的，但是控制的弹性在何处呢？在惜春的控制标准里，没有区间只有值，换句话说，犯了错就撵出去，没有犯错就留用。管理的终极目的就是用人，此时都把人撵出去了，又何处去用人呢？控制要有弹性，其实就是为了让管理本身更好地约束人，引导人，最后用好人。

三、从预算控制的缺失看贾府的衰败

关于贾府衰败的原因，红学界有一个主要的观点，那就是经济的枯竭，这一点毋庸置疑。然而是什么造成国公府邸经济上的后手不接，捉襟见肘呢？从管理层面而言，是贾府在经济上缺失了预算控制。一个企业甚至一个家庭都应该有经济上的预算。所谓预算控制，是指"根据预算规定的收入与支出标准来检查和监督各个部门的生产经营活动，以保证各种活动或各个部门在充分达成既定目标、实现利润的过程中对经营资源的利用，从而费用支出受到严格有效的约束"①。从这个定义可以看出，预算包括两个方面，一是总收入，二是总支出。它的意义在于监督与约束各个部门对资源的利用。

贾府有预算吗？当然有，例如第五十三回，贾珍看了乌进孝递上来的年货清单，上面写着"外卖粱谷、牲口各项之银共折银二千五百两"。贾珍说道："我算定了，你至少也有五千两银子来，这够作什么的！"贾珍的言语已经表明了他对于收入是有预算的，但是此时的预算却成了"胡算"。预算如果不根据实际情况的变化作出调整，就会将管理控制导入误区。这一年的年成不好，从三月下雨一直到八月，竟没有连续晴过五日的；九月又下碗大的冰雹，方圆一千三百里地，人口牲畜死伤无数。这些都算是大的自然灾害，按理说贾珍作为一家之主不会不知道，既然知道，为什么预算还是按照以前的标准来呢？如果说贾珍不知道，那么更能说明贾府的控制缺失到何等程度。无论从哪个角度来说，贾珍的预算都有问题。

不同的企业，因生产活动的不同，预算也会千差万别，但是收入预算、

---

① 周三多、陈传明、鲁明泓：《管理学：原理与方法》，第 5 版，复旦大学出版社，2012 年，第 512 页。

支出预算、现金预算这三部分是任何企业都不会缺少的。

贾府每年的收入主要来源于以下三个方面：一是各处田庄的生产收入，这一笔几乎占据了贾府收入的70％，也是当时地主庄园经济收入的基本形式；二是各处闲置房屋的租金，这一项占总收入的20％；三是朝廷的俸禄，以及过年过节皇帝的赏赐。俸禄要有官职品级的人才有，节庆赏赐也有一定的限度，就如第五十三回贾府过年，皇上恩赐的"春祭赏"，贾珍自己都说："咱们家虽不等这几两银子使，多少是皇上天恩。"可见这里的赏银的意义，是"恩赐"大于"收入"。除这三项以外，还有一项是亲友世交之家来往送礼。但是这一项几乎可以抵消，因为别人送了来，在相应的日子里又会变个面貌送回去。

贾府的支出也主要包括三个方面。一是贾府的日用开支。两座府邸上下人员有近四百人，吃穿用度是一笔巨大的花费。二是主子仆人的月钱。需要注意的是，贾府的日用开支和月钱是两回事，并非是主子仆人拿了月钱用于日常生活，月钱是除生活开支以外的零用钱。三是除正常开支以外，常有太监等人敲诈勒索，更重要的是，主子仆人们想方设法地将贾府公有资产贪污转变为自己的私人财产。如此一来，整个贾府就出现了收支极度不平衡状态，所以当贾母八十大寿之后，贾府的银两调度就出现了问题，贾琏想偷着将贾母的私人物件搬运一箱出来抵押贷款，于是对鸳鸯说："这两日因老太太的千秋，所有的几千两银子都使了。几处房租地税通在九月才得，这会子竟接不上。明儿又要送南安府里的礼，又要预备娘娘的重阳节礼，还有几家红白大礼，至少还得三二千两银子用，一时难去支借。"为什么会出现这种局面？归根结底就是预算不到位。从贾琏的话语中我们可以看出，无论是贾母八十大寿，还是各处的节礼往来，都应该有预算，因为这些都是大事，提前就应该有筹划安排。像元妃的重阳节礼，是每一年的惯例，更应该预算。现在出现如此尴尬的场面，只能说明贾府预算控制缺失或者缺乏弹性。

从管理控制层面上说，如果收支不平衡，就应该及时调整预算，这里的调整主要是调整支出。换而言之，明明知道收入不如从前，有减少的趋势，那么在支出上就应该控制，但是贾府并没有。收入虽然减少，但是开支一如往昔，这样一来亏空自然形成，寅吃卯粮就在所难免。林之孝就曾建议各房减少开支，裁减仆人的使用数量，该使八个的就使用四个，该使四个的就使两个，然而贾府的决策者们为了照顾家族的门面和排场，毅然决然地拒绝了管家的建议。由此可见，贾府最终的衰败是迟早的事了。

除了上述预算控制的缺失以外，贾府的审计控制也形同虚设。"审计是对反映企业资金运动过程及其结果的会计记录及财务报表进行审核、鉴定，以判断其真实性和可靠性，从而为控制和决策提供依据。"① 贾府的银两调度其实是有严密的规章制度的，就算是王熙凤和贾琏也不能随意支配。银两的调度分为三个类别：一是日常开支，由总管房按照"祖宗旧例"调度；二是非日常重复开支，由王熙凤、贾琏裁度，原则上仍然按照旧例行事，但是可以有一定的伸展性；三是突发性的重大开支，由总管家们会同主子一起商议定夺。

审计问题就出现在第二类非日常重复开支上。例如第二十四回，贾芸千方百计在王熙凤处谋求了一个差事，在大观园种花草树木。凤姐批了银票，贾芸一看是二百两，心中高兴万分，立刻去银库，持王熙凤的牌票领取了银子，拿回家还了倪二的账。"贾芸又拿了五十两，出西门找到花儿匠方椿家里去买树。"从书中的叙述来看，贾芸种树所花的银子就五十两，而且树木的种植效果还很好，但是却领取了二百两银子，可以说四分之三都由贾芸私吞了。问题是二百两银子用于种树，是怎么算出来的？就算王熙凤可以有"伸展"的权力，多出一二十两来还情有可原，竟然多出一百五十两，是怎么预算的？退一步说，王熙凤不懂得花草树木的行情，那么当银票开出，作为审计的管家们，难道就不知道这里面藏着猫腻？多出实际用度三倍的费用，揭示的不仅仅是贾府预算的荒谬，还有审计控制的不作为。预算与审计都失控，贾府如何不败！

四、贾府缺失防患于未然的有效控制

中医有句话说"治未病，而不治已病"，管理上的控制，最高的境界就是防患于未然，我们将其称为预防性控制或者风险性控制。《红楼梦》第十三回，秦可卿给王熙凤托梦，语重心长地说道：

> "否极泰来，荣辱自古周而复始，岂人力能可保常的。但如今能于荣时筹画下将来衰时的世业，亦可谓常保永全了。即如今日诸事都妥，只有两件未妥，若把此事如此一行，则后日可保永全了。"凤姐便问何

---

① 周三多、陈传明、鲁明泓：《管理学：原理与方法》，第 5 版，复旦大学出版社，2012 年，第 521 页。

事。秦氏道：“目今祖茔虽四时祭祀，只是无一定的钱粮。第二，家塾虽立，无一定的供给。依我想来，如今盛时固不缺祭祀供给，但将来败落之时，此二项有何出处？莫若依我定见，趁今日富贵，将祖茔附近多置田庄房舍地亩，以备祭祀供给之费皆出自此处，将家塾亦设于此。合同族中长幼，大家定了则例，日后按房掌管这一年的地亩、钱粮、祭祀、供给之事。如此周流，又无争竞，亦不有典卖诸弊。便是有了罪，凡物可入官，这祭祀产业连官也不入的。便败落下来，子孙回家读书务农，也有个退步，祭祀又可永继。若目今以为荣华不绝，不思后日，终非长策。”

细细体会秦可卿这一番话，无论是在祖坟周围买房买地，还是将家塾设立于此，都是为预防家族败落时贾氏子孙无家可归。秦可卿的策略就是风险控制，在盛极之时筹划衰败之后的退路，居安思危，才是管理的控制理念。王熙凤对这样的建议也是非常赞同和欣赏的，然而却自始至终没有去实践过。秦可卿的理论只能幻化成唯美的构想，安享尊荣者居多、运筹帷幄者无一的现状只能将贾府推向衰亡。

管理篇

从《红楼梦》看人力资源管理

任何一宗学问，任何一个研究领域，都有它独特的价值与意义，而这些价值和意义又都不约而同地指向了一个方向——学以致用。儒家文化主张"内圣"与"外王"，这早已成了中国人的核心价值观念。就以"学以致用"而论，"学"是"内圣"的完成，"用"是"外王"的实现。只有两相结合，"学"才会有意义，"用"才会有基础。

《红楼梦》研究成为一门学科已有百余年的历史，这和管理成为一门学科的时间长度差不多。红学研究的意义到底在何处呢？从文化的层面上来说，我将其归纳为四个字"回文归本"——回到《红楼梦》文本之中，其研究深入中国文化之本、华夏文化之源，从而传承我们的优秀文化。从"致用"的层面上来说，研究《红楼梦》虽然属于文学的范畴，但是自始至终都要本着为当下服务的目的，只有如此，红学研究才不会被世人误认为是文人们借助《红楼梦》聊以自慰的工具，才会有它实际的运用和现实价值。从《红楼梦》看人力资源管理就是这一现实价值的最好体现之一。

从现代经济学理论的视角出发，很多学者认为当今经济的增长主要由四个方面的要素促成：一是新的资本投入和新的资源开发；二是不断发现新的可利用的自然资源；三是劳动者的素质不断提高，劳动效率不断提升；四是社会的整体知识技术储备不断增加。不难看出，这四点中后两项都与人力资源密切相关。可以说一个国家要发展，社会要进步，高水平的人力资源管理是前提条件。我们如何从《红楼梦》这部古典小说来看人力资源管理呢？它又能给当下的人力资源管理怎样的启示？下面逐一阐释。

在进入《红楼梦》与人力资源管理的讲述之前，我们首先要理清三个概念。

第一，什么是人力资源。"资源"一词，《辞海》上的解释是"资财的来源"。它是人类创造财富必不可少的要素。它由自然资源、资本资源、信息资源、人力资源等组成。所谓人力资源就是能推动社会组织发展的，提高国民经济或者一个组织经济效益的，具有体力和智力的人的总和。"人的总和"包括两个方面的含义，一是人的数量，二是人的质量。据统计，《红楼梦》中一共描写了421个人，男性232人，女性189人。他们就如同一个微型的社会，活动在以贾府为中心的平台上。贾府又通过安排、规划、管理这421个人来实现日常生活、生产的正常运转。对于贾府而言这421个人就是人力资源。

第二，什么是人力资源管理。人力资源管理是指"为了实现组织的战略目标，组织利用现代科学技术和管理理论，通过不断地获得人力资源，对所获得的人力资源进行整合、调控及开发，并给予他们报偿，有效地开发和利用之"[①]。从这个定义中我们可以看出，人力资源管理的最终目的是为了实现组织的目标，它是以调配人与人之间，人与工作之间，人与组织之间的关系来开展的一系列的生产活动。在开展这一系列生产活动后，组织能提高生产率，增加市场竞争力，员工也可以从中得到生活与精神所需，这就是生活质量与工作满意度的提升。对于《红楼梦》中的贾府而言，贾母、王熙凤等管理者通过对家里仆人们的整合和调控来实现贵族生活的排场和荣耀，仆人们依靠在贾府劳动获得物质上与精神上的满足，这就形成了《红楼梦》中人力资源管理的循环。

第三，什么是人力资源管理的核心任务。从名称上看，"人力资源管理"的中心任务就是"管人"。无论是东方还是西方，管理的核心皆是如此，其差异就出现在对"人"的理解上。现代管理模式是提倡以人为中心的人本管理，然而从管理学发展史来看，管理模式历经了四个阶段——等级模式、人际关系模式、系统模式和人本主义模式。所谓等级模式，就是我们俗称的传统模式，它以不断完善与提升组织内部管理体制和管理技术来达到管理的目的。所谓人际关系模式，是以在组织内部建立正式的或者非正式的团体为手段，从而提高生产效率。所谓系统模式，就是以计划、协调、控制为手段加强人与工作之间、员工与员工之间、员工与部门之间的整体配合，从而实现组织的目标。所谓人本管理，是以人为中心展开工作，其核心就是围绕如何

---

① 余凯成、程文文、陈维政：《人力资源管理》，大连理工大学出版社，2006年，第14页。

调动人的积极性而展开的一系列管理实践。

《红楼梦》中的贾府在管理实践中属于哪种模式，很难界定，因为不同的故事场景呈现的管理模式可能会有差别。例如从整个贾府的管理制度来看，它属于等级模式。从大观园的管理体系来看，它又属于人际关系模式。从王熙凤协理宁国府、元妃省亲等重要情节中的管理来看，它应该属于系统模式。从贾探春兴利除弊、薛宝钗小惠全大体的改革来看，它又应该归入人本主义模式。然而无论是哪种管理模式，它的基本任务都是对有限资源进行最有效的配置，进而通过人实现既定目标，把规划的事情处理好。

有了上述的三个概念作为基础，下面就可以进入《红楼梦》中的人力资源管理了。

一、贾府的人力资源规划

对于"人力资源规划"，国内外的学者根据立足点不同会有不一样的解释。例如站在组织利益的角度看，所谓人力资源规划是指为了实现目标，在一定的时间范围内，组织根据岗位所需而计划招募各类人才；如果站在组织与员工利益兼顾的角度上，人力资源规划就是指寻求一种人力资源供给和员工需求之间的平衡度。然而无论是从哪个立足点出发，人力资源规划的根本目的和功能是一样的：目的就是实现组织和个人的长远利益；功能就是依据组织的战略目标，对内外部环境的实际分析，预测未来对人力资源的需求情况，从而确定对各类人才在数量和质量上的实际需求。

贾府的人力资源规划是个什么情况呢？《红楼梦》中虽然没有明细的规划清单，但是从故事情节分析中就可以得到较为详细的答案。贾府的祖上是贾源和贾演，他们乃一母同胞的亲兄弟，因系开国元勋，战功赫赫，所以分别封为公爵，名曰宁国公和荣国公，到贾宝玉这一辈已历经四代。虽然贾家的后代儿孙仍然世袭爵位，享受着相应级别的待遇，但是家族的状况已经"一代不如一代"，然而为了支撑国公府邸的门面，一切用度、排场又不能将就俭省。例如，伺候主子的仆人数量仍然沿用老祖宗手里的旧规矩。《红楼梦》第三回就写道，服侍迎春、探春等贾府小姐的仆人"除自幼母乳外，另有四个教引嬷嬷，除贴身掌管钗钏盥沐两个丫鬟外，另有五六个洒扫房屋来往使役的小丫鬟"。这样算来就有十三人。到了第二十三回，贾宝玉和众位小姐们入住大观园后，"每一处添两个老嬷嬷，四个丫头，除各人奶娘亲随丫鬟不算外，另有专管收拾打扫的"。再一合计，伺候一位小姐的丫鬟仆人就有二十多人。这还只是小姐们的规格，辈分更高的，有诰命在身的贾母、王夫人等使用仆人的数量还要多得多。还有一点需要注意，这里统计的只是女性仆人，男性奴仆不能进二门，所以并没有算在其中，但是二门外的男仆数量不会少于女性仆人。他们的主要职责就是看家护院，干一些需要外出的工作和相对较重的体力活。

从上面的梳理叙述可以看出，贾府的人力资源规划是在保证主人们享受生活的目标下来进行人员配置的。当然它也兼顾了仆人们的利益，而且仆人们还不断地依据主人的标准努力工作，从而求得晋升的机会。但是贾府的人力资源规划并不科学，岗位人员配置过多，造成费用过大，让整个贾府的经济不堪重负。而且，一个人的工作三个人做，导致苦乐不均，偷奸耍滑、赌牌酗酒者甚多，有脸者不服管束，无脸者不得上进，人与人之间的纠纷让管理的难度不断增加。人力资源规划一定要立足于现实，着眼于未来，贾府的管理层只立足于现实的享乐和排场，并没有看清楚这样的规划意味着把家族一步步推向衰败的边缘。

二、贾府的工作分析及机构配置

"工作分析"是人力资源管理中的一个术语，它是指"对组织中某个特定工作职务的目的，任务或职责、权利、隶属关系、工作条件、任职资格等相关信息进行收集与分析，以便对该职务的工作作出明确的规定，并确定完成该工作所需要的行为、条件、人员的过程"[①]。工作分析是形成职位描述的重要依据，是人力资源管理中必不可少的环节。现代人力资源管理中的工作分析，一般采用七个步骤来完成，七步分别由七个问题组成，简称"6W1H"。"6W"分别是：What，它指的是此项工作的具体内容，以及具有哪些权利与义务，需要担当什么责任；When，是指此项工作在什么时段内完成；Where，是指完成工作的地点和环境；Why，是指完成此类工作的意义与目的是什么；Who，是指由什么样的人来完成此项工作；For Whom，是指为谁工作，它的服务对象是哪些人。"1H"代表的是 how，它是指如何完成这项工作，需要什么样的技术条件和知识储备。

---

① 余凯成、程文文、陈维政：《人力资源管理》，大连理工大学出版社，2006 年，第 66 页。

贾府赫赫扬扬历经百年，有着严密的机构设置，这些机构相互之间配合良好，运作协调，因此我们可以推测贾府的先辈们在机构配置之前是作了仔细的工作分析的。下面我们从人力资源管理的角度，再来分析一下贾府的机构设置。

（一）总管房

在《红楼梦》中，该机构有些时候也被称为"总理房"。它主要负责整个贾府事务的协调、安排工作。它根据主人们的旨意，或者按照贾府祖宗留下的"旧例"办事。大到元妃省亲的统筹规划，小到丫鬟生病请医问药，都要经过总管房。钱物的调动更要通过总管房核准，按规定等级支配，就算是主子也不能随意违规。想越过总管房办事也可以，那么一切钱银用度都由私人出，不能动用"官中的钱"。例如晴雯生病，按照贾府的规定，先要报告总管房，然后请大夫问诊，相关费用由官中承担，但是这样一来，晴雯就需要挪出大观园到家里养病，为的是不传染给小姐少爷们。贾宝玉心疼晴雯，家里的条件怎能比得上怡红院？于是就偷偷地请了大夫来医治，大夫的出诊费就是由贾宝玉私人出的。统领总管房的领导班子由赖、单、林、吴四大管家组成，他们分别是赖大、单大良、林之孝、吴新登。

四大管家都是男性，他们的办公地都在二门外，换句话说，四大管家主要负责的是贾府与外界有关的工作。二门内是小姐夫人们的活动范围，由四大管家的妻子负责，这就是书中被称为"赖大家的""单大良家的""林之孝家的""吴新登家的"的四位媳妇。贾府二门内的事务都由她们打理，所以《红楼梦》第七十三回，贾母要亲自过问值班人员赌钱吃酒、玩忽职守的事件时，王熙凤立即传了这四位管家媳妇进来问话。传统社会中"男主外女主内"的思想在这里体现得非常明显。

（二）账房和田庄

账房是贾府的财务机构，田庄是贾府的生产机构。账房账上的钱绝大多数都来自田庄，贾府的一切开支所使用的钱银都由账房统一调配发放。但是二者地理位置相距甚远，账房在贾府二门外大门内，田庄却在几百公里以外，甚至更远。田庄上的产出主要以地租的形式供给贾府，包括实物地租和货币地租两种形式，从《红楼梦》第五十三回乌进孝缴纳的年货就可以看出来。各类实物地租如鹿、羊、猪等不计其数，另外还有二千五百两银子。地租分春秋两季收取，贾府安排王夫人的陪房周瑞专门管理此事。刘姥姥一进荣国府时，周瑞正好去南方收秋季地租了。贾府账房的规章制度也是比较严密的，一切都按照规矩办事。领取银子有一系列的手续，就是主子也不能例外。例如贾府主子仆人们的月钱，先由账房算好，从银库领取出来，再由管家媳妇交到王熙凤手里，然后再按照各门各院依次发放。王熙凤扣发月钱放高利贷就在这个空当。她从账房领取了所有女仆人的月工资后，先不发而是拿出去放高利贷，等十天半月收回本来再按数发放。我们从平儿的口中得知，就这一项银子，王熙凤一年就能翻出上千的利银来。

（三）粮库、银库、买办房

从《红楼梦》文本中可以得知，粮库、银库和买办房都是由四大管家之一的吴新登管理。从田庄上收取回来的地租，分别存放在粮库和银库内，这属于储存性质。贾府日常所需的银两调度，先由总管房安排，再去账房办理相关手续，然后到银库领银子。从形式上看，环环相扣，四大管家相互辖制，这是工作分析和机构设置的初衷。但是银子是硬通货，不像现在的纸质货币使用起来那么简单，它先要靠银库的主管称重量，再按数给出。这个环节就有猫腻了。银子多一两少一两，就看称重量的人手松手紧了。所以贾芹要去家庙管理僧尼，到银库领银子时就"随手拈一块，撂与掌平的人"。这句话虽短，但是其中容纳了多少含义与秘密！

买办房类似于现在的采购部门，可谓肥缺。这个机构的部门经理叫钱华，钱华下面有很多买办人员，鸳鸯的哥哥金文彩就是其中之一。贾府日常所需物资的采购都由买办房办理，例如采购蔬菜，采购鸡蛋，采购小姐们使用的胭脂水粉，等等。然而为了获利，买办经常采购一些和要求的等级不符的假货搪塞主人。例如探春就说过，她们使用的胭脂等化妆品，就曾因为质量不好而丢掉，又拿自己的月钱重新派人购置，可见其黑暗程度。

（四）二门外诸房

常言道"侯门深似海"，贾府就是一个例子。这座国公府邸从门房的管理权限上看，分为二门外和二门内。二门外是男仆的主要活动场地，二门内是女仆的主要活动场地。当然也有一些女仆因为等级低下而不能进入二门内的。成年的男仆无论地位高低，原则上都不能进入二门，只有一些未成年的小厮可以在二门内的个别地方站岗值班。那么二门外有哪些机构呢？主要有四个：门房、厨房、茶坊、金银器皿房。

门房就类似于今天的门卫，当然贾府的门卫可威风多了，俗话说"宰相门房七品官"，一切人来客往，外地官员拜贺，都要通过门房向里传达。就算给贾府主子送礼，也要先给门房的值班人员留一部分作为犒劳。柳家嫂子给侄女四儿的茯苓霜就是外地官员来拜谒时给门房的礼物（一篓子茯苓霜）。门房的潜规则是谁当班谁就分当天的门礼。

贾府的厨房也是一个机构，整个府邸四百余人的饮食都由厨房负责。主子奴才根据自己的身份吃不同级别的"分例菜"。例如贾母级别最高，厨房将天下所有的菜肴写了牌子转着吃，每个月吃多少算多少钱。王熙凤的分例菜也非常多，摆上桌子也是"碗盘森列""满满的鱼肉在内"。平儿这个等级的仆人也有四样菜的分例。后来为了照顾大观园的小姐少爷们，又在大观园专门开设了厨房，专供园内的饮食，同样按照等级吃饭。如果临时想换换口味也是可以的，但是必须自己掏钱另外预备。探春和宝钗想吃"油盐炒枸杞芽"，就是单独拿出私房钱让厨房做的。厨房也是肥缺，虽然没有直接的银子，但是生活所需的原材料都可以从中获得。"玫瑰露风波"中，柳家媳妇被革掉了大观园厨房的总负责人职务，林之孝家的委派秦显家的补这个缺。为了答谢林之孝家的，秦显家的背地里送去了"一篓子炭，五百斤木柴，一担粳米"，这些并非是秦显家的自己掏腰包，而是厨房的东西，不过全部算在了柳家的头上，说是她贪污留下的亏空。这笔账自然就不了了之。

茶房和金银器皿房也是同级机构，前者负责贾府所有人员茶水，后者负责保管各类器具。因为贾府奢华靡费，生活用具大多都是金银等高档材料制成，所以器皿房既是库房也是金银古董保管房。这些东西都是按照件数一一登记的，每一件的来龙去脉都要十分清楚，所以这一机构贪污较少。

（五）二门内诸房

比起二门外诸房来，二门内各房就显得更加生活化。它由浆洗房、针线房、戏房和库房组成。针线房和浆洗房都和衣服有关。贾府人员所穿衣服几乎都出自针线房，张材家的总管针线房的工作；贾母房里傻大姐的娘就是浆洗房的仆人。逢年过节也有亲友馈赠衣服的，但是贾母等人从来不穿别人家做的衣服。贾宝玉有时连针线房做的衣履都不大穿，非要袭人等专门做，可见讲究奢华到何种程度。二门内的库房又是做什么用的呢？主要是存放一些更高级别的生活用品，贾母讲述的丝织品"软烟罗"就存放在这类库房里。

二门内的库房不止一个，大观园的缀锦阁就是库房之一，它也不完全存放奢侈品，一般的日用品也可以堆放在内。

从上述分析来看，贾府机构设置是完全符合工作分析的结果的。所有的机构都是为贾府主子们服务的，机构成员全部由贾府的仆人们充当，专长与职位都一一对应，工作的环境与地点除田庄以外都在贾府内，不同的是有些在二门外，有些在二门内，有些在大观园里。不过，虽然贾府的机构设置比较完备，但是监管力度却不够，能让王熙凤等人做手脚的地方就是监管的盲区，这也是人力资源管理不到位造成的。所以只有工作分析还不行，还需要强有力的监管，才能让各机构正常而合乎规矩地运转。

三、贾府的员工薪酬制度

"薪酬"是人力资源管理中一个非常重要的概念，从经济学层面上说，它是企业与员工之间公平交易的体现。员工为企业做出了贡献，花费了时间与汗水，付出了学识与技能，那么企业就应该付给员工相应的回报和答谢，这就是薪酬的来源。薪酬一般由三部分构成，分别是工资、奖励、福利。所谓工资，从我国现行的一般制度来看，又分为基本工资、岗位工资、工龄工资以及我国法律规定的若干政策性津贴。基本工资是为了保证员工维持最低生活所需，岗位工资与工龄工资主要突出的都是员工对企业的贡献大小。所谓奖励，是为了激发员工的热情而专门设计的，它与员工的工作绩效直接挂钩，具有很强的针对性。但是奖励呈现出的是一种变动的趋势，有很强的短期刺激效果。所谓福利，就是一种变相报酬，是正式薪酬的一种补充，它很少以货币的形式直接发放给员工，而是以实物或者某些服务的形式呈现。

贾府仆人们的薪酬是怎么计算的呢？在《红楼梦》中，仆人们的工资叫"月钱"。贾府的仆人按照等级分为五个级别：总管级、一等仆人、二等仆人、三等仆人、粗使仆人。月钱就按照级别发放。总管级的仆人不直接伺候主子的饮食起居，只是参与日常家政及大事的办理。他们的工资并没有明写，然而从赖大能有自己的庄园和仆人推测，他们的工资应该相当可观。一等仆人的月钱是明确交代了的，每月一两银子。一等仆人只有贾母、王夫人这个层次的主子才有资格使用，然而在数量上也有差别，贾母身边的一等仆人有八个，王夫人只能使用四个。小姐少爷们只能使用二等仆人及以下。当然也有例外，贾宝玉屋里的袭人就是一等仆人，然而袭人原本是贾母身边的，因为疼爱宝玉所以交给他使唤，月钱仍然在贾母这边领取。二等仆人每月一吊钱。三等和粗使仆人的工资在五百钱到三百钱不等。除了直接的月钱，工资中还有米面等粮食，所以王熙凤协理宁国府的时候，因为丫鬟迟到而大怒，就下令"革他一月的银米"。不仅仆人们有月钱，就是主子们也有月钱，仍然按照级别发放，例如贾母一月二十两银子，王熙凤一月五两银子，迎春、探春等小姐一月二两银子。需要指出的是，主子的月钱基本上就是零用钱，而仆人们的月钱则是赖以生活的救命钱。

以上罗列的是贾府员工的工资，此外还有奖励和福利。奖励的钱并不固定，比较随意，这要看时机和主子的心情。例如贾宝玉派佳慧给林黛玉送茶叶，碰巧潇湘馆发月钱，于是林黛玉就顺便抓了两把给她。再例如第三十七回，秋纹对袭人回忆说，有一次贾宝玉心血来潮，将大观园中的红梅花弄了几枝插瓶，让秋纹捧送给贾母、王夫人，贾母、王夫人一高兴就当场赏给她二百钱和两件衣服。贾府仆人的福利也是相当不错的，就如同王熙凤所说：咱们家的丫头也比一般人家的小姐强。仆人们除了月钱以外，吃、穿、住几乎是贾府全包了的。吃有分例菜，穿有四季定制的衣服，住和主子们一起。所以级别高一点的仆人，其穿戴和主人们差不多，于是大观园中就有了"副小姐"这样的称谓，专指小姐们的贴身二等丫鬟。可见贾府的福利待遇是不错的。

从上述分析看，贾府仆人的薪酬层次与结构是清晰的。但是也有很多弊病隐藏其中。从现代人力资源管理的角度看，合理健全的薪酬制度除了满足上面的多重构成以外，还要具备合法性、公平性、竞争性、激励性和经济性。那么贾府的"月钱"兼顾了这"五性"吗？

首先看合法性。月钱原本是贾府自己定的，不存在合法性问题，但是王熙凤从银库领出丫头婆子们的月钱后，就会拿出去放高利贷，所以时常拖欠仆人们的工资，弄得下人们怨声载道，这为贾府的稳定埋下了隐患。

公平性基本满足，但是完全看身份等级，不讲多劳多得，这也为贾府勾心斗角的人际关系埋下了隐患。

竞争性基本没有，所以王熙凤分析宁国府五大管理弊病时就指出了"有脸者不负钤束，无脸者不得上进"，身份地位高的永远都挡着道路，成了晋升的拦路石，久而久之员工的上进心也就被消磨掉了。

激励性不规范，主子赏赐太随意，没有一定的章程，所以激励性赏赐就演变成了仆人们想方设法讨好主子的"劳动"所得。

经济性是贾府薪酬制度的大问题。高工资高福利当然能提高企业员工的积极性和竞争性，但是如此一来就会增加企业的经济负担，如果这个负担超出了企业的负重，企业就面临着崩溃。从现代薪酬制度来说，一切薪酬都要受到经济性的约束。所以领导在考察人力成本时，不仅要看薪酬水平，还要看员工的绩效水平。《红楼梦》中的贾府正是忽略了这个大问题，仆人们的使用计划没有按照经济性原则来编制，而是按照贵族排场的豪华度来编制。试想想，宁荣二府的主子有多少？总共加起来超不过三十个人。然而仆人们的数量却是主人的十几倍。贾府一年的收入基本上耗费在了仆人们的支出上。如果说家里的仆人能有较高的经济产出也就罢了，然而这些仆人几乎都是纯粹的消费者，他们所谓的产出不外乎就是满足了贾府主子的虚荣心而已。

四、贾府人力资源管理的"选、用、育、留"制度

现代人力资源管理是一个系统工程，其中涉及的环节非常多，上述资源规划、工作分析、薪酬待遇都是其有机组成部分。虽然环节众多，但是核心始终是明确的，那就是"人"。我们常言"知人善任"就是人力资源管理的终极指向。无论怎么去勾画，人力资源管理总结起来就是对人的"选用育留"。贾府在这方面是怎么做的呢？

（一）选人

贾府仆人按属性分为三种情况。一是直接从外边买，例如贾宝玉身边的袭人，就是因为当年家里穷，吃不起饭，父母走投无路，只有把自己的女儿卖给贾府为奴，得了钱让一家人勉强活下来。二是贾府的少爷们结婚，妻子从娘家陪嫁过来的仆人，例如王熙凤身边的平儿就属于这一类。三是自己家里的青年仆人到了一定的年龄，由主子做主相互婚配后生出来的子女，俗称"家生子"，贾母身边的鸳鸯就是这个类别的仆人。贾府在选择仆人上遵循着两个原则：一是模样标致，二是聪明伶俐。管家们也会时刻留意仆人们的状况，如有乖巧伶俐的就会推荐奉送给主子，例如晴雯最先就是赖嬷嬷买了调教好再送给贾母的。

在"选人"这一项上，王熙凤可谓最为用心，因为她深知"一个好汉三个帮"的道理，所以时时刻刻都在留意身边哪一个仆人可调教可用，最后可

以成为自己的左膀右臂。怡红院的小红就是她发现的人才。一次偶然的机会，小红在凤姐面前展示了口才，于是凤姐"一纸调令"就把小红从贾宝玉身边要了过来。

（二）育人和用人

育人是用人的前提，用人是育人的实践，二者之间相辅相成。用人更是人力资源管理的核心，上面讲述的贾府机构设置，其实也展示了贾府的用人制度。育和用很多时候都是紧密联系在一起的，贾府也在用人的环节中育人。例如元妃省亲时，要下姑苏采买唱戏的女孩子，贾珍就派了贾蓉、贾蔷"带领着来管家两个儿子"一同前往。这里的来管家是指宁国府的总管家来升。这一次派遣来升的两个儿子出去办事就是在"用"，但同时也是在实践中历练，这个过程又是"育"。

（三）留人

要很好地用人，还需要留得住人。上面提到的薪酬制度也是留人的一个方面。贾府这样的国公府邸，对于仆人们并没有朝打暮骂，相对而言待遇是极好的，所以很少有人想"出去"。当袭人的母亲提出要把袭人赎回来的时候，袭人的反应是坚决抵制，"死也不出去"。这和她所处的安逸环境有一定的关系，当然这里面也有和贾宝玉的情感牵连。贾府留人的秘诀在哪里呢？其实就是讲究一个"礼"字。仆人虽然是下人，但是贾府的风俗，只要是服侍过长辈的仆人，其地位都是相当高的。例如总管家赖大，像贾宝玉这样的小辈见了他都要下马问候，贾蓉这个辈分的主子见了他要叫"赖爷爷"。服侍贾母的鸳鸯，到王熙凤屋里，贾琏都要起身叫姐姐。赖嬷嬷是贾政的奶娘，在一些公共场合，年轻媳妇们都要站着，这些妈妈们可以坐着。可见一个"礼"字成了贾府留人的关键。

其他参考文献

陈大康. 论荣府的管理机构与制度 [J]. 红楼梦学刊，1986（3）：193－213.

冯子礼. 红楼梦的经济细节初探：封建末世贵族地主阶级的生产、交换、分配和消费 [J]. 红楼梦学刊，1984（3）：236－263.

从红楼小人物看信息的管理与利用

《红楼梦》中的人物众多，这里所谓的小人物，不是以身份与地位，而是以人物在书中所占戏份的多少来划定。戏份多的称为大人物，反之则是小人物。曹雪芹的神来之笔往往会在三言两语中刻画出一个鲜活的人物来，换而言之，红楼人物的"大""小"并不影响人物的精彩度，如书中的刘姥姥、贾雨村、焦大等就是最好的例子。从红楼小人物看信息的管理与利用，不仅能让我们认识管理信息的特征，还能从不同的维度借红楼人物的智慧去诠释信息整合对管理活动的意义。

一、平儿的数据与信息

对于一家企业而言，要实行计划、组织、协调、控制等管理职能，掌握信息可谓是一切的前提。信息这个词在当下已经被广泛使用，我们也时时处处被各类信息所笼罩。从管理层面上看，所谓信息就是指相关数据经过一系列加工处理以后的结果，并且此结果能为管理活动提供可靠的依据。

信息和数据在管理学视野下是两个不同的概念，它们既有联系又有区别，人们往往会将二者混淆。数据是信息的原始零碎状态，它记录着客观事物的性质、形状、特征等。所以数据一般都不会直接被使用到管理实践中，因为它所呈现出来的信息不确切也不明显。信息则是通过对数据的加工展现出来的事物的客观规律。例如《红楼梦》第五十五回，平儿和王熙凤闲聊着家常，说到贾府的经济状况以及在不久的将来会使用到大笔银子的几件事，此情节正好能解释信息和数据之间的联系和区别。

王熙凤对平儿诉苦：自己虽然管着家，也曾想了很多节省的方法，但是效果都不大好，还弄得仆人们抱怨刻薄。如今收入越来越少，可是开销与日用排场还是照着老祖宗手里的旧规矩，如果再不节省，再过几年都要赔尽了。听了王熙凤的诉说，平儿接着道："可不是这话！将来还有三四位姑娘，还有两三个小爷，一位老太太，这几件大事未完呢。"平儿这几句话就是管理中的数据，这些数据所包含的意思是零碎的，例如这里的"大事"笼统地指婚丧嫁娶，"三四位姑娘"指的是迎春、探春、惜春、林黛玉出嫁的一系列费用，"两三个小爷"是指贾宝玉、贾环、贾兰结婚的总费用，"一位老太太"是指贾母去世后的丧葬开支。对于王熙凤这个管理者而言，平儿给出的这些数据是没有办法直接用于管理实践的，换句话说，她要对这些数据进行加工整理，才能够形成最终的信息。于是王熙凤分析说，贾宝玉和林黛玉一娶一嫁，贾母自有私房钱拿出来，所以使不着官中的钱；贾迎春原本是贾赦那边的人，出嫁时自然是贾赦出钱，所以可以不算；剩下的探春、惜春、贾兰这三个，满打满算每人一万银子足够了；贾环娶亲有限，花上三千两也就够了；贾母去世，里里外外一切用度都是平时准备好了的，所以也就是零星杂项，再加三五千银子也就完事。

经过王熙凤分析，最后得到了什么信息呢？虽然这几件未完的大事需要从现在的花费中节省，但是还不至于让贾府不堪重负，是可以完成的。这个最终的信息又反过来作用于王熙凤的管理决策——"不拘那里省一抿子也就够了"，"如今再俭省些，陆续也就够了"。

虽然王熙凤对数据的分析结果构成了概念上的管理信息，但是有一点还需要指出，即管理信息的正确与否直接影响着管理的结果。从《红楼梦》第一百一十回的情节来看，王熙凤得出的管理信息是有问题的。就以贾母的丧事为例，其管理就乱成了一锅粥——吩咐的事情仆人们都答应着，但就是不动；款待奔丧的亲戚们，也是"来了菜，短了饭"。根本原因就是所依靠的管理信息不可靠。原本认为可以花三五千银子就完事的，这个时候却远远超出了预算，以致连"外头棚杠上要支几百银子，这会子还没有发出来"。为什么会出现这样的情况呢？就是因为王熙凤在将数据转换为信息的过程中，加入了很多主观的因素，造成了概念上的管理信息不能作用于实际管理的后果。

例如贾宝玉和林黛玉两人的婚嫁，王熙凤判定贾母拿出来的私房钱就够用了，但是需要很多前提来支撑这个结论，比如贾母的离世必须在两人婚嫁之后，否则死在两人婚嫁之前，又没有遗言，私房钱就只能由贾赦、贾政这两个儿子继承，和贾宝玉、林黛玉就没有多少关系了。就算贾母能在两人婚嫁时拿出私房钱，你又根据什么判定数量的多少呢？王熙凤说"宝玉和林妹妹他两个一娶一嫁"，这里就遇到了一个非常棘手的问题：这句话的意思到底是指宝黛完婚这一件事，还是指宝黛各娶各嫁两件事？从王熙凤在书中零星的话语中可以得知，她所指的这"一娶一嫁"就是宝黛两个人结婚这一件事。如果真是这样，王熙凤又犯主观错误了，因为在此之前并没有父母之命媒妁之言，你从何判断他们二人就一定结婚呢？

所以这也给了我们一个启示：信息是用来反映客观事物的发展规律，从而为管理工作提供依据的，因此，在对原始数据进行分析加工时，就要做到尽可能客观，否则原始数据演化成的信息不仅不能作为管理依据，反而会将管理活动导向误区。

另外，数据和信息虽然是两个概念，但是它们的区分又不是绝对的。同样一件事、一句话或者一个数字，在一个人看来是数据，而另一个人看来可能就是信息。再以平儿这句话为例："将来还有三四位姑娘，还有两三个小爷，一位老太太，这几件大事未完呢。"对于平儿来说，这就是信息，因为她是仆人，是做具体事情的员工。就平儿来讲，贾府的每一件大事她都要参与劳动，知道自己要做几件事，做什么事就可以了。所以在她的话语中，我们看到的就是实实在在的事件与数量。而这句话对于王熙凤来说就是数据：知道有多少件事情当然重要，但是比这更重要的是如何运筹帷幄，只有将这些数据综合分析，才能在管理上进行实实在在的控制与指挥。

二、刘姥姥的信息管理

刘姥姥是《红楼梦》中的小人物，仅在书中出现过三次，然而这丝毫不影响姥姥在读者心中的位置。正是因为有刘姥姥的存在，才让我们在贾府这样一个花柳繁华地，温柔富贵乡中看到了一种生命的比对。在这种比对之下，你会发现什么是生命的顽强，什么又是生命的颓废。在这种比对之下，你会发现贫穷成了一种救赎，富贵成了一份累赘。在这种比对之下，你会发现欢笑未必就是愉悦，哭泣不一定代表着忧伤。在这种比对之下，你还会发现无可奈何的人们总是羡慕高高在上的尊贵，然而高处不胜寒的人们又向往着无拘无束的清贫。有人说刘姥姥很世故，但是在我看来，姥姥的这份"世故"却是洞明世事之后的通达，是知恩图报的现实存在，是知世故而不世故的人生境界。这种境界，是在高水平的信息管理基础上达到的。那么在《红楼梦》中刘姥姥是如何进行信息管理的呢？

　　管理信息反映的是一个企业或者组织的经营情况，记录着何时何地发生了什么事件，所以它的内容是相对确定的。但是这些信息有无价值和意义又是不确定的。原因主要有三个：一是因时间的变化，信息的有效性会不一样；二是地理区域不同，信息的有用性也会不同；三是使用信息的主体不一样，信息的价值也会有差异。信息和实物在使用上有一个根本性的区别，即实物的使用是一对一的，信息的使用是一对多的。换而言之，在实物的使用中，你在用时，我就不能用，而信息的使用却刚好相反，你用时，我也可以用，其他很多人都可以同时用。所以同一信息使用的人越多，其价值就越小，反之价值就越高。

　　刘姥姥第一次出场是在第六回，其目的是为了"攀附亲戚"。这里面有世故的成分，但这并非是在贬损刘姥姥的形象，原因就在于，这一次的"攀附"是迫于无奈。刘姥姥原本是一位积年的老寡妇，仅靠着几亩薄田过日子，女婿狗儿接了刘姥姥去照顾外孙板儿和青儿，于是一家老小就这样过活起来。然而穷人家的日子一天不如一天，眼看寒冬逼近，家里已经揭不开锅了，刘姥姥的女婿狗儿也焦急万分，没有办法，喝了点酒便在家里生气骂人，于是刘姥姥发话了：

　　　　"姑爷，你别嗔着我多嘴。咱们村庄人，那一个不是老老诚诚的，守多大碗儿吃多大的饭。你皆因年小的时候，托着你那老家之福，吃喝惯了，如今所以把持不住。有了钱就顾头不顾尾，没了钱就瞎生气，成个什么男子汉大丈夫呢！如今咱们虽离城住着，终是天子脚下。这长安城中，遍地都是钱，只可惜没人会去拿去罢了。在家跳蹋会子也不中用。"狗儿听说，便急道："你老只会炕头儿上混说，难道叫我打劫偷去不成？"刘姥姥道："谁叫你偷去呢。也到底想法儿大家裁度，不然那银子钱自己跑到咱家来不成？"狗儿冷笑道："有法儿还等到这会子呢。我又没有收税的亲戚，作官的朋友，有什么法子可想的？便有，也只怕他们未必来理我们呢！"

　　　　刘姥姥道："这倒不然。谋事在人，成事在天。咱们谋到了，看菩萨的保佑，有些机会，也未可知。我倒替你们想出一个机会来。当日你们原是和金陵王家连过宗的，二十年前，他们看承你们还好，如今自然是你们拉硬屎，不肯去亲近他，故疏远起来。想当初我和女儿还去过一遭。他们家的二小姐着实响快，会待人，倒不拿大。如今现是荣国府贾二老爷的夫人。听得说，如今上了年纪，越发怜贫恤老，最爱斋僧敬道，舍米舍钱的。如今王府虽升了边任，只怕这二姑太太还认得咱们。你何不去走动走动，或者他念旧，有些好处，也未可知。要是他发一点好心，拔一根寒毛比咱们的腰还粗呢。"刘氏一旁接口道："你老虽说的是，但只你我这样个嘴脸，怎样好到他门上去的。先不先，他们那些门上的人也未必肯去通信。没的去打嘴现世。"

谁知狗儿利名心最重，听如此一说，心下便有些活动起来。又听他妻子这话，便笑接道："姥姥既如此说，况且当年你又见过这姑太太一次，何不你老人家明日就走一趟，先试试风头再说。"刘姥姥道："嗳哟哟！可是说的，侯门深似海，我是个什么东西，他家人又不认得我，我去了也是白去。"狗儿笑道："不妨，我教你老人家一个法子：你竟带了外孙子板儿，先去找陪房周瑞，若见了他，就有些意思了。这周瑞先时曾和我父亲交过一件事，我们极好的。"刘姥姥道："我也知道他的。只是许多时不走动，知道他如今是怎样。这也说不得了，你又是个男人，又这样个嘴脸，自然去不得，我们姑娘年轻媳妇子，也难卖头卖脚的，倒还是舍着我这付老脸去碰一碰。果然有些好处，大家都有益，便是没银子来，我也到那公府侯门见一见世面，也不枉我一生。"说毕，大家笑了一回。当晚计议已定。

这样一段家庭成员之间的对话，让我感受到的除了实实在在的生活以外，还有一份历经人世沧桑的智慧。刘姥姥这样一位没有文化的老妇人，竟然能拥有这样一份智慧，真是难得。就连作者曹雪芹都赞叹不已——"那刘姥姥虽是个村野人，却生来的有些见识"。

这段文字中体现出刘姥姥三个方面的信息管理才能，首先是善于分析情况。刘姥姥指出，现在家里穷的原因是狗儿从小吃喝惯了，那个时候他们家还算殷实，现在败落下来，但养成的习惯很难纠正，以至于现在就算有了钱也顾头不顾尾。分析得中肯，狗儿也没有反驳的余地。

问题的原因算是找出来了，怎么办呢？于是又彰显出刘姥姥第二个方面的才能——善于谋划。她善于研究豪门贵族的慈善心理。刘姥姥认为，当年金陵王家愿意和一个小京官连宗，这说明他们不在乎攀附人员发不发达。如今王家又升了官，权势更大，就更不会在乎你去再一次攀附他。纵观天下的有钱人，当有钱到了极致，就会去做慈善事业，而且慈善事业越做越大，趁此去打"抽丰"也算成全了豪门贵族的慈善事业，两全其美。所以潘知常先生为刘姥姥的"抽丰计划"总结了一个口号："不求最体面，但求最实惠。"①

每次读到这一段的时候，我都很佩服刘姥姥。一个住在乡下的老太太，没有互联网，也没有手机，还不识字，哪里得知这么多信息？什么王家升了边任，二小姐后来又嫁到了贾家，成了荣国府贾二老爷的夫人，这位二姑太太现在上了年纪，最爱舍钱舍米，扶困救贫。这只能说明一个问题：刘姥姥善于打听。一句"听得说"，简简单单的三个字把刘姥姥乐于收集整理信息资料，为"谋划"做好前期准备的形象表现得淋漓尽致。后来我们看到刘姥姥的"抽丰"计划实施成功，就会感叹，机遇总是给那些有准备的人的。

刘姥姥第三个方面的才能，其实是一种人生态度——乐观与豁达。这种心态是极其难得的，这也是她能成功的一个重要条件。在信息管理中，拥有健康的心态，不仅仅是一种技巧，还是一份自身的修养。保持什么样的心态，在管理实践中占据着极其重要的位置，可以说我们讨论的技巧也好，方法也罢，都是建立在管理者拥有健康心态的基础之上的。刘姥姥不保证"打抽丰"能成功，但是有了机遇就一定要想办法去抓住，"谋事在人，成事在天"。刘姥姥说："便是没银子来，我也到那公府侯门见一见世面，也不枉我一生。"这份心灵的豁达与乐观是刘姥姥健康长寿的秘诀，也是读者喜爱她的原因。

现在又回到上面提到的管理信息的价值的不确定性上。刘姥姥给她女婿讲述的那一通信息，其实狗儿是知道的，为什么他没有觉得这些信息有用呢？这也再次证明了，信息有用无用、价值大小，主要还是取决于主体的分析与判断。所以对于管理者而言，对信息的仔细分析与正确判断是促使管理成功的关键所在。任何管理信息，只有被传送、被感知、被认识、被利用，才能实现其有用性。

三、贾雨村的信息传播与利用

信息的传播与利用是相辅相成的。在管理实践中，为了更好地利用信息，往往会先传递一些信息给对方，从而达到预期效果。在现实中因为我们特别重视数据的收集与分析，所以往往会忽略信息的预先传播对管理实践的

---

① 潘知常：《说红楼人物》，上海文化出版社，2008年，第186页。

作用。下面借《红楼梦》中的贾雨村来看看信息传播与利用的辩证关系。

贾雨村是《红楼梦》中出场最早的人物之一，从第一回就开始了他的生命历程。这个有着"高学历"的读书人，曹雪芹曾给了他一个漂亮的亮相。他的一生浓缩着中国古代读书人的人生格局——十年寒窗，金榜题名；步入仕途，恃才自傲；受人排挤，贬官革职；感悟官场，谋划复出；升官发财，获罪入狱。他的人生轨迹就如同一个挥之不去的魔咒，被千千万万的儒生或长或短，或深或浅，周而复始，乐此不疲地重复着。

《红楼梦》前四回就穿插了一个完整的贾雨村。在短短的几年之内，他就完成了一个《红楼梦》时代的知识分子典型政治生涯的全过程。从苦读到高中，从为官到革职，从复出到高升，贾雨村从实践中感悟人生与宦海，时时调整路线，总结心得体会，揣摩官场要诀，最后完成了一个让人羡慕的华丽转身。我们且不论他是奸还是忠，也不管他是国贼还是禄蠹，仅从仕途来看，贾雨村是成功的。他的聪明归根结底源于他善于选择信息传播的时机。作者曹雪芹笔下的贾雨村传播与利用信息的技巧，就如同封建官场本身的潜规则一样，隐隐约约，笔触时而意致，时而言传，亦假亦真，妙不可言。

（一）把握说话的时机

什么时候说话，这是一门学问。在说话的时候把握时机，其实质就是能在恰当的时间，利用有限的语句，充分准确地表达自己的意愿。

贾雨村原本出身于仕宦之家，只可惜到了他这代，家道没落，孤孤单单就剩下他一人。为了重整家业，贾雨村勤学苦读，上京赶考，希望有一天能为天地立心，为生民立命。谁知走到半道，囊中羞涩，境遇困顿，于是就寄居在了葫芦庙内，每日以卖字作文为生。可喜的是，邻居甄士隐不以功名利禄为念，最爱资助有宏大理想之人，所以常请贾雨村来家做客闲聊。有一天正逢中秋佳节，寄居客乡之人难免有孤独失意之感。书中这样写道：

> 今又正值中秋，（贾雨村）不免对月有怀……因又思及平生抱负，苦未逢时，乃又搔首对天长叹，复高吟一联曰："玉在椟中求善价，钗于奁内待时飞。"恰值士隐走来听见，笑道："雨村兄真抱负不浅也！"雨村忙笑道："不过偶吟前人之句，何敢狂诞至此。"因问："老先生何兴至此？"士隐笑道："今夜中秋，俗谓'团圆之节'，想尊兄旅寄僧房，不无寂寥之感，故特具小酌，邀兄到敝斋一饮，不知可纳芹意否？"雨村听了，并不推辞，便笑道："既蒙厚爱，何敢拂此盛情。"说着，便同

士隐复过这边书院中来。

　　这一段情景对话，乍一看十分平常，然而细细读来却很有意思。中国式文人触境感怀，常以吟诗作为宣泄，这并不稀奇。此时贾雨村就属于这种情况。从他所吟的诗句来看，不外乎就是形容自己生不逢时，空有一肚子的文章，却没有能彰显才华的舞台。所以"求善价""待时飞"就成了他现阶段的主要任务和内心期待。如果仅凭自己卖字作文筹集路费，恐怕一切都是空想，想个什么办法呢？此时的贾雨村隐约有了一点主意。从他和甄士隐的交往来看，凭借贾雨村的聪明，他应该知道甄士隐是一个乐于助人之人，只是现在不便开口罢了。从上面的文字来看，他对月吟诗似乎随兴随意，并没有刻意，然而有两个字让我们看到了他的用意——"高吟"。所谓"高吟"就是提高声音，大声地吟唱。在吟这一联之前，贾雨村其实已经做过一首诗，是对甄家的丫鬟娇杏，这属于儿女私情。为什么吟唱自己的志向与抱负之时要提高声音呢？给谁听？庙内都是一些不问世事的和尚。答案只有一个：念给甄士隐听。

　　也许你会觉得这种推断有点牵强，因为怎么能判断贾雨村知道甄士隐已经过来了呢？且看后面的文字：

　　　　恰值士隐走来听见，笑道："雨村兄真抱负不浅也！"雨村忙笑道："不过偶吟前人之句，何敢狂诞至此。"

　　当甄士隐出现并笑言之后，贾雨村是什么表情？"忙笑道"。这个表现太自然了，"自然"得有点做作。试想想，一个人三更半夜在寺庙之中吟诗，完全沉浸在自己的内心世界之时，突然从黑暗处窜出一个人来，你会是什么表情？不说吓死，至少是一身冷汗。然而贾雨村呢？是"忙笑道"。这个"忙"字也用得极其巧妙，说明接下来的语言都是准备好了的，巴不得赶快说出来。当甄士隐表明来意，邀请他到甄家小酌，"雨村听了，并不推辞"，言外之意是我正有此心，赶快走吧。这个时候我们才恍然大悟，贾雨村的吟唱，目的就是要让甄士隐听见。他找准了说话的时机，此时看来已经显现出了信息传播的效果，一切都是那么天衣无缝。接下来的情节证明了我的推断，《红楼梦》第一回这样写道：

　　　　须臾茶毕，早已设下杯盘，那美酒佳肴自不必说。二人归坐，先是款斟漫饮，次渐谈至兴浓，不觉飞觥限斝起来。当时街坊上家家箫管，户户弦歌，当头一轮明月，飞彩凝辉，二人愈添豪兴，酒到杯干。雨村此时已有七八分酒意，狂兴不禁，乃对月寓怀，口号一绝云："时逢三五便团圆，满把晴光护玉栏。天上一轮才捧出，人间万姓仰头看。"士隐听了，大叫："妙哉！吾每谓兄必非久居人下者，今所吟之句，飞腾之兆已见，不日可接履于云霓之上矣。可贺，可贺！"乃亲斟一斗为贺。雨村因干过，叹道："非晚生酒后狂言，若论时尚之学，晚生也或可去充数沽名，只是目今行囊路费一概无措，神京路远，非赖卖字撰文即能到者。"士隐不待说完，便道："兄何不早言。愚每有此心，但每遇兄时，兄并未谈及，愚故未敢唐突。今既及此，愚虽不才，'义利'二字却还识得。且喜明岁正当大比，兄宜作速入都，春闱一战，方不负兄之所学也。其盘费余事，弟自代为处置，亦不枉兄之谬识矣！"当下即命小童进去，速封五十两白银，并两套冬衣。又云："十九日乃黄道之期，兄可即买舟西上，待雄飞高举，明冬再晤，岂非大快之事耶！"雨村收了银衣，不过略谢一语，并不介意，仍是吃酒谈笑。那天已交了三更，二人方散。

士隐送雨村去后，回房一觉，直至红日三竿方醒。因思昨夜之事，意欲再写两封荐书与雨村带至神都，使雨村投谒个仕宦之家为寄足之地。因使人过去请时，那家人去了回来说："和尚说，贾爷今日五鼓已进京去了，也曾留下话与和尚转达老爷，说'读书人不在黄道黑道，总以事理为要，不及面辞了。'"士隐听了，也只得罢了。

贾雨村心中的意思，其实三言两语就能讲得明白，为什么战线拉得这么长？归根结底就是等待一个恰当的时机，时机找得好，事半功倍。到了甄士隐的书房，贾雨村仍然闭口不提自己的目的。当两人对酌畅饮之后，都有了一丝酒意，不是烂醉如泥，而是酒精的效力发挥得恰到好处，贾雨村感觉时机逼近了，于是借着酒力又开始吟诗——"天上一轮才捧出，人间万姓仰头看。"意思是说，有一天我飞黄腾达了，世间之人就尽情仰慕吧。这看似酒后的狂言，其实乃贾雨村真心流露。借酒吟诗这一招进可攻退可守，如果甄士隐有意真心帮助，他自然懂得该怎么做，反之，若无此意，就算酒后失言，也不伤大雅。谁知道天缘凑巧，贾雨村的意图正是甄士隐的美意。贾雨村见这层窗户纸已经捅破了，于是便直言道：

非晚生酒后狂言，若论时尚之学，晚生也或可去充数沽名，只是目今行囊路费一概无措，神京路远，非赖卖字撰文即能到者。

甄士隐听见贾雨村如此说，正合自己的美意，便表达了自己的意思，赞助了路费和衣服。贾雨村接过钱物之后，是什么表情？"不过略谢一语，并不介意，仍是吃酒谈笑。"贾雨村仍然处在演员的角色中，自始至终都要让甄士隐觉得这样的馈赠与资助出于自己的心甘情愿。我们可以想象此时的贾雨村内心是澎湃的，因为五十两银子不是一个小数目，在《红楼梦》时代，一个七品命官的工资一年也不过一百二十两银子。喝完酒，两人方散，甄士隐一觉醒来已是第二天中午，突然想起可以书信两封，让贾雨村带到京城，找自己的朋友寻个寄居之所。此时贾雨村已经不见了：

> 那家人去了回来说："和尚说，贾爷今日五鼓已进京去了，也曾留下话与和尚转达老爷，说'读书人不在黄道黑道，总以事理为要，不及面辞了。'"

这个时候贾雨村才从演员的角色回到本身：目的已经达到了，还等什么，赶快走吧，出人头地去。原来贾雨村的"醉"是假的，"酒后狂言"也是假的。如果真醉，还不和甄士隐一样睡到日上三竿？如果真是"酒后狂言"，哪里会如此迫不及待，连恩人都不及面辞？所以从一切看来，贾雨村都是在找一个传播信息的好时机，以此来达到自己的目的罢了。

（二）寻找复出的时机

得到甄士隐的资助，凭借自己的学识，贾雨村考中进士。这是《红楼梦》中仅次于林如海的第二高学历。于是他选入外班，后来做了知府。至此，可以说贾雨村成功了，但是宦海茫茫，这只是一个起点，书中写道：

> （贾雨村）虽才干优长，未免有些贪酷之弊，且又恃才侮上，那些官员皆侧目而视。不上一年，便被上司寻了个空隙，作成一本，参他"生情狡猾，擅纂礼仪，且沽清正之名，而暗结虎狼之属，致使地方多事，命名不堪"等语。龙颜大怒，即批革职。该部文书一到，本府官员无不喜悦。那雨村心中虽十分惭恨，却面上全无一点怨色，仍是嘻笑自若，交代过公事，将历年做官积的些资本并家小人属送至原籍，安排妥协，却是自己担风袖月，游览天下胜迹。

细读上面的文字可知，贾雨村革职的主要原因是"恃才侮上"。"贪酷"是封建官员的通病，虽然朝廷明文禁止，但是潜规则还得潜着实行，贾雨村的"上司"也在其中，所以曹雪芹在这里使用了四个字"未免有些"，轻描淡写，一笔带过。"恃才自傲"是中国式文人的习惯性举动，历朝历代不乏其人，为此付出的代价多是革职贬官，甚至抄家问斩。事已至此，贾雨村虽然后悔不已，但为了面子，还得装出一副满不在乎的样子来，安排好家小，"自己担风袖月，游览天下胜迹"去了。这句话洒脱飘逸，一副回归自然的状态，如果我们只是停留在这种认知层面，绝对看不出这句话的精妙。其实贾雨村并非真是游历名山大川，而是假借游览，探寻东山再起的机会。后来他在盐课林如海家找了一份兼职家教的工作，书中这样写道：

> 雨村正值偶感风寒，病在旅店，将一月光景方渐愈。一因身体劳倦，二因盘费不继，也正欲寻个合式之处，暂且歇下。幸有两个旧友，亦在此境居住，因闻得醒政欲聘一西宾，雨村便相托友力，谋了进去，且作安身之计。

叙述贾雨村的文字，曹雪芹总是喜欢轻描淡写，就如同蜻蜓点水一般，但是审度其意，又深不可测。在文章的开头我就说过，贾雨村聪明过人，极其善于把控传播时机，闻得林如海家招聘"西宾"，他立即就感知到复出的机会来了。贾雨村怎么做的呢？"相托友力，谋了进去"，八个字就把他重视信息传播和利用，留意复出机会的意识渲染得立体而又饱满。这八个字就像一段动态的画面——贾雨村忙着托朋友找关系，出谋划策，四处打点，最终如愿以偿。

贾雨村当了一段时间的家庭教师，又闻得朝廷"起复旧员"，于是找了邸报来看，确认了信息无误后，就找到了林如海。如海道：

> 天缘凑巧，因贱荆去世，都中家岳母念及小女无人依傍教育，前已遣了男女船只来接，因小女未曾大痊，故未及行。此刻正思向蒙训教之恩未经酬报，遇此机会，岂有不尽心图报之理。但请放心，弟已预为筹画至此，已修下荐书一封，转托内兄务为周全协佐，方可稍尽弟之鄙诚，即有所费用之例，弟于内兄信中已注明白，亦不劳尊兄多虑矣。

从上文来看，贾雨村复出计划的第二步算是成功了。他依附着林黛玉的船，上了京城，到了贾府。书中写道：

> 有日到了都中，进入神京，雨村先整了衣冠，带了小童，拿着宗侄的名帖，至荣府的门前投了。彼时贾政已看了妹丈之书，即忙请入相会。见雨村相貌魁伟，言语不俗，且这贾政最喜读书人，礼贤下士，济

弱扶危，大有祖风，况又系妹丈致意，因此优待雨村，更又不同，便竭力内中协助，题奏之日，轻轻谋了一个复职候缺，不上两个月，金陵应天府缺出，便谋补了此缺，拜辞了贾政，择日上任去了。

对于这次进贾府拜见贾政，贾雨村是非常重视的。他深知此人的分量，复出成功与否就在此一举了。于是整了衣冠，带了小童，拿着名帖，十分小心谨慎。其实在这段文字中还藏了一个小秘密。按照常理，官位高的人，人际交往更广，办事能力更强。在贾府，贾赦袭了爵，现任一等将军，正一品。贾政只是一个工部员外郎，从四品，论官阶远远比不上贾赦，为什么林如海不托贾赦，反而托官品不高的贾政呢？从《红楼梦》后面的文本中我们知道，贾赦是一个老纨绔，根本不好生做官，托着祖宗的荫功，坐享其成。而贾政礼贤下士，济弱扶危，大有祖风，所以林如海才相托协助。从这一点上讲，贾雨村算是幸运的。结果怎样呢？

（贾政）竭力内中协助，题奏之日，轻轻谋了一个复职候缺，不上两个月，金陵应天府缺出，便谋补了此缺。

"轻轻"二字用得出神入化，把封建官场的状况揭露得一丝不挂。至此，这个善于选择信息传播时机，善于利用信息的贾雨村真正懂得了官场，开始了新一轮的宦海沉浮。

从《红楼梦》看"X—Y"管理理论的异同

　　《红楼梦》具有深刻的时代性和超强的现代性。所谓时代性是指作者曹雪芹在书中记录了他所处时代的方方面面。所谓现代性并非是指书中具有现代人的思想，而是指《红楼梦》的文本具有一种超强的解释性，很多人文社会学科的理念都可以用《红楼梦》中的故事来加以例证和诠释。例如从王熙凤协理宁国府和贾探春兴利除弊两个章回的故事，就可以深入理解美国管理学家道格拉斯·麦格雷戈（Douglas M. McGregor）提出的"X—Y"管理理论。

　　1957 年 11 月，麦格雷戈在美国《管理评论》杂志上发表了《企业的人性方面》（"The Human Side of Enterprise"）一文，此文开启了他以"人性假设"与"行为假设"为依据的管理理论探索。麦格雷戈把当时传统的管理思想称为 X 理论，这种理论建立在"人性本恶"的假设基础之上。X 理论认为，人的天性就是懒惰，逃避责任，缺乏自信，安于现状，乐于享受，等等。基于此，管理者要提高企业的劳动生产率，完成规划的工作任务，就必须在精心的计划、组织之下严格地监督与指挥。因为立足于"人性本恶"的观念，管理者只需要发号施令，让被管理者服从管束就行，不必在情感上和道义上给予尊重，只需最后以工作的完成情况给予金钱上的报酬①。

　　在中国，荀子也是主张"人性本恶"的。那么在《红楼梦》中这种管理思想是如何应用并表现的呢？我们以王熙凤协理宁国府为例来深入分析。

　　《红楼梦》第十三回，因为宁国府的秦可卿去世，事发突然，府中没有任何准备，此时世交亲友悼念治丧，人来客往车水马龙，

---

①　麦格雷戈：《企业的人性面》，中国人民大学出版社，2008 年，第 72～76 页。

上上下下竟成了一团乱麻。为了让丧礼风光体面，贾珍聘请了王熙凤协理宁国府。王熙凤欣然答应之后，首先细细总结了宁国府在管理上的五大弊病：第一，人口混杂，遗失东西；第二，事无专职，临期推诿；第三，需用过度，滥支冒领；第四，任无大小，苦乐不均；第五，家人豪纵，有脸者不服钤束，无脸者不能上进。其实我们不难看出，王熙凤分析归纳的这五个方面，立足点都类似于麦格雷戈提出的 X 理论。换句话说，宁国府的五大弊病都源于"人性本恶"。"人口混杂，遗失东西"是因为大多数仆人的个人目标和宁国府的组织目标之间出现了矛盾。"事无专职，临期推诿"是因为大多数仆人们本性懒惰，好逸恶劳，逃避工作。"需用过度，滥支冒领"是大多数仆人们为了满足个人的生理需求和安全需求，只顾眼前的利益，目光短浅造成的。"任无大小，苦乐不均""有脸者不服钤束，无脸者不能上进"是因为人际关系恶劣，多数人安于享乐，没有雄心壮志，还要妨碍阻挠少数积极者上进，形成不和谐局面。从这些分析可以看出，王熙凤对宁府的管理评价都是负面的，既然如此，又该如何整治呢？王熙凤接下来使用的管理方法也是符合 X 理论"人性本恶"的假设前提的。

基于 X 理论，管理者认为，要想完成计划内容从而实现既定目标，就必须严格执行计划、组织、经营、指引、监督等职能。管理者给出具体的分工，划分责权，规定时间，落实人员，被管理者在管理者的监督下完成任务即可，管理者最后给出相应的报酬。王熙凤走马上任之后，第一件事就是点名造册，理清具体的人数。第二是将宁国府的仆人们集中起来，然后分班分组，每一组都有具体的任务，例如客来人往倒茶，收管杯盘茶具，分发香蜡纸钱，等等。每一组的任务和责任相互独立，哪一行乱了就责问哪一组。第三是给出明晰的时间安排，例如卯正二刻点名，午初刻领牌回事，戌初刻检查。计划完成之后，王熙凤的主要任务就是监督，她曾当众宣布，有偷懒的，赌钱吃酒的，打架拌嘴的，一旦发现就按规定处置。在此期间有一仆人迟到，就被王熙凤打了二十板子，扣罚了一个月的工资。经过王熙凤的一通整治，宁国府确实好了许多，但是你会发现，在她的管理方法中只有控制、强迫、惩罚以及威逼利诱，几乎看不见善解人意的激励、鼓舞和尊重，所以王熙凤的管理就是典型的 X 理论管理法。

在麦格雷戈的管理学说中和 X 理论相对应的就是 Y 理论，它是基于"人性本善"而衍生出来的一系列的管理方法。麦格雷戈认为，虽然在特定的环境下 X 理论也能促进管理活动，但是当生产力发展，人们解决了温饱等生理需求之后，再使用 X 理论，就会扼杀人的创新性和奉献精神。通过一系列的调查实践，麦格雷戈指出，人性中不仅仅有懒惰、逃避等消极因素，还有激情、奋进、敢于担当等积极因素。只要管理者能找到适当的方法因循诱导，就会唤起被管理者的工作热情，管理也会因此事半功倍①。在《红楼梦》第五十六回贾探春兴利除弊的故事情节中，探春和宝钗的措施背后的管理学原理就是典型的 Y 理论。

　　Y 理论的立足点与孟子"人性本善"的主张是一致的。在这一立足点上，管理者认为人并非天性就排斥劳动，也并非生来就喜欢被强迫和控制，反而愿意在工作中去实现自我，并且能自我控制。只要给他们适当的机会和条件，个人目标和组织目标就会结合统一起来，人的聪明才智、创造性与能动性也会因此被激发调动。那么，我们如何从贾探春理家的情节中理解 Y 理论的实际运用呢？

　　贾探春理家的第一件事就是开源节流，并且首先是拿贾府的主子们开刀，这为她赢得民心做了前期铺垫。接下来的举措就是"土地承包"，贾探春将大观园中的竹林、花园、稻田、林木等划分成块，在众多仆人中挑选老实本分又勤劳的人承包。贾探春的这种做法正好切合了 Y 理论中最为重要的一环——管理者的第一要务就是为被管理者创造一个能让他们发挥才能的工作环境。大观园中的老妈妈们很多都有自己擅长的技术，例如老田妈世代种地，所以大观园中的稻田就由她管理。老祝妈擅长料理竹子，探春就把大观园所有的竹子交与她打理。这样做不仅能发挥被管理者的专长，还能让组织目标与个人目标统一起来。料理好了自己承包的任务，不仅能交差，还能赢得经济上的实惠。贾探春等人要的是大观园一日好似一日，这是组织目标；众位老妈妈要的是实实在在的经济利益，这是个人目标。只有在这种管理方式下，才能两全其美。

　　在麦格雷戈提出的 Y 理论中，激励是最为重要的管理方法。根据 Y 理论的思想，对被管理者的激励主要来自工作本身。所谓"工作本身"就是指工作给人带来的成就感和现实需求的满足。贾探春把相关土地都承包出去之后，对于利益的分配也作了安排。在薛宝钗的建议下，个人承包所得一概不用上缴，只是谁承包了什么就揽一宗事去。例如承包稻田的人，一是要打理好稻田的相关事务，二是要负责供应大观园中所有大小鸟禽等吃的粮食。这

---

　　①　麦格雷戈：《企业的人性面》，中国人民大学出版社，2008 年，第 72～76 页。

样一来不仅节省了大观园的开支，还让仆人们有了剩余贴补自己。这种激励方式大大提升了仆人们的积极性。Y 理论认为，在管理制度上应该给予被管理者更多的自由和主动权，让他们参与管理和自我决策。在贾探春的管理中我们也能看到这一点。承包人因为涉及自己的利益，所以能动性就被调动起来，并积极参与大观园的管理。所以我们可以看到作为管理者的贾探春在理家时，多是扮演调节者、辅助者的角色，少了王熙凤的霸道而多了一份轻松与惬意。

　　X—Y 管理理论是建立在两种不同人性假设之上的，对于管理活动而言，如果不根据具体的环境，无法判定哪一种管理模式绝对好或绝对差。用《红楼梦》诠释麦格雷戈的管理思想，旨在充分理解其核心要义，以备在实际管理中选取运用。

从《红楼梦》看企业文化建设

"文化"是我们常用的一个极其普通的词汇，似乎看不见也摸不到，伸出手想抓住它，握紧拳头，它除了不在手心以外又似乎无处不在。何谓文化？古今中外的解释不可胜举。往大了说，它是一个国家或者民族在历史的长河中逐渐沉淀下来的风土人情、传统习俗、生活样态、文学艺术、思维方式、价值观念等；往小了看，一个人的饮食起居、言谈举止都是文化的表现。所以西方认为，所谓文化就是区别于自然万物的，人创造的或即将创造的一切。其实不难看出，无论是宏观层面还是微观层面，文化的核心就是人的存在。

企业是人有组织有纪律的聚合，它也是现代社会的构成单元之一。企业在建立和发展的过程中逐渐形成了诸多属于它自身的文化特征，并影响着这个组织中的每一个人。《红楼梦》中的贾府就如同一个企业，在百年家族史上留下了很深的文化烙印，这些烙印又深深地嵌在了贾府每一个人心中。贾府曾经的兴旺是因为这些文化，贾府最终的衰败仍然是因为这些文化。对于现代的企业而言，从贾府的衰败中能得到什么样的文化启示呢？又如何从《红楼梦》中看企业文化的建设呢？下面我们从四个方面进行阐释。

一、文化与企业文化

在中国，文化这个词的含义起源于《周易》，所谓"刚柔交错，天文也。文明以止，人文也。观乎天文以察时变，观乎人文以化成天下"[1]。这里的"天文"是指自然天道，"人文"是指社会人伦，

---

[1]　郭彧译注：《周易》，中华书局，2009年，第117页。

"文而化之"的理念已初现端倪。西汉时期的刘向,在《说苑·指武篇》中说道:"圣人之治天下也,先文德而后武力。凡武之兴为不服也,文化不改,然后加诛。"① "文化"一词在刘向笔下正式被组合而成。无论是《周易》还是《说苑》,文化都是被当成动词用的,"以文教化"的思想深入人心。

许慎在《说文解字》中解释"文"为"错画也,象交叉"②,意思是人有意识地在一种器皿上烙下的纵横交错的痕迹。"化"的甲骨文字形最能说明其含义,如图一:

图一

左右两边都是人的形象,左边的人正立着,右边的人倒立着。如此一来,"化"的含义就可以说是把人彻头彻尾地改变。所以我理解的"文化"就是指具有思想和主观能动性的人按照自己的意志和方式,把另外一群人朝着预先设定好的方向改变。

何谓企业文化?解释也是多种多样。斯本德(J. C. Spender)定义说:"组织文化是组织成员共有的信念体系。"库泽斯(J. M. Kouzes)说:"(企业文化是)一种通过各种符号性的媒介向人们传播的、给人们的工作生活创造意义的、为所有员工共享的、持久的信念体系。"张德先生认为:"企业文化是指企业在长期的生存和发展过程中所形成的,为企业多数成员共同遵循的最高目标、基本信念、价值标准和行为规范。它是理念形态文化、行为制度形态文化和物质形态文化的复合体。"③

按张德先生的解释,可以用一张图来表示企业文化的构成(图二):

图二

---

① 刘向撰,程翔译注:《说苑译注》,北京大学出版社,2009年,第93页。
② 许慎:《说文解字》,中国书店,2011年,第76页。
③ 并见张德、潘文君:《企业文化》,清华大学出版社,2014年,第2页。

最核心的是理念层，中间是制度层，显露在外的是符号层。如果把企业文化的构建看成是一个人，理念层就如同这个人的思想，制度层就是这个人的行为，符号层便是这个人的衣着和外貌了。

上面罗列的几位管理学家的定义，虽然表达方式不一，但是其中都包含着相同的核心解释——企业文化是人创造的，并为企业发展服务的真实存在。文化之所以区别于自然，就是因为它是人为的，所以无论是民族文化还是企业文化，都需要人精心地塑造和维护。

二、从贾府看企业理念形态文化

理念层是企业文化的核心，主要集中在精神层面，它是指企业中所有成员共同坚守的信念、价值观、道德规范以及精神风貌。衡量一个企业有没有属于自己的文化，其标准之一就是看是否有清晰的理念层。企业的理念形态文化包含着以下九个要素。

（一）企业的目标与愿景

这是整个企业中所有员工共同的期待和愿望。它反映着企业领导者与全体成员的追求层次和理想抱负，是共同价值观的集中体现，是企业文化建设的出发点和归宿点。

《红楼梦》中的贾府，它的家族目标和愿景是什么呢？冷子兴在第二回演说宁荣二府时就说道，当年的宁国公和荣国公是一母同胞的亲兄弟，贾府的发迹就是从这两兄弟开始的。因为他们出生入死，在国家定鼎之初立下了汗马功劳，被皇帝封为了公爵。在清代公爵是异姓封爵的最高档，可以说贾氏兄弟已经位极人臣，荣耀至极了。当然这一切的得来并非易事，从焦大醉骂中就可以得知，如今偌大的家业是这两位兄弟九死一生才挣下的。我们换一个角度来看，贾氏家族的目标和愿景似乎在第一代宁荣二公时就已经实现了——位极人臣，封妻荫子。上面已经说过，企业的目标与愿景是企业文化建设的出发点和归宿点。换句话说，当企业的目标和愿景实现之后，企业又要开始下一轮目标和愿景的规划，并且重新上路出发。但是对于后来的贾府而言，过早实现了家族的目标和愿景，意味着停滞不前，而且还转向了衰败。所以《红楼梦》一开始，贾府就没有了家族的目标和愿景，后代儿孙们一直躲在祖先的光芒里呼呼大睡，在命运的道路上已经失去了方向。

（二）企业的核心价值观

这是一个企业长期坚守的信念和价值取向，它指引着企业的方向，规范着企业的行为。拥有一定的价值观，就会有相对应的思维方式、判断标准以及决策能力。企业文化的符号层和制度层会根据时代和环境的不同适时而变，但企业的核心价值观是持久不变的。例如北京同仁堂，历经风雨三百年仍然屹立不倒，"同仁堂"三个字更加熠熠生辉，这份超强的生命力就来源于它的核心价值观——同修仁德，济世养生。

贾府的祖上为开国元勋，当年因功论赏，皇帝封了八个国公——镇、理、齐、治、修、缮、宁、荣，贾家一门就占了两位，可谓光耀祖宗，彰显门楣了。这样的贵族原本应当为国家培养栋梁之材，家运与国运更是息息相关。换而言之，贾府的核心价值观就应该着眼于天下苍生、江山社稷。然而遗憾的是，贾氏家族中竟无一人能有这样的胸怀和抱负，所以贾府的核心价值观依然是空白的。

（三）企业的经营哲学

它是企业领导者为实现企业目标而运用的一套解决问题的基本思想与方法，它是企业发展中战略与策略的集中体现。《红楼梦》中的贾府，因为缺失了家族的目标和愿景，所以贾母、王夫人、王熙凤这些领导者的经营哲学也是苍白盲目的，不外乎为了维护旧日的空架子，一切都遵循祖制，按照老祖宗留下的旧规矩办事。所以"主仆上下，安富尊荣者尽多，运筹谋画者无一"。

日本著名的企业家松下幸之助，因为长期经营企业，有着丰富的实战经验。到了晚年，他对企业的发展规律有着深入的思考，提出"造物之前先造人"的经营哲学，这不仅为他的企业发展与经营指明了方向，还为同行树立了标杆。所谓造物之前先造人，其实质就是对人才的培养。一切皆是人创造的，只要人才源源不断，企业自然就会生生不息。然而就在"造人"这一点上，贾府是彻底失败了，所以冷眼旁观的冷子兴向贾雨村感叹道："谁知这样钟鸣鼎食之家，翰墨诗书之族，如今的儿孙，竟一代不如一代了！"

（四）企业宗旨

企业是社会构成的基本单元之一，它虽然以营利为目的，但是营利的同时又在为社会做出贡献。所谓企业宗旨指的就是企业对社会的承诺，体现的是企业需要担当什么样的社会责任。例如美国的波音公司，以生产飞机而闻名于世，它的企业宗旨就是"以服务顾客为经营目标"。正是这样的宗旨，使得波音公司一直处于行业龙头老大的地位。

《红楼梦》中的贾府，它的宗旨是什么呢？为国家做出贡献？不像。除了第一代宁荣二公以外，后代儿孙们几乎都成了禄蠹。特别是贾赦、贾珍之流，承袭着祖宗的爵位，何曾"先天下之忧而忧"过？别说如此，就是官都不好好做，本职工作都是敷衍了事，于国于家更是无望。宗旨是为黎民百姓谋利？也不是，从书中第五十三回乌进孝缴纳的年货清单上看，民脂民膏被刮得干干净净。贾府的宗旨到底是什么？四个字："安富尊荣"。然而这是自我的享乐，对于社会无丝毫的贡献，所以贾府没有家族宗旨，没有对社会的担当和承诺。这就决定它必将被社会淘汰。

（五）企业精神

这是企业有意识地在员工当中树立并倡导的优良精神风貌，它是企业现有价值观念、经营哲学等积极因素的总体呈现。例如大庆油田的"铁人精神"，是王进喜个人不怕苦不怕累，勇往直前，永不言败的品质，也是大庆油田的企业精神。企业精神其实是反映在员工身上的一种积极状态，它是企业文化发展到一定阶段后的积淀。

贾府历经百年，它的精神体现在贾府后代儿孙们身上是一种什么状态呢？张横渠先生曾为中国的士人构建了一份理想与抱负——"为天地立心，为生民立命，为往圣继绝学，为万世开太平。"宁荣二公是武将出身，开国定鼎，可谓开创了太平。贾府的子孙们要么按照这样的思路坚持下去，保家卫国，戎马一生，要么为往圣继绝学，著书立说，成一家之言。然而看看贾琏、贾珍、贾蓉、贾蔷等人，别说驰马疆场，挥毫泼墨，就是做人的本分都还欠缺一些。定要给贾府归纳一种精神的话，那就是好逸恶劳，坐吃山空。

（六）企业伦理与道德

伦理与道德是一种规范，在这一点上它和法律有相似之处。然而法律是强制性的，伦理与道德是自发性的。法律制度解决的是合法性问题，伦理道德解决的是合理性问题。企业的伦理与道德调剂的是企业与企业之间，企业与员工之间，员工与员工之间的关系，它给出了一种行为标准和规范。企业伦理与道德最终需要落实在员工的行动中。例如 IBM 提倡的商业道德就是三条："不批评竞争对手的产品，不破坏竞争对手已签订的订单，不许贿赂。"IBM 的员工们都按照这样的企业伦理道德规范自己，从而奠定了它不可撼动的市场地位。

贾府被誉为"诗礼簪缨之族"，伦理与道德原本是规范齐备的。换句话说，贾府不缺伦理与道德的字面条款，然而实际上却是伦理与道德丧尽。焦大醉骂"爬灰的爬灰，养小叔子的养小叔子"，虽然我们不能确定当事人是谁，但是总有其事才被焦大唾骂而出。主子与主子之间，主子与仆人之间，仆人与仆人之间，剑拔弩张，勾心斗角，相互算计，这还有什么伦理可言！如果说这还是贾氏家族的内部矛盾的话，那么贾赦为了石呆子的古扇，弄得人家倾家荡产，家破人亡，又有什么道德可言！

（七）管理理念

管理理念是一个非常宽泛的概念，因为管理学发展两百多年来，各种学说及其主张的理念已经数不胜数。选择什么样的管理理念，应根据不同的对象而定。然而无论是什么管理理念，它一定是建立在人性假设之上的，它反映的不外乎就是集权与分权、宽松与严格、效率与公平、竞争与合作等关系，它要达到的终极目标就是提高效率，增加产出。所以判断一个企业管理理念的好坏，并不是看领导选择了什么样的管理理念，而是要看最终的效率与产出。

王熙凤是贾府的执行总经理，属于贾府的高层领导。她的管理方法多种多样，也曾在协理宁国府时大展其才，为读者们津津乐道。王熙凤属于集权型领导，她的管理理念基于人性本恶的假设，所以我们处处都看到强制与约束。当然我们不能否定王熙凤对管理理念的选择，但是这样的方法最后并没有让贾府办事效率提升，更没有增加产出，反而寅吃卯粮，后手不接。这说明这样的管理理念是不符合贾府的实际情况的，是需要调整修正的，但遗憾的是直到贾府衰败也纹丝不动。

（八）经营理念

一个企业要在竞争激烈的环境中存活下来，往往会确立自己整合资源的基本思路与方针政策，这就被称为经营理念。经营理念和企业哲学很容易混淆。经营理念是微观的战术层面，企业哲学是宏观的战略层面。经营理念解决的是企业间相互竞争，争夺市场份额的问题。

贾府在经营理念上思路相对是比较清晰的。《红楼梦》中有四大家族贾、史、王、薛，他们的经营理念就是"一荣俱荣，一损俱损"，四家人联络有亲，以婚姻作为整合资源的方式。第四回葫芦庙的门子就给贾雨村详细地介绍了四大家族的姻亲关系。除了这一主要政策以外，对于王公侯伯家的婚丧嫁娶、生日宴请、节日往来等都有厚礼相赠，这既是礼节也是整合资源的手段。还有一招是贾府做得最漂亮的：送贤孝才德兼备的贾元春进宫做女史，这为接近皇帝提供了机会，算是政治投资。后来的情节印证了这一招确实很有效果，贾元春被皇帝宠幸，晋封凤藻宫尚书，加封贤德妃，贾府从此跃居皇亲国戚的行列。

（九）企业风气

企业风气是指企业所有员工，在长期的生产生活中形成的一种对事、对人的心理状态，它带有普遍性和相对稳定性。企业风俗是约定俗成的，它表现在企业员工的思想作风、传统习惯、工作方式、生活方式等方面。例如制造冰箱发家的海尔，他们的企业风气就是"快速反应，立即行动"。正是因为有了这样的风气，他们对市场的敏锐把握就能落到实处，所以始终都走在行业的前头。

贾府的风气不太好，表现在主子身上就是不思进取，表现在仆人身上就是中饱私囊，推脱责任，偶有上进的人也会被有脸面的仆人压制钤束。所以整个贾府的风气就是"安富尊荣者居多，运筹帷幄者无一"。另外，贾府还有一种摆排场的风气，无论是主子还是奴仆皆是如此。秦可卿的丧礼，贾珍的理念就是以好看为上，并告诫王熙凤不要存心为他省钱。贾蓉借王熙凤的玻璃炕屏，为的就是宁国府请客摆一摆好看。袭人回家探母，王熙凤精心为她准备衣服、包袱等也是为了体面。这些都是排场，正是这些排场让贾府的经济不堪重负。

三、从贾府看企业制度形态文化

制度层是企业文化的中间层，主要是针对企业员工的行为进行的规范性约束，它集中体现了企业文化理念层对企业中个体行为和群体行为的要求。制度形态文化包括四个方面。

（一）一般制度

这是企业中普遍存在的工作制度、管理制度、责任制度，只要是正规的企业和组织都具有。例如我们常见的人事制度、奖惩制度、财务制度等都属于这个范畴。

《红楼梦》中的贾府，在一般制度这个层面也是具备制度形态文化的，而且相对还比较严整。例如用人制度，贾府的仆人除管家外分为四个级别——一等仆人、二等仆人、三等仆人和粗使仆人，贾府的主子们按照辈分或者身份品级的高低分配使用。贾母辈分最高，又是一品诰命夫人，所以可以使用八个一等丫鬟；王夫人、邢夫人次之，可以使用四个一等丫鬟。八个或者四个并不是她们使用丫鬟的总数，只是针对使用最高级别的仆人的数量而言。小一辈主子们都没有资格分配一等丫鬟。如果哪一位长辈疼爱你，长辈可以把属于自己的一等丫鬟特派给你使用。例如贾宝玉身边的袭人就是如此，她原本是贾母八大丫鬟之一，因为贾母疼爱贾宝玉，就指派给了他使用，但是袭人的工资仍然在贾母这边领取。除了人事制度，贾府的财务制度、日常管理制度都比较完备，在《从〈红楼梦〉看人力资源管理》一章中就有详细的机构部门分析，此处就不再赘述。

（二）特殊制度

这是一个企业所独有的，能体现其个性的制度。与上述一般制度相比，特殊制度最能够反映一家企业的管理特点和文化特色。例如精诚眼科医院为了提高医生们的技术水平，每个月都有一次"疑难杂症临床治疗方法分享"，医生们把这个月所遇到的疑难杂症以及治疗手段、最后的效果拿到会议上分享，这样一来相互间就可以学习并取长补短，共同进步。

贾府的特殊制度比较多，例如同贾政一辈的女性，其名字都从兄弟而来。贾母生育了两儿一女，老大叫贾赦，老二叫贾政，都是单名，而且名字都从文旁，所以小女儿取名就跟从两位哥哥，叫贾敏，也是单名，同样从文旁。这种取名的特殊制度能够反映贾府"诗礼簪缨之族"的风貌，也能彰显其书香门第的优雅。当然有些特殊制度也反映出了贾府的封建积弊，例如贾府的少爷们成年但未娶妻之前，都会有一两个贴身丫鬟侍寝。

（三）企业风俗

企业在长期的发展过程中会形成一些风俗习惯，并且长期沿袭，例如约定俗成的典礼、仪式、节日活动等。企业风俗可以自然形成，也可以人为开发。企业风俗和上述的一般制度、特殊制度有所不同，它并非明文规定，也不需要强制性地实施，而是依靠员工们的习惯和偏好来维持。

贾府的风俗最多。第三回林黛玉进荣国府，晚宴结束，洗漱完毕之后，丫鬟们立即奉上茶来。按照林黛玉的父亲林如海的教导，饭后过一时再吃茶才不会伤及脾胃，但是到了贾府，需要按照人家的风俗习惯，所以林黛玉少不得一一改过来。《红楼梦》第五十三回还写到了贾府的另外一个风俗：主子、仆人一旦感冒生病，在饮食上就会减量，并且食物都以清淡为主。"这贾府中的风俗秘法，无论上下，只一略有些伤风咳嗽，总以净饿为主，次则服药调养。"当然净饿并非什么都不吃，而是吃清淡饮食，例如米汤、稀粥等。

贾府很多风俗都能彰显诗书之族的礼节与典雅，例如第四十三回写道："贾府风俗，年高伏侍过父母的家人，比年轻的主子还有体面。"所以在很多公众场合，贾母都会命人拿小凳子给年高有体面的妈妈坐。伺候过长辈们的仆人是非常受人尊重的。鸳鸯因为一直侍奉贾母，所以在贾府的地位极高，像贾琏、王熙凤这个辈分的主子们见了她都要起身让座并称呼姐姐。哺育过主子们的奶娘地位更为尊崇。赖嬷嬷是贾政的奶娘，邢、王二夫人这个辈分的主子见了都要恭敬问候。另外，为了表示孝道，每一餐晚辈们都要为自己的父母敬上菜品，父母吃不吃或者是否另赏他人，那又当别论。

（四）行为规范

任何一家企业都有一些行为规范，这是对领导者和一般员工提出的基本要求，是用来规范他们的言谈举止的。行为规范一般反映企业理念对企业成员个体的外在要求，都是一些具体的做法，比较容易实施。

贾府毕竟是贵族之家、国公府邸，所以家人的言谈举止都有详细的规范。其中晨昏定省就是一例，晚辈在早晨和晚上两个时段都要向父母长辈请安问候。再如长幼有序也是贾府的行为规范。第二十三回，贾宝玉进入贾政、王夫人的房间，"看见贾政和王夫人对面坐在炕上说话，地下一溜椅子，迎春、探春、惜春、贾环四个人都坐在那里。一见他来，唯有探春和惜春、贾环站了起来"。迎春没有起来是因为贾宝玉的年龄比迎春小，姐姐见了弟弟不必起身迎候。这些小小的举动足以看出贾府是有严格的行为规范的。

四、从贾府看企业物质形态文化

企业的物质形态文化就是企业文化的符号层，这是企业文化的表层部分，是可以看得见摸得到的，它承载着这个企业的核心价值观。一般来说，我们看到的企业的标志、企业的建筑、企业的服装用品等都是物质形态文化。企业文化的符号层是最为直观的，所以很多企业首先打造的就是这个层面，希望能在视觉或者触觉上让员工和顾客记住。

《红楼梦》中的贾府的文化在符号层面可谓光彩夺目。第三回，作者通过林黛玉的眼睛给我们展示了各式各样的物质形态文化。当林黛玉的轿子进入宁荣街，就看见"三间兽头大门，门前列坐着十来个华冠丽服之人。正门却不开，只有东西角门有人出入。正门之上有一匾，匾上大书'敕造宁国府'五个大字"。又走了一箭之地，同样的造型，正门匾上大书"敕造荣国府"。"敕造宁国府""敕造荣国府"这两块牌子可谓贾氏家族的金字招牌。"敕造"的意思是奉皇帝之命修建，宁、荣是公爵前面加的尊号。在《红楼梦》时代，异姓封爵分为九等：公、侯、伯、子、男、轻车都尉、骑都尉、云骑尉、恩骑尉。贾府位居公爵，这已经是最高的爵位了。所以这两块门匾就如同贾家的"注册商标"，荣耀异常。在荣国府的正堂上，林黛玉看到的是：

> 一个赤金九龙青地大匾，匾上写着斗大的三个大字，是"荣禧堂"，后有一行小字："某年月日，书赐荣国公贾源"，又有"万几宸翰之宝"。大紫檀雕螭案上，设着三尺来高青绿古铜鼎，悬着待漏随朝墨龙大画，一边是金蜼彝，一边是玻璃盉。地下两溜十六张楠木交椅，又有一副对联，乃乌木联牌，镶着錾银的字迹，道是：座上珠玑昭日月，堂前黼黻焕烟霞。下面一行小字，道是："同乡世教弟勋袭东安郡王穆莳拜手书"。

"万几宸翰之宝"是皇帝印玺上面的文字，标志着这是皇帝亲笔御赐的。"同乡世教弟勋袭东安郡王穆莳拜手书"，这是王爷手书的。单从这一两处就可见贾府文化的符号层面是多么令人望而却步，这些物质形态文化彰显出来的是一种势力和贵气，庄严有余，亲和力不足。

五、从企业文化角度看贾府的衰败

贾府是一个庞大的家族，它衰败的原因错综复杂，单从文化角度看，就有致命的因素。一个家族或者一个企业要生存下来，一定要有属于自己的核心竞争力。贾府的核心竞争力在建府初期就是有两个公爵，这是非常了不起的，贾府因此稳固了在社会上的地位。然而爵位在传递给贾府的子孙们时，是以"世袭递减"的方式进行的，换句话说，爷爷是公爵，儿子接班就要降一等，孙子接班再降一等。所以宁国公这一门到了贾珍这一辈，世袭的就只是"三品爵威烈将军"；荣国公这一门到了贾赦这一辈，世袭的也只是"一等将军"了。而且"君子之泽五世而斩"，意思是说在封建时代爵位的世袭传递原则上是不能超过五代的。例如林黛玉的祖上是侯爵，原本只能世袭三代，后来皇帝开恩又增加了一代，但是终究在林黛玉爷爷一辈就完结了，她的父亲林如海靠着自己的努力科甲出身，又重新走入仕途。如果贾府的子孙们也能像林如海一样勤奋读书，科甲出身，再光耀祖宗，也能延续贾府的生命，但是纵观全书，谁又肯读书呢？好不容易有一个勤奋的贾珠，可惜考中了秀才，娶妻生子后却一病死了。贾府从此就难再找一个读书的苗子，也难怪宁荣二公之灵要嘱托警幻仙姑，希望帮助他们教引略微聪慧的贾宝玉，希望宝玉能留意于孔孟之道，进入仕途，重整门楣。遗憾的是贾宝玉也非这块料子。贾府子孙们不读书，其实质是对企业（家族）核心价值观的背离。贾府虽然是武荫之家，但是崇尚的核心价值观仍然是儒家文化。然而"修身齐家治国平天下"的儒家理念并没有引导着贾府的后代们勤学上进，他们堕落于花柳繁华地，温柔富贵乡之中，这是贾府衰败的一个文化内因。

贾府送贾元春入宫进行政治投资，元春被封为皇妃，贾府的核心竞争力又算增加了一层，但是这并非长久之计。伴君如伴虎，稍有不慎也可能有灭门之祸。元春得宠确实让处于末世的贾府看到了新生的希望，然而皇亲国戚实际上只是一个光环，并没有实质性的权利。就如贾蓉对乌进孝说的："你们山坳海沿子上的人，那里知道这道理。娘娘难道把皇上的库给了我们不成！他心里纵有这心，他也不能作主。"可见"皇妃的娘家"也只是一个空荣耀而已。

从上面叙述的理念形态文化、制度形态文化、物质形态文化来看，贾府的文化在制度层和符号层上都不缺乏，但是理念层却几乎一片空白。这意味着什么？用书中的原话来说，"外面的架子虽未甚倒，内囊却也尽上来了"。对于一个企业或者家族而言，这种状态是最可怕的，因为弊病是由内而外发展，让人察觉不到，防不胜防，一旦发作就只有死路一条。按照贾探春的话说，偌大的一个家族，"若从外面杀来一时是杀不死的"，只有从内部"自杀自灭"而起，才会一败涂地，永无超生之日。

理念层就如同一个人的思想，制度层就如同一个人的言行，符号层就如同一个人的外貌。一个组织如果没有了思想、信念，就已经形同枯木了，书中的贾府就是如此。贾府的自杀率、出家率相当高，《红楼梦》中自杀的人物共计十二位：张金哥、守备公子、秦可卿、瑞珠、鲍二媳妇、金钏儿、尤二姐、尤三姐、司棋、潘又安、鸳鸯、石呆子。其中，因贾府事件导致自杀的就有九人。因贾府事件出家的也有九人：贾敬、贾宝玉、柳湘莲、妙玉、惜春、紫鹃、芳官、藕官、蕊官①。为什么有这么多看破红尘的人？归根结底就是因为贾府家族文化核心层面的丧失。如果贾府真是一个企业，企业文化核心层面的缺失也必将导致企业破产和灭亡。

---

① 李光斗：《商解红楼梦》，浙江大学出版社，2011年，第122页。

传播篇

曹雪芹使用的传播方法与技巧

　　有人说《红楼梦》就像一幅长长的画卷，它刻录着孕育它的那个时代。随着画面缓缓地展开，几股气息凝成的意象徐徐升腾，其中有一丝温暖，有一道本真，有一片赤诚，也有一份厚重。然而，我想表达的是，《红楼梦》更像一面巨大的镜子，镜中的影像可以定格，可以移步换形，可以流动，可以折射人心，可以增补光明，也可以穿越古今。

　　曹雪芹不是传播学家，他心中也并没有现代传播的概念，然而立足于传播学的视角，《红楼梦》又呈现出了另一种美。在《红楼梦》中去寻找传播的方法与技巧，也许这一举动已经违背了曹雪芹的初衷，但是经典一旦形成，它就已经不仅仅属于诞生它的那个时代，而是要活在当下，活在不同的视野里，这是经典的生命力，也是它作为文化依据的现代使命。

　　什么是传播？要给它定义是一件比较困难的事。在中国古代典籍中，就现在查证到的而论，最早连用"传""播"这两个字是在《北史·突厥传》中，"宜传播天下，咸使知闻"[1]，这里的"传播"意思是说让这件事长久而广泛地传扬下去。严格意义上，这样的组合并不是一个真正的词，其含义和我们现代传播学中的"传播"就有所不同了。其实我们现在使用的"传播"是一个外来词，取自英文中的 communication，来源于拉丁语 communis[2]，所以在 1979 年出版的《辞海》中也找不到"传播"这个词。如何解释传播？吴文虎先生认为：传播是人类交流信息的一种社会性行为，是人与人之间，人与他们所属的群体、组织和社会之间，通过有意义的符号所

---

[1]　李延寿：《北史》，中华书局，1974 年，第 325 页。
[2]　李苓、李春霞、徐沛等：《大众传播学通论》，四川大学出版社，2010 年，第 2 页。

进行的信息传递、接受和反馈的行为总称①。所以在我们周围无处无传播，无时无传播。

百余年来，研究《红楼梦》的书籍可谓汗牛充栋，研究者们所做的，往简单了讲就是从《红楼梦》中接受信息，再通过自己的方式呈现出来。然而做这一切都必须要有一个前提，那就是曹雪芹通过文字符号给我们传递了无穷的信息，否则研究便无从谈起。在现代社会中，传播的方法与技巧多种多样，极具艺术性。那么，《红楼梦》中容纳了如此广泛的信息，曹雪芹是通过什么方法与技巧传递给读者的呢？我认为至少使用了七种传播方法：求真务实法；包罗万象法；正反同说法；情感诱导法；预告未来法；暗示法；对比法②。

一、求真务实法

信息的真实，是信息传播的基本条件，也是受传者的一种心理期待。只有信息真实可靠，它才有传播的价值。我们处在一个信息无比丰盛的时代，按理说应该感到方便与快捷，但是信息的真伪相互掺杂，混淆了视听，所以在这种状态下我们往往进退失据，迷失方向。

《红楼梦》是小说，属于文艺作品，艺术性的加工可能让它失去传记式的真实。然而这样的担心是多余的。整部《红楼梦》虽然在"假作真时真亦假"的叙述状态下展开故事情节，但它的中心始终围绕在一个"真"字上。曹雪芹在书中对"真"的信息传播，主要表现在三个方面。

首先是文化状态的真实。《红楼梦》产生在清代，这毋庸置疑。清代的文学一开始就担当着承袭与变革的双重任务。在它之前，从文学形式上看，有上古的神话，两周的诗歌，先秦的散文，汉代的词赋，唐宋的诗词，元代的杂剧；从学术层面上来看，又经历了先秦子学、两汉经学、魏晋玄学、隋唐佛学、宋明理学的发展历程。承袭之后，《红楼梦》开篇就弥漫着上古的神秘，故事中又散发着先秦的高远，两汉的博大，人物的性情又体现着魏晋的叛逆，唐代的豪迈，宋代的睿智。如此博大精深的中华传统文化，是孕育《红楼梦》的肥沃土壤，曹雪芹可以说是得天独厚。然而固有的传统文化发

①　吴文虎：《传播学概论》，中国新闻出版社，1988年，第1~3页。
②　周鸿铎：《传播学教程》，中国书籍出版社，2010年，第340~343页。

展了几千年，逐渐开始僵化，"程朱理学被官方确定为唯一专断的官方哲学，渗透到文化和社会生活的方方面面。在文学领域，钳制、禁锢戕害了文学思维与文学情感"①。清代的文学要想生存下来，就必须自我解放，在浩瀚的文化时空中找到属于自己的位置，所以"超越古人，自立面目，是每一个时代每一个文人必然追求的目标，求新求变，这是明清文学的另一种张力"②。所以在《红楼梦》中我们能看到一种揭露与批判，能感受到一种强有力的反思与唤醒，这份深邃真让人叹为观止。由此可见曹雪芹笔下的文字传递着当时文化状态的真实。

其次是时代背景的真实。虽然《红楼梦》一开篇就说"朝代年纪，地舆邦国，失落无考"，但那不过是一种文学式的避讳，明眼人一看便知。《红楼梦》诞生在清代鼎盛的乾隆年间，清朝入关已近百年，原来遭受战争破坏的社会经济，通过顺、康、雍三朝的努力，到乾隆时代已达到了鼎盛。常言"盛极必衰"，当一样事物发展到极致，它必将向相反的方向转变。当时的社会状态正是这样，表面的歌舞升平掩盖着激烈的矛盾斗争。矛盾的根源来自各个层面，有政治上的，有经济上的，有人才选拔机制上的，等等。《红楼梦》中的故事跌宕起伏，人与人之间矛盾尖锐，剑拔弩张，这些情节并不是作者的凭空捏造，都有它不可忽略的社会根源和时代背景，只不过这一份真实被曹雪芹诗化成了一组组意象。

再次是人性的真实。真善美是我们追求的人格魅力，也是我们渴望达到的一种人与人之间交往的和谐状态。真排在第一，它是善与美的前提与基础，丢掉了真，善就变成了伪，美就变成了虚。《红楼梦》中的人物之所以如此鲜活，就因为曹雪芹时时处处都本着一个"真"字，坚守人性的真实，成就了一份穿越光阴的永恒。

曹雪芹本着人性的真实，既能让我们看到林黛玉的可爱，又能让我们看到她的尖酸；既能让我们看到贾宝玉的博爱，又能让我们看到他的劣习；既能让我们看到王熙凤的精明能干，又能让我们看到她的心狠手辣。

例如薛蟠，人称"呆霸王"，他无知、任性、霸道，寻花问柳，挥金如土，是一个十足的纨绔之流，但是在他身上又有一份难得的真情。细读文本，你会发现他孝敬母亲，疼爱妹妹。《红楼梦》第二十五回，贾宝玉病了，

---

① 孙之梅：《中国文化精神·明清卷》，山东教育出版社，2003 年，第 1 页。
② 孙之梅：《中国文化精神·明清卷》，山东教育出版社，2003 年，第 1 页。

生命垂危，亲朋好友都来看视，怡红院中人山人海，薛姨妈、薛宝钗、香菱也都在此，这个时候的薛蟠是个什么心理状态？书中这样写道：

> 别人慌张自不必讲，独有薛蟠更比诸人忙到十分去：又恐薛姨妈被人挤倒，又恐薛宝钗被人瞧见，又恐香菱被人臊皮——知道贾珍等是在女人身上做功夫的，因此忙的不堪。

这种心理应该是潜意识的自然流露，如果平时不敬爱母亲，疼爱妹妹，这个时候他是想不到那么多的。薛蟠每次外出做生意，都会专门抽出时间来给家人买办礼物，在第六十七回里，就有这样的情节：

> 薛蟠说："嗳哟，可是我怎么就糊涂到这步田地了！特特的给妈和妹妹带来的东西……"薛蟠便命叫两个小厮进来，解了绳子，去了夹板，开了锁看时，这一箱都是绸缎绫锦洋货等家常应用之物。薛蟠笑着道："那一箱是给妹妹带的。"亲自来开。母女二人看时，却是些笔、墨、纸、砚、各色笺纸，香袋、香珠、扇子、扇坠、花粉、胭脂等物，外有虎丘带来的自行人，酒令儿，水银灌的打筋斗小小子，沙子灯，一出一出的泥人儿的戏，用青纱罩的匣子装着，又有在虎丘山上泥捏的薛蟠的小像，与薛蟠毫无相差。宝钗见了，别的都不理论，倒是薛蟠的小像，拿着细细看了一看，又看看他哥哥，不禁笑起来了。

说实话，这段描写特别让我感动。在《红楼梦》中我很少体会到如此细腻的兄妹之爱，还有这份其乐融融的家人之情。我们千万不要认为这是些琐碎的小事。我们可以把书中其他纨绔子弟拉来比一比。贾珍有个胞妹——贾惜春，我们什么时候看见过他去嘘寒问暖？在这种相互漠视的状态下，贾惜春说出心狠意狠的话来，便不足为怪了。贾琏的妹妹贾迎春，虽然不是一母所生，毕竟同出一父。贾琏从各地回来，何时见过他给贾迎春带了礼物？倒是给自己的老婆买了一大堆。所以邢夫人常抱怨：通共就这么一个亲妹子，都全然不顾。我们认为贾宝玉是很疼爱妹妹的了，其实，在这些方面他和薛蟠比起来仍然差得远。贾探春曾经想要一些小摊上的玩意儿，便央求宝哥哥在外出时，给她捎带一些回来。而贾宝玉怎么说？这不值什么，拿一吊钱，让小厮们抬一箱回来就是了。这不就是敷衍吗？所以探春还说：小厮们懂什么？言外之意，她要的是一种情分，是一种关怀，是兄妹之间的体贴。但同样是生活小事，只要薛宝钗一说，薛蟠必要做到。例如大观园中著名的螃蟹宴，虽然名义上是史湘云请客做东道，但是私底下都知道这是薛宝钗帮着她办理的。那些螃蟹从哪里来？是薛宝钗回家给哥哥打了一个招呼之后，薛蟠记在心里，第二天就派人弄来的。可见薛蟠对妹妹的话是在意的，是疼爱他妹妹的。

一言以蔽之，在曹公笔下，人没有绝对的好，也没有十足的坏，他塑造的就是一个个真真实实的人。

二、包罗万象法

《红楼梦》所传递出的信息，组合起来就是一个完整的社会。曹雪芹要呈现的绝不是一段生活小品，而是一个全方位的、立体的社会构架。方方面面，丝丝缕缕，前后勾连，左右交错，异常复杂又精细无比。要镂刻出一个时代，在内容上就必须包罗万象，唯有如此，花花世界才能五色斑斓，才能立体而又深邃。所以我们在《红楼梦》中能看到园林建筑、书法艺术、中医原理、民俗文化、宗教哲学，以及土地制度、商业制度、法律制度、官吏制度、婚姻制度、奴婢制度、嫡庶制度，等等。一部小说，知识涉及得越广博，信息的传播量就会成正比例地增长，对于受传者而言，接受效果就会更好。《红楼梦》既为中国古典文学作了一个总结，也为几千年传统社会作了一个总结，所以使内容包罗万象是作者传播其信息的最好方法与技巧。

三、正反同说法

大文豪苏轼有句诗"横看成岭侧成峰，远近高低各不同"，其中包含着哲理。任何一样事物，其表现都是多方面的，同时还会因为人观察的角度不同而呈现出异样的姿态。在现代信息传播中，有些商家为了谋取更大的利益，在信息传递的时候人为地屏蔽了一些信息，所以受传者往往只能接受好的一面。然而事物的多面性是客观存在的，如果在传播中偏执一端，不仅让人感觉偏颇，而且还可能丧失信誉。

曹雪芹笔下的人物为什么如此真实？就是因为他采用的是"正反同说法"。这种方法不仅仅是一种传播策略，还是我们认知事物的哲学态度。曹雪芹在书中曾多次提到这样的哲学观念。他假借贾雨村之口，阐述了一篇"正邪两赋论"：世间之人除了极少大仁大奸以外，更多的是秉受正邪二气之人，"在上则不能成仁人君子，下亦不能为大凶大恶。置之于万万人中，其聪俊灵秀之气，则在万万人之上，其乖僻邪谬不近人情之态，又在万万人之下"。《红楼梦》中的人物正是如此，贾宝玉尤为典型。这样一来便规避了"好人无一不好，坏人无一不坏"的创作俗套。

《风月宝鉴》是《红楼梦》的异名之一，"宝鉴"就是"宝镜"的意思。镜子在日常生活中是用来照的。如何照？当然照的是正面。这似乎已经成了思维惯性，然而曹雪芹在书中第十二回却提出了不同的观点——反照。因为贾瑞对王熙凤起了"淫心"，凤姐毒设相思局，让贾瑞自食苦果。但是贾瑞对王熙凤的相思之情并未消减，反而日盛，渐渐病倒，"心内发膨胀，口中无滋味，脚下如绵，眼中似醋，黑夜作烧，白昼常倦，下溺连精，嗽痰带血。诸如此症，不上一年都添全了"。家里人到处寻医问药都不见效，突然有一天来了一位道士，说道：

> "你这病非药可医。我有个宝贝与你，你天天看时，此命可保矣。"说毕，从褡裢中取出一面镜子来，两面皆可照人，镜把上面錾着"风月宝鉴"四字。递与贾瑞道："这物出自太虚幻境空灵殿上，警幻仙子所制，专治邪思妄动之症，有济世保生之功。所以带他到世上，单与那些聪明杰俊，风雅王孙等看照。千万不可照正面，只照他的背面，要紧，要紧！三日后吾来收取，管叫你好了。"

贾瑞按照道士的话，照了反面，里面是一具骷髅，吓得他魂飞魄散。他痛骂道士的时候又好奇：正面是什么呢？于是不顾嘱咐，照了正面，看见王熙凤在前面招手叫他。"贾瑞心中一喜，荡悠悠的觉得进了镜子，与凤姐云雨一番，凤姐仍送他出来。到了床上，哎哟了一声，一睁眼，镜子从手里掉过来，仍是反面立着一个骷髅。贾瑞自觉汗津津的，底下已遗了一滩精，心中到底不足，又翻过正面来，只见凤姐还招手叫他，他又进去。"反复再三，贾瑞最后精尽而亡。

在这段情节中，曹雪芹的笔尖触碰到了人生中最大的纠缠——情欲。其实《红楼梦》中数以百计的人物都没有绕开这种纠缠。曹雪芹让道士拿出"风月宝鉴"是刻意的安排，"风月"可以理解为"情欲"。当贾瑞照宝镜的正面时，出现的是他心中的美女王熙凤，准确地说，镜中是他性幻想的对象。宝镜的反面是骷髅，是人死亡之后存留下的遗骸，它代表的就是生命终结的样子。正面是美好的，反面是恐怖的，正反同说，曹雪芹这样安排，并不是让人们放弃对生的所有眷恋，而是要唤醒沉迷于情欲之中的人们，并告诉他们，情欲的尽头就是骷髅。

四、情感诱导法

根据调查研究发现，在传播过程中巧妙地触动受传者的情感软肋，所取得的传播效果是最佳的。"情感诱导法"不是简单的煽情，而需要根据人的年龄阶段、文化层次、经济状况等做出细致的分析，找到情感软肋区，让信息糅合在特定的语言中，然后传递出去，使其暗合受传者的真实感受。

《红楼梦》的读者群是庞大的，几乎囊括了各个年龄层次，各种职业，各种社会背景。为什么它的吸引力如此强大？最根本的原因就是曹雪芹采用了"情感诱导法"。这种方法重在"情"与"感"两个字上。作者下笔有情，当读者接收到作者传递出的真情之时，必将有感于心，这样一来，诱导的目的就实现了。所以对于青年读者，他们读到的是宝黛之间青涩而纯洁的爱情；对于中年读者，他们读到的是一份承诺与担当；对于老年读者，他们读到的是一份历经沧桑之后幻化在书中的通透和告诫；对于身处宦海的读者，他们读到的是勾心斗角，官官相护……作家创作一部文艺作品，只有实实在在触动读者的心灵并引发双方思想上的共鸣，才能真正被大众所喜爱和认可。

五、预告未来法

如果把人的一生看成是一条线，活着的人也只是永远占据着一个点而已。点的前面是未来，它充满着未知与神秘，虽然遥不可及，又烟雾缭绕，却能滋生出一种希望和期盼，所以我们都习惯往前看，尽管我们什么都看不见。正是因为这样一种现实状态，就传播而言，如果传输的信息能预告未来某个时候将产生某种趋势，或出现某种事物，就会使受传者产生好奇并接受传播者的宣传。

曹雪芹笔下的"预告未来法"在《红楼梦》的文本中体现得尤为突出。贾宝玉在第五回梦游太虚幻境时，看到的金陵十二钗正、副等册子，其中的词、曲、画就是对众多人物未来命运的集体预告。细读文本，我们会有一种感受：红楼人物似乎都有他们的宿命，冥冥之中一切都早有定论。对于小说创作而言，作者提前预告书中人物未来的结局，这种方法是比较忌讳的，因为这样做很可能丢失神秘感，然而曹雪芹使用的预告未来法不仅没有减弱神秘感，反而更增加了一层艺术的朦胧。原因在于曹雪芹的预告法不是死板的，而是灵活的，被美化、诗化了，这主要体现在文字表达以及信息传递的方式上。

例如对金陵十二钗命运的预告，信息传播的方式就有三种，第一种是判词，第二种是判曲，第三种是判画。有念的，有听的，有看的，对心耳神意多个感官系统同时刺激。在这样的感官刺激下，其实读者心中已经有了自己的判断和猜测，但是自己的猜测对不对呢？和作者的最终安排是否吻合呢？这就激起了读者想探究结果，印证自己推断的热情。

又比如，小说写秦可卿死后给王熙凤托梦，在梦中分析家族的状况以及应对的措施，最后总结出"否极泰来，荣辱自古周而复始，岂人力能可保常的"，这似乎已经有了衰败的定论，但是紧接着又说："眼见不日又有一件非常喜事，真是烈火烹油，鲜花着锦之盛。要知道，也不过是瞬间的繁华，一时的欢乐，万不可忘了那'盛筵必散'的俗语。"读到这里，读者可能会因为贾府未来的衰败而痛心，但是又突然看到，过几天就会有一件"非常喜事"，对于读者而言，这是一剂兴奋剂。什么喜事？关于谁的？贾府又将发生什么？一连串的好奇促使读者迫不及待地往下看。所以曹雪芹笔下的"预告未来法"，是信息的诱导，而不是情节的最终告知。

六、暗示法

一部《红楼梦》就一百余万字，但是研究《红楼梦》，从中阐释思想、哲学以及道理化成的铅字恐怕要以亿计，为什么会这样？从文化学理论来讲，这是文化基因所致；从传播学理论来讲，这是传播技巧中的暗示法所致。一本书文字是有限的，换句话说，它明示的内容也是有限的。我们研究一本书，除了分析它的字面意义以外，更重要的是阐发其暗示性的内容。"在信息传播过程中，暗示法是在受传者没有意识，没有察觉到的情况下（传播者）对传播的信息内容进行总结，间接地将结论提供给受传者。"[①]《红楼梦》中的暗示会因为读者的领悟程度而呈现出不同的姿态，读者对暗示的解读也会因人而异。

---

① 　周鸿铎：《传播学教程》，中国书籍出版社，2010年，第342页。

例如我在阅读《红楼梦》时，就接收到了一份"肮脏的启示"。"肮脏"这个词不大受人待见，如果说某人思想、身体肮脏，绝对不是赞扬。然而这个词，在中国传统文化中却有着非同寻常的哲学意义。如何理解？其实很简单，就是肮脏的表象有一种对生命的点悟作用，能唤醒生命的沉沦，让迷失在红尘之中的芸芸众生看破事物的本质。

庄子就曾经说过，讲道、悟道的人，其外表都很奇怪，要么就是天聋地哑，要么就是缺胳膊少腿，因为古往今来真正悟道的人，都是在经历了人生百态之后领略了生命的真谛，从此不在意自己的外形。这和我们习惯的伟人、英雄的光辉形象完全不同。曹雪芹之所以伟大，就是因为他不扭捏作态塑造英雄；《红楼梦》之所以不朽，也正因为它没有英雄。

《红楼梦》原本是聚合了众多文化基因的一部书，所以"肮脏"所蕴含的哲学意义，同样在书中得到了展示。

《红楼梦》中的一僧一道，原本是天上的神仙，因为一干风流冤家下世为人，便商量着趁此机会也下世度化苦难。然而原本"骨格不凡，丰神迥异"的仙骨道体，到了人间之后，却幻化成了癞头和尚和跛足道人，一个满身脓疮，一个四肢不全，这符合肮脏的标准。但是当他们去度化苦难的时候，这种肮脏却没有发挥出它应有的效用。

《红楼梦》第一回，甄士隐抱着英莲在街上看热闹，这时一僧一道，跛足蓬头，疯疯癫癫，挥霍谈笑而至。看见甄士隐抱着英莲，便大哭起来，又向甄士隐说道："施主，你把这有命无运，累及爹娘之物，抱在怀内作甚？"甄士隐听了，知是疯话，也不去睬他。此时的甄士隐并没有因为肮脏的启示而看破瞬息万变的幸福。

《红楼梦》第二回，贾雨村因为闲暇出去游玩，到了智通寺，首先看见一副对联："身后有余忘缩手，眼前无路想回头。"这两句话虽然直白，但是对贾雨村却有所触动。此时他因为初入官场，对于潜规则理解不够，所以被上司抓住把柄，在皇帝跟前打了一个小报告，于是革职。有了这样一番经历，他似乎领悟到了什么。他看见这副对子的时候暗想：

> 这两句话，文虽浅近，其意则深。我也曾游过些名山大刹，倒不曾见过这话头，其中想必有个翻过筋斗来的亦未可知，何不进去试试。

此时的贾雨村因为官场失意，明白了其中的纠葛与凶险，如今想走进智通寺，目的是想得到答案与解脱。当他进入寺中的时候，他看见的又是一个肮脏的人：

> 只有一个龙钟老僧在那里煮粥。雨村见了，便不在意。及至问他两
> 句话，那老僧既聋且昏，齿落舌钝，所答非所问。雨村不耐烦，便仍
> 出来。

贾雨村仍然没有被肮脏点醒，因为此时的他并没有厌倦官场，反而因为
一时的失意，更加激发了拼杀于宦海的信心。所以他进入智通寺的目的并非
解脱，而是想得到一套显身扬名的官场哲学。

《红楼梦》中的贾瑞和薛蟠，一个调戏王熙凤，一个撩拨柳湘莲，最后
都没有好果子吃——贾瑞命丧黄泉，薛蟠被打得半死。两个故事有一个相似
点：其中都含有试图用肮脏来点化他们，使之改邪归正的经过。贾瑞被泼屎
尿，薛蟠被迫喝下脏水。然而这么肮脏的东西，这么猛烈的肮脏行为，都没
有点醒他们，真是可悲，也可叹！

《红楼梦》中的妙玉，自称"槛外人"，貌似看破红尘，皈依佛门，然而
却是"云空未必空"。原本应该包容万物的出家之人，却有着极度的洁癖，
连刘姥姥用过的茶杯都要扔掉。她向往着洁净，却并没有找到步入净地的阶
梯，最后深陷肮脏。这是曹雪芹设立的一对矛盾——看不起肮脏的人，也不
能从中领悟肮脏的哲学意义。

《红楼梦》中借肮脏传递的哲理，是要让世人明白，肮脏与洁净是相互
依存的——没有肮脏，就不会有洁净的意识，清净必定要从肮脏中来。就如
同大观园，它是曹雪芹构建的清净女儿之境，干净无比。然而无论是构建大
观园亭台楼阁的材料，还是流淌在大观园中的水，都是从现实社会中来，从
最不干净，甚至有点肮脏龌龊的宁府中来。

这一对对看似无可调和的矛盾，却又和谐统一；看似讽刺，又似对比。
从《红楼梦》文本中最终传递出来的，是一条条关于肮脏的启示。

七、对比法

在信息大爆炸的时代，我们的困惑不是因为没有信息，反而是因为信息
过剩，难以选择。这可能是现代人最大的悲哀，也是高科技留给社会的一份
尴尬。在泛滥的信息中我们不得不筛选，于是就有了信息的对比。就《红楼
梦》来说，我们时时处处都能从中看到一种对比。曹雪芹描写一件事，介绍

一个人，都不是孤立的，而是处处有关联，时时在对比。

例如《红楼梦》中的"二玉"和"二宝"。"二玉"是贾宝玉和林黛玉，"二宝"指贾宝玉和薛宝钗。这样的称谓，听起来有点别扭，也很少有人这样指代，但是如果以这样的称谓组合为切入点，看看宝、黛、钗三人之间的文化关联与对比，可能别是一番景致。"玉"和"宝"，到底有什么样的对比，这些区别又如何在宝、黛、钗三人之间呈现，想来雪芹当年也是费尽了心机来张罗其中的故事与情节的。

对比之一：玉为天然，宝系人为。玉是天然而生，受日月之精华，积山川之灵秀，温润厚重，既有谦谦君子之德，又兼窈窕淑女之美。玉的温文尔雅，高贵雍容都源于自然。宝是人为的，一样东西是不是宝，会因人而异。在父母眼中，儿女就是宝，然而在社会之中，你我就是一个普通人而已。所以一样东西是不是宝，要因人、因事、因时而定。天然与人为如何在三人之间体现呢？贾宝玉与林黛玉演绎的原本就是一段前世的仙缘，他们之间的瓜葛，早在灵河岸边，三生石畔就结下了，到人世间不外乎就是实实在在地去感受"木石前盟"的宿命，所以"二玉"之间就是天然的联系。贾宝玉与薛宝钗虽然有"金玉良缘"之说，然而细想想，这都是人为的。金玉组合被称为良缘，这本身就是世俗的约定。薛宝钗的金锁是现实中的一个和尚给的，上面的"不离不弃，芳龄永继"也是在现实中錾上去的，然而贾宝玉胸前的八个字"莫失莫忘，仙寿恒昌"是同补天顽石一道，由神仙所造，从娘胎里一同带来。更重要的是，《红楼梦》中的金玉良缘之说，完全就是薛姨妈一人自编自导自演的游戏。所以"二宝"之间就是人为的撮合。

对比之二：玉立前世，宝在今生。当年神瑛侍者灌溉绛珠仙草，埋下了一份情谊。他们双双来到人间历劫，却始终系于前世的恩情，泪尽之时，也就是两人分离之日，所以"二玉"永远立于前世，今生无果。贾宝玉与薛宝钗，真真实实地活在当下，在前世他们没有瓜葛，虽然有金玉良缘的世俗约定，那也是掩人耳目，不外乎想寻找一份华丽的说辞，为人为的事件披上一件天然的外衣而已。所以"二宝"只能存于今生。

对比之三：玉为至情，宝为至理。贾宝玉与林黛玉的组合就是至情组合。他们一见如故，他们两小无猜，他们心心相印，他们互为知己。贾宝玉唯情是本，林黛玉唯情是尊；贾宝玉有天地之大情，林黛玉有专一之柔情；贾宝玉是"情不情"，林黛玉是"情情"。所以"二玉"为情而生，也为情而亡。贾宝玉与薛宝钗的组合是至理组合。他们的存在，不是因为情，而是为了"理"，为了家族的利益，为了权势的同盟，为了百年望族的长治久安。

对比之四：玉为理想，宝为现实。宝、黛总是生活在自己的理想里，理想似乎成了他们唯一的精神依托。林黛玉想象着"愿奴胁下生双翼，随花飞到天尽头"，贾宝玉想象着有一天"赤条条来去无牵挂"。所以"二玉"的生活，被寄托在了理想的诗里词间，诗词成了他们的生命，诗词也变现了他们的性灵、孤独、忧伤和理想的梦境。贾宝玉和薛宝钗则双双出现，永远定格在现实之中。在私下他们不会谈诗说赋，只有宝钗规劝宝玉走仕途经济的正道。薛宝钗也不会私下作诗，因为在她心里，那都是一些玩意儿，就算有佳作，也是参加集体诗会，不得已而作；就算有妙语，也是"好风凭借力，送我上青云"的雄才大略。

对比之五：玉为爱情，宝为婚姻。在《红楼梦》中，爱情是最纯洁的，它容不得半点世俗的污秽，"爱我所爱，无怨无悔"是《红楼梦》追求的理想境界。在中国传统文化中，爱情最好的归宿就是婚姻，所以"有情人终成眷属"就成了我们最好的祝福。正因为有这样的爱情观念，现实中的爱情多半都是失败的，不是败于难成眷属的无奈，就是败于终成眷属的厌倦。所以后来又有人说"婚姻是爱情的坟墓"，这种消极的表达，又迎来了一通劈头盖脸的反驳——没有婚姻，爱情就死无葬身之地了。所以在《红楼梦》中，爱情与婚姻，似乎永远都是无法相交的平行线。我记得周国平在《人与永恒》中说："爱情是超越于成败的，爱情是人生美丽的梦，你能说你做了一个成功的梦或失败的梦吗？"所以对于爱情来说，"二玉"就是在为人间构建一段唯美的梦；对于婚姻来说，"二宝"也为人间展示了一次合乎现实的嫁娶。

从《红楼梦》中去寻找传播的方法与技巧是在现代传播学的基础上来进行的，所以当我们在接下来的文章中阐释《红楼梦》中的传播理论时，一定要明白一点：这不是曹雪芹的安排，而是我们用现代学科理论激活一部经典，经典又用它超强的现代性为我们的学科体系提供生动的例证。

流淌在林黛玉眼泪中的"自我传播"

《红楼梦》中的神瑛侍者和绛珠仙草在西方灵河岸边三生石畔结下了一段仙缘，前世得甘露滋润的绛珠草已经蜕变成了今生的林黛玉，当日殷勤灌溉的神瑛侍者也幻化成了而今的贾宝玉。因灌溉之情而誓将毕生眼泪予以还报的承诺便在大观园中缓缓谱写成了一段唯美的还泪故事。

纵观中国古代小说，以"还泪"之说构建故事情节的，曹雪芹恐怕还是头一个。曹公用他的生花妙笔绘制了一位用泪水来展示行为艺术的林黛玉，用哭的创作手法成就了《红楼梦》的诗意境界。然而从传播学的角度来欣赏林妹妹的眼泪，可以发现其中贯穿着林黛玉的自我传播。

在传播学中，自我传播是一切传播活动的基础。因为人类的传播活动是由自我传播向人际传播、团体传播、组织传播、大众传播逐渐发展而来的，正确认识自我传播便成了研究传播学的第一步。

什么是自我传播？在不同的理论范式下，会有不同的解释。例如在认知心理学的范式下，自我传播就是信息在人体各系统协调运作下认知、加工处理和输出的行为。它是一个完整的信息自我流通系统，并且是人类其他所有交流形态的起点[①]。在思维科学的解释中，自我传播就是一个人的意识与思维活动，它既是一个生理过程也是一个心理过程。然而在这样的范式下来解释自我传播是不准确的，或者说是不客观的。

将自我传播的概念，放在人格心理学和社会心理学的范式下来解释比较妥当。20 世纪 20 年代，弗洛伊德（Sigmund Freud）将人格分为三个部分——本我、自我、超我。本我是指原始生命的本

---

① 周鸿铎：《传播学教程》，中国书籍出版社，2010 年，第 153 页。

能，它遵循着快乐原则，不受道德是非评判的限制，追求着原始生命本能的最大快乐，所以它表现出来的是一种感情。自我是指一个人的知觉与理智，它遵循着现实原则，当自我接收到外界各种信息之后会进行处理加工，然后再提供给本我，此时自我就会根据这些信息调整本我和外界的关系。超我是指道德化的自我，它遵循着至善原则，当我们每一个人在接受一种文化洗礼之后，都会在这种理论模式下去追求一种完美和高尚。所以自我常常用超我来衡量自己，超我所追求的高尚尺度又建立在自我的理想之中①。在弗洛伊德所构建的人格心理学的范式下，自我传播就是自我、本我、超我之间的传播，这不仅仅是一个生理到心理的过程，而且还是一个社会到心理的互动过程。

　　站在上述多种理论基础之上，我们不难看出，自我传播其实就是一个现实社会中的人，接受现实中的种种刺激后，信息在身体内部互通，从而实现自己对自己传播的一种传播方式。在《红楼梦》中寻找自我传播，林黛玉是一个最好的例子，而且林妹妹的自我传播还被曹雪芹赋予了一种艺术化的美感，她的自我传播是顺着眼泪流淌出来的。

　　曹雪芹笔下的林黛玉在《红楼梦》前八十回中，一共哭了 37 次。从语言描写的角度来看，这 37 次的哭泣，其文字表达方式一共有 18 种——"洒泪拜别"，"哭个不住"，"淌眼抹泪"，"眼中落泪"，"掩面自泣"，"无言对泣"，"哭哭啼啼"，"独在房中垂泪"，"大哭一阵"，"汪汪的滚下泪来"，"只向窗前流泪"，"抽抽噎噎的哭个不住"，"早又把眼睛圈儿红了"，"悲悲戚戚呜咽起来"，"洒了几点泪"，"眼睛含着泪"，"哭的好不伤感"，"两个眼睛肿的桃儿一般，满面泪光"。林黛玉哭了，虽然哭得荡气回肠，哭得惊天动地，但是在中国人心中不是什么新鲜事儿。我们习惯了她的哭，古往今来的少男少女们更爱上了她的哭，因为林妹妹的哭，没有扭捏，没有作态，泪水清澈而又闪闪发光。她怀抱着一份情，用泪水朦胧了人生，也用泪水洗出了独一无二的美丽。

　　曹雪芹用这 18 种文字表达形式，全方位地刻画出林黛玉哭泣的状态。然而状态的描写并不能直接展示出人物的心理状态，换而言之，我们要探寻林黛玉的自我传播过程，首先需要知道她为什么哭。因为自我传播在所有传播形式中是最为特殊的一种，它缺乏直观性，它的信息传送是在个人身体内

---

① 周鸿铎：《传播学教程》，中国书籍出版社，2010 年，第 156 页。

部进行的，这就需要我们分析社会文化背景，以及自我的特点与规律。

林妹妹从第三回出场，到第八十回为止，平均每两回就要哭一次，这其中还包括没有林黛玉戏份的章回。林黛玉为什么哭？是小气，还是心胸狭窄？事情恐怕没有那么简单。通读曹雪芹笔下这37处黛玉之哭，造成黛玉哭泣的原因至少可以划分为五类。

第一，为宝玉而哭。

林黛玉的眼泪是用来回报恩情的，"还泪"是她最主要的任务，所以在《红楼梦》中她为贾宝玉哭了22次。这样算来，约60%的眼泪都用来偿还前世欠下的情债了。

前世的灌溉之情，用今生的泪水回报，单凭这份创意，就前无古人。灌溉用的是甘露，此物诚可贵；偿还用的是眼泪，此举价更高。因为灌溉主要用手，而还泪却完全用心。所以林黛玉曾经对贾宝玉说："我为的是我的心。"林黛玉的心，空灵而又细腻，然而却不能时时刻刻装在自己肚子里。她把心放在了贾宝玉的身上，所以她惊愕，害怕，永远都不能"放心"，因为一放就会摔在地上，粉身碎骨。林妹妹将这样一片心化为了一份爱，它来得简单而又撕心裂肺。她的眼中似乎永远充盈着泪水，也许这印证了她爱得深沉。

为宝玉而哭的本质是为爱情而哭。什么是爱情？它是青春期的男孩女孩们在激素的刺激下，怀抱着对性爱的好奇与冲动，在心中构建的一份完美的允诺。爱情自始至终都只是一个过程，它的归宿何在？这往往是恋爱中的人最关心的问题，林黛玉也不例外。她为爱情而哭，归根结底都是为爱情的归宿而哭。在《红楼梦》时代，爱情的归宿就是婚姻，所以一提到婚姻二字，林妹妹总是异常敏感，于是就变得小气，刻薄。这不能责怪林妹妹，因为如果以婚姻为爱情的归宿，以此来衡量爱情是否圆满的话，那时的爱情多半都是失败的，不是败在难成眷属的无奈，就是败在终成眷属的厌倦。

第二，为身世而哭。

林黛玉父母双亡，客居他乡，虽然锦衣玉食，但是无依无靠的感受像影子一样挥之不去。在前八十回中，她为身世哭了7次，所以为身世而哭便成了仅次于为宝玉而哭的又一大哭泣根源。例如第三十五回：

（林黛玉）一面抬头再看时，只见花花簇簇一群人又向怡红院内来了。定眼看时，只见贾母搭着凤姐儿的手，后头邢夫人王夫人跟着周姨娘并丫鬟媳妇等人都进院去了。黛玉看了不觉点头，想起有父母的人的好处来，早又泪珠满面。

也许我们不能完全体会林黛玉此时的心境，因为我们有父母，以至于我们都忘记了父母的存在。在我看来，林妹妹的为身世而哭至少能让我们对失去与拥有有一份理解——我们习惯在失去中发现拥有，而忽略了在拥有中警惕失去。

第三，为亲情而哭。

虽然林黛玉只为亲情哭了3次，但是在《红楼梦》中林妹妹的哭泣却是从亲情开始的。书中第三回这样写道：

> 那女学生黛玉，身体方愈，原不忍弃父而往，无奈他外祖母致意务去，且兼如海说："汝父年将半百，再无续室之意，且汝多病，年又极小，上无亲母教养，下无姊妹兄弟扶持，今依傍外祖母及舅氏姊妹去，正好减我顾盼之忧，何反云不往？"黛玉听了，方洒泪拜别，随了奶娘及荣府几个老妇人登舟而去。

这3次为亲情而哭有一个共同点，就是哭的动静都比较大。曹雪芹对林黛玉的哭态描写，一共用了18种方式，然而唯有这一次用了"洒泪"。泪不是流，更不是滴，而是洒，说明这一次哭得最伤心，最厉害。紧接着为亲情而哭是在同一回中见到贾母时。书中写道：

> 黛玉方进入房时，只见两个人搀着一位鬓发如银的老母迎上来，黛玉便知是他外祖母。方欲拜见时，早被他外祖母一把搂入怀中，心肝儿肉叫着大哭起来，当下地下侍立之人，无不掩面涕泣，黛玉也哭个不住。

离开父亲是"洒泪拜别"，见到外祖母是"哭个不住"，真可怜见的。此外，第十六回林黛玉办理完父亲的丧事回到贾府后，彼此见面"未免又大哭一阵"。

林黛玉为亲情大哭最耐人寻味。亲情是情感世界中的至高之境，也是众多情感最后演变的一个走向。当岁月冲淡了荷尔蒙，年轮压碎了激情；当浪漫褪去了外衣，裸露出生活中的琐碎，此时的爱情就会悄无声息地演变成亲情。萍水相逢，君子之交的友情历经时间的冲刷也会慢慢变为亲情。亲情是万情之情，曹雪芹安排林黛玉为它用心大哭，这是一份最好的歌颂！

第四，因触景感怀而哭。

在《红楼梦》前八十回中，曹雪芹直接描写林黛玉因触景感怀而哭的有2次，第一次是在第二十三回：

> （林黛玉）忽又想起前日见古人诗中有"水流花谢两无情"之句，再又有词中有"流水落花春去也，天上人间"之句，又兼方才所见《西厢记》中"花落水流红，闲愁万种"之句，都一时想起来，凑聚在一处。仔细忖度，不觉心痛神痴，眼中落泪。

第二次是在第七十六回：

> 原来黛玉和湘云二人并未去睡觉。只因黛玉见贾府中许多人赏月，贾母犹叹人少，不似当年热闹，又提宝钗姊妹家去母女弟兄自去赏月等语，不觉对景感怀，自去俯栏垂泪。

这两处哭泣虽然都因触景，但是触动的内容却不相同。对月这次是思乡，思念亡故的父母，这是人之常情，而第一次触动的却是少女的情感。林黛玉看见落花，于是一路收拾起残红，在沁芳桥边桃花树下正好遇见宝玉，然后就有了共读《西厢》的情节。这是林妹妹第一次看到这样的书，第一次看见情感原来还可以这样流露，她的心在怦怦直跳，所以当宝玉类比"我就是个'多愁多病身'，你就是那'倾国倾城貌'"之时，她急了，哭着说受了欺负，要去告状，其实这是一种掩盖，她何尝真恼了呢？原本是"女孩的心思你别猜"，谁知道贾宝玉不仅猜了，还猜对了，更要命的是又说出来了。林黛玉脸红了，她是大家闺秀，金枝玉叶，尊贵无比，如何能接受这样的"亵渎"？然而这句话又像一把温柔的剑，带着体温挑开了她少女的心扉。所以她只能用恼怒、哭泣来掩饰自己的真实感受。

当贾宝玉被袭人叫走之后，她闷闷的，风中还飘着落花。她走到梨香院墙下，此时悠悠扬扬的唱词传进了她的耳朵。"原来姹紫嫣红开遍，似这般都付与断井颓垣"，春天花枝招展，姹紫嫣红开遍，这并不稀奇，然而可惜的是阳光明媚，生机盎然的春色却没有人去欣赏，陪伴它的只有断井颓垣。此情此景，不正是林黛玉内心的真实写照吗？一位花样的少女在礼教的种种束缚下，她的内心格外澎湃，然而这一切都只能用眼泪去压制，去冷却。"良辰美景奈何天，赏心乐事谁家院""则为你如花美眷，似水流年"……桃花虽好，终归也要凋零；春光无限，也终归要抛人远去。自己的生命又有多少能掌控在自己手里呢？此时的林黛玉哭了，是如此的不忍，又是如此的无奈。

第五，因为多种原因汇聚而哭。

《论语》中有一句话："乐而不淫，哀而不伤。"意思是说，快乐不是没有节制的，悲哀却不至于过于悲伤。这是儒家哲学追求的一种人生境界。但是林黛玉的哭已经到了悲伤的程度，究其原因，是因为哭的根源错综复杂，往往纠结在一起。因多种原因汇聚而哭，是最伤身体的。在《红楼梦》第三十二回，就有一个典型的例子：

> 宝玉又说："林妹妹不说这样混帐话，若说这话，我也和他生分了。"林黛玉听了这话，不觉又喜又惊，又悲又叹。所喜者，果然自己眼力不错，素日认他是个知己，果然是个知己。所惊者，他在人前一片私心称扬于我，其亲热厚密，竟不避嫌疑。所叹者，你既为我之知己，自然我亦可为你之知己矣，既你我为知己，则又何必有金玉之论哉；既有金玉之论，亦该你我有之，则又何必来一宝钗哉！所悲者，父母早逝，虽有铭心刻骨之言，无人为我主张。况近日每觉神思恍惚，病已渐成，医者更云气弱血亏，恐致劳怯之症，你我虽为知己，但恐自不能久待，你纵为我知己，奈我薄命何！想到此间，不禁滚下泪来。待进去相见，自觉无味，便一面拭泪，一面抽身回去了。

"惊、喜、悲、叹"在这一刻全部涌上心头——惊讶宝玉对她的用心与在意；欣喜两小无猜的纯情；悲戚无依无靠的身世；叹息流年似水的青春与薄命。所以林黛玉"不禁滚下泪来"。这个"滚"字不仅仅表示一个动态，同时还定格了一种状态——滚烫。泪是炽热的，因为促使流泪的情绪来得那么猛烈而又复杂，这种哭泣伤身更伤神。

通观林黛玉的哭，分析这五种流泪的原因，其实最终可以归纳、浓缩成一个根源——为情而哭：为爱情而哭，为亲情而哭，为友情而哭。但是我们需要明白的是流泪未必就是忧伤，所以在林黛玉的眼泪中有一份感怀，有一份怜悯，有一份体贴，还有一份难得的自我。在如今，我们生活起来都感觉无比沉重，因为压力似乎已经超过我们能够承受的极限。沉重来自何方？来自我们日复一日，年复一年地挎着名，背着利，拎着谎言，戴着面具，在这么多七零八碎的包裹中唯独没有自我。林妹妹的眼泪中有，在晶莹剔透的泪光中显得如此清晰而又立体。我们不要厌弃林妹妹的眼泪，因为它包含着一份感恩；我们也不要讥笑林妹妹的小气，因为她爱得深沉；我们更不要小视林妹妹的眼泪，因为它可能唤回早已迷失的自我。

上述五点哭泣的原因，是我们从文学的角度做的一次简单的分析，如果从传播学的角度看，它刚好体现了自我传播的四大特征。

第一，自我传播的系统性。

观察分析林黛玉这五种哭泣的状态与根由，我们不难看出，每一次流泪的全过程都是关于她自身经历的一次系统的信息传播过程。无论是她为宝玉而哭还是为身世、亲情而哭，都是触景生情，换句话说，都是刺激物传递信息给"主我"之后，经大脑活动作出分析，受传者"宾我"以反馈来调节主我的反应和行为。当林黛玉感悟花开花谢的自然之境，看见别人家兄弟姊妹、父母叔伯其乐融融，享受天伦之乐，怀疑贾宝玉"见了姐姐就忘了妹妹"之时，这种种信息进入她的体内，先通过感官系统、神经系统层层分析过滤，然后心理系统又将所需的信息重新解读、分类、整合，最后形成一个决策——哭。于是这些信息就促使身体机能调动泪水，通过林黛玉的眼睛流了出来。所以林妹妹每一次流泪都是身体各部分协调合作的结果，它复杂、严密而又条理清晰，可见这是一个系统性过程，这也正是自我传播与生俱来的特征。

第二，自我传播的能动性。

自我传播虽然具有生理机能的系统性，但是这并不意味着自我传播就只是一个生物体受外界刺激后的本能反应。"本能反应"用文学词汇来表述叫做感觉，它其实是一种被动过程，因为先要受刺激，然后才有感觉。然而自我传播除了感觉以外，还有一个积极主动的知觉过程。林黛玉在书中的 37 次哭泣不仅是受到外界刺激而引发的，更重要的是，每一次的外界刺激都会调动她的知觉能动性。

例如《红楼梦》第四十五回，因为林黛玉犯了咳嗽，薛宝钗建议她每天早起熬燕窝粥吃，这样能滋阴润燥，比直接吃药效果更佳。林妹妹向来心细，怕自己别出心裁熬燕窝粥惊动上上下下，引得贾府众人抱怨，于是把自己的顾虑告诉了薛宝钗。宝姐姐乐于助人，回家之后就派人给林黛玉送来了上等燕窝。书中写道：

> 紫鹃收起燕窝，然后移灯下帘，伏侍黛玉睡下。黛玉自在枕上感念宝钗，一时又羡他有母兄，一面又想宝玉虽素习和睦，终有嫌疑。又听见窗外竹梢蕉叶之上，雨声渐沥，清寒透幕，不觉又滴下泪来。直到四更将阑，方渐渐的睡了。

　　此时的流泪，正是林黛玉自我传播能动性的表现。整个过程中，首先受到的外部刺激是薛宝钗送燕窝这件事，其实这还不足以让林妹妹哭，所以原文中写"黛玉自在枕上感念宝钗"，此时林黛玉的感觉是发自内心最真诚的谢意。真正促使她哭的原因有两个，第一是羡慕薛宝钗有母兄，这是黛玉常感孤独无依的根源。第二是同贾宝玉平日和睦，但终有"嫌疑"，这是林黛玉的软肋，一碰就要流泪的。再加上外边雨声淅沥，秋风冷冷，更觉得凄凉。所以不难看出，这次"不觉又滴下泪来"完全是林黛玉的知觉过程，是自我传播能动性的表现。

　　第三，自我传播的自由性。

　　自我传播归根结底还是自己对自己的传播，整个过程活动在人的思维最深处。它具有高度的封闭性和隐秘性，所以在这种状态下，是否传播，传播了什么，完全受传播者的控制，别人很难做出准确的判断。而且自我传播不受时间、地点、环境等条件的限制，随时随地都可以进行。正因如此，自由便成了自我传播最大的特点。

　　我们从林黛玉37处哭泣的状态中就能看出自我传播的自由性。例如《红楼梦》第三十回，林黛玉和贾宝玉吵起来，宝哥哥摔玉，林妹妹大哭不止，这一次可是惊动了贾府最高领导人的，贾母和王夫人都亲自出马到了潇湘馆。就在两个人闹得如此这般之际，林妹妹都还在自我传播：

> 　　那林黛玉心里想着："你心里自然有我，虽有'金玉相对'之说，你岂是重这邪说不重我的。我便时常提这金玉，你只管了然自若无闻的，方见得是待我重，而毫无此心了。如何我只一提金玉的事，你就着急，可知你心里时时有金玉，见我一提，你又怕我多心，故意着急，安心哄我。"……林黛玉心里又想着："你只管你，你好我自好，你何必为我而自失。殊不知你失我自失。可见是你不叫我近你，有意叫我远你了。"

　　这是宝黛两人闹得最厉害的一次，林黛玉大哭大吐。就在这样的激烈场景中，林妹妹还有如此清晰的自我传播，可见它的自由度已经到了为所欲为的状态。

　　第四，自我传播的多样性。

　　自我传播是自由的，也是多样的，这种多样性来自客观世界的瞬息万变。从时节变化上看，就有春雨、夏雷、秋霜、冬雪。人在天地之间受季节天气变化的影响，内心的感知、情绪亦会随之变化，所以我们才能在《红楼梦》中读到林黛玉在春天怜惜残红、流泪葬花的情节，读到她在秋天因为秋风秋雨、万物萧瑟而流泪抒写《秋窗风雨夕》的情景。

自我传播的内容是复杂的，这也决定了其传播形式的多样性。一般来说自我传播的形式有三种：第一种叫正常形式，它表现在人的感知、记忆、思维、想象、情感和情绪上；第二种叫异常形式，例如在睡眠状态下，在催眠状态下，在过度沉思的状态下；第三种叫经常形式，主要表现在人的自我反省和独自思考中[①]。其实我们不难看出，流淌在林黛玉眼泪中的自我传播，就其形式而言，第一种正常形式占据了 90% 之多。这源于林妹妹心思细密，感情丰富，聪明过人。她在感知中体会人生，在记忆中怀念父母，在思维中审度爱情，在情绪中试探宝玉，在想象中设置未来。如此丰富的内心世界，怎能不造就一个自我传播的典型形象呢！

---

① 周鸿铎：《传播学教程》，中国书籍出版社，2010年，第165页。

《红楼梦》中的非语言传播

非语言传播是一个十分宽泛的概念，它囊括了语言传播以外的所有交流形式。"非语言传播"，顾名思义，它不以语言表达为交流手段，而是以身体的动作或者面部的表情，甚至眼神，作为信息传播的载体。在我们的日常交流活动中，非语言传播占据着重要的位置。梅瑞宾（Albert Mehrabian）研究发现，"在信息传递的全部过程中，只有 38% 是声音传达出来的，而语言只占 7%，其他55% 的信息是靠无声的手段传达的"[①]。虽然非语言传播在传播活动中占据的比例如此之高，但是它并不能孤立地理解，"语言和非语言行为彼此配合，相辅相成。要全面理解非语言传播过程，就需要理解非语言发生的情境，以及它同个人所有的语言、非语言行为模式的关系"[②]。《红楼梦》中的人物被刻画得生动而又细腻，他们在日常交流中就运用了大量的"非语言传播"。

非语言传播归根结底是一种传播的方法，从这一层面来看，它和语言传播并没有本质性的区别，其目的都是使受传者更好地理解、接受信息。在我们的传播活动中，非语言和语言往往相互配合，非语言对语言起着补充、替代、强调等作用。在《红楼梦》中，非语言传播的这些功能是如何在人物身上体现的呢？

首先我们来看非语言对语言的补充作用。我们在进行交流时，除了语言以外往往还伴随着一些表情、手势等，这些举动并非无用，而是对语言的一种恰当的补充。我们常有这样的经验：当人们否定一件事物时，除了说"不"，同时还伴随着"摇头"；相反，当肯定一件事物时，除了说"是"，还伴随着"点头"。此时的"摇头"

<hr />

① 转引自许静：《传播学概论》，清华大学出版社、北京交通大学出版社，2007 年，第 42 页。
② 许静：《传播学概论》，清华大学出版社、北京交通大学出版社，2007 年，第 42 页。

和"点头"就是非语言，它传播出的信息是对"肯定"和"否定"的补充。

《红楼梦》第二回，冷子兴在对贾雨村演说宁荣二府的情况时，提到了贾宝玉，并介绍贾宝玉出生之后口里就衔着一块五彩晶莹宝玉，家里的人都觉得奇怪，又无人知道此玉的来历。冷子兴接着介绍说，这个孩子十分顽皮，但又聪明异常，百个不及他一个，而且时常说一些奇奇怪怪的话，例如"女儿是水作的骨肉，男人是泥作的骨肉。我见了女儿，我便清爽，见了男子，便觉浊臭逼人"等语，因此贾政便不大喜欢。冷子兴受此影响，也最后断言："将来色鬼无疑了。"此时贾雨村"罕然厉色"忙止道："非也！可惜你们不知道这人来历。大约政老前辈也错以淫魔色鬼看待了。若非多读书识事，加以致知格物之功，悟道参玄之力，不能知也。"从贾雨村的语言来看，他是不赞同冷子兴的判断的，所以他说"非也"。这个时候，伴随着他说话的表情是"罕然厉色"，这个词的意思就是郑重其事，不开玩笑的。此时贾雨村的这个面部表情就是一种非语言，它的作用就是补充并且强调"非也"的观点。

就在同一回，冷子兴又说到了林如海和贾府的关系。贾府的千金小姐贾敏，就是林如海的妻子。这样一来，贾雨村正教授的女学生林黛玉就是荣国府的亲外孙了。贾雨村听后，"拍案笑道"：

> 怪道这女学生读至凡书中有"敏"字，皆念作"密"字，每每如是，写字遇着"敏"字，又减一二笔，我心中就有些疑惑。今听你说的，是为此无疑矣。怪道我这女学生言语举止另是一样，不与近日女子相同，度其母必不凡，方得其女，今知为荣府之孙，又不足罕矣……

贾雨村心中很多疑惑在此得到了解释，感觉豁然开朗，所以他"拍案笑道"。这四个字其实是两个层面："拍案"是动作，"笑道"是表情，都属于非语言。"拍案"表明疑惑突然解开的畅快、"原来如此"般的明了使得贾雨村非常兴奋，所以他就有了一个"拍案"的非语言，以此动作补充说明自己的兴奋。而一个人心中的疑惑突然解开，内心是非常愉悦的，所以贾雨村表达自己的想法时，用"笑"的非语言来补充他心中的高兴。

非语言的第二个传播功能就是替代。所谓替代就是用非语言替代语言。例如你和同伴在图书馆看书，到吃饭的时间了，但周围的同学还在安静地学习，你不好意思高声说话，于是就对你的同伴指指手表，表示吃饭的时间到了，可以走了。这个"指手表"的动作就体现了非语言的替代功能。

在《红楼梦》第二十五回中，有这样一段情节：贾宝玉寄名的干娘马道婆进荣国府请安，在贾母处坐了一会儿之后，又到其他院里请安，闲逛了一回，于是走到了赵姨娘屋里，两人就开始闲话。赵姨娘在马道婆面前抱怨贾府之人对她如何刻薄，日子过得非常拮据，并表示如果自己手里从容些，也时常上供，只是心有余而力不足。接下来两人有如下一段对话：

> 马道婆道："你只管放心，将来熬的环哥儿大了，得个一官半职，那时你要作多大的功德不能？"赵姨娘听说，鼻子里笑了一声，说道："罢、罢，再别说起。如今就是个样儿，我们娘儿们跟的上这屋里那一个儿！也不是有了宝玉，竟是得了活龙。他还是小孩子家，长的得人意儿，大人偏疼他些也还罢了，我只不伏这个主儿。"一面说，一面伸出两个指头儿来。马道婆会意，便问道："可是琏二奶奶？"赵姨娘唬的忙摇手儿，走到门前，掀帘子向外看看无人，方进来向马道婆悄悄说道："了不得，了不得！提起这个主儿，这一分家私要不都叫他搬送到娘家去，我也不是个人。"

赵姨娘不服谁呢？话到嘴边突然止住了。伸出两个指头来，这暗指的就是王熙凤，因为府里众人都称呼凤姐儿为"琏二奶奶"。赵姨娘怕隔墙有耳，所以用非语言来替代语言，马道婆会意，说了出来。可见非语言替代语言传播信息的效果达到了。赵姨娘是半奴半主的身份，平时又不自尊，所以贾府众人都不喜欢她，王熙凤更是讨厌她。赵姨娘畏惧王熙凤，只能背地里骂，但是这种畏惧的心理无论在哪都没有丝毫的减弱，所以当马道婆说出"琏二奶奶"之后，她被吓住了，"忙摇手儿"，又"走到门前，掀帘子向外看看"有没有人，确定无人偷听后，再次回到屋里"悄悄"说。这一连串的"非语言"用得十分精彩，把赵姨娘紧张、害怕、不服的内心状态展示得一览无余。

非语言的第三个传播功能就是强调。强调是有针对性的，一般来说，是强调语言传播中的特别之处。例如老师给我们上课，在黑板上写了板书，罗列知识点，当他告诉学生"某某地方是重点"的同时会不自觉地用手指在黑板相应的位置上敲一敲，再用粉笔勾画一个符号。这些举动就体现了非语言传播的强调功能。

《红楼梦》第二十一回，因为女儿巧姐出痘子，王熙凤需要忌房事，所以贾琏就只得去外书房居住，半个月之后，巧姐毒尽斑回，凤姐放赏家人，贾琏也就仍搬回来居住。贾琏在外期间勾搭上了多姑娘，几番云雨之后，多姑娘留下了一缕青丝作为纪念。谁知道平儿在整理贾琏拿出去的衣服被褥之时，不经意间发现了此物。书中写道：

> 平儿收拾贾琏在外的衣服铺盖，不承望枕套中抖出一绺青丝来。平儿会意，忙拽在袖内，便走至这边房内来，拿出头发来，向贾琏笑道："这是什么？"贾琏看见着了忙，抢上来要夺。平儿便跑，被贾琏一把揪住，按在炕上，掰手要夺，口内笑道："小蹄子，你不趁早拿出来，我把你膀子撅折了。"平儿笑道："你就是没良心的。我好意瞒着他来问，你倒赌狠！你只赌狠。等他回来我告诉他，看你怎么着。"贾琏听说，忙陪笑央求道："好人，赏我罢，我再不赌狠了。"

在这段情节里，中心物件是"一缕青丝"，这是贾琏在外寻花问柳的罪证，他当然不希望被人发现并捏住把柄。所以当他看见平儿拿着头发出来质问他时，他很紧张，于是就有了一系列的动作——"抢""夺""掰"，这些非语言行为的功能就是强调贾琏此时内心的不安，想毁灭证据。情节到这里还没有完，王熙凤走进来为王夫人取花样子，冷笑道：

> "这半个月难保干净，或者有相厚的丢下的东西：戒指、汗巾、香袋儿，再至于头发、指甲，都是东西。"一席话，说的贾琏脸都黄了。贾琏在凤姐身后，只望着平儿杀鸡抹脖使眼色儿。平儿只装着看不见，因笑道："怎么我的心就和奶奶的心一样！我就怕有这些个，留神搜了一搜，竟一点破绽也没有。奶奶不信时，那些东西我还没收呢，奶奶亲自翻寻一遍去。"

对于贾琏来说，他最怕的是凤姐知道这事，因为一旦被她知道，就别想过安稳日子。此时贾琏对于王熙凤的惧怕，我认为出于一种"疼爱"，怕伤她的心。贵族公子在外面花天酒地是家常便饭，且别说寻花问柳，就是娶上一百个小老婆，王熙凤都只能撑着笑脸答应。不论如何，正是因为这份惧怕，贾琏一听凤姐如此询问，"脸都黄了"，这个表情所传递的信息是他紧张；紧接着又向平儿"杀鸡抹脖使眼色儿"，这些都是无声的举动。这些非语言传递出的信息，比直接的语言表达还要精彩。

非语言还有一种传播功能就是否定。有一个词叫"言不由衷"，意思是说口头的表达和内心的想法不一致，所以这里的"否定"是指非语言和语言信息相互矛盾。往往这个时候非语言传递出的信息反而比较真实。就在刚刚的情节紧接着发生的故事里，便有这样的例子。平儿帮着贾琏瞒骗过去了，于是指着鼻子，晃着头笑道：

> "这件事怎么回谢我呢？"喜的个贾琏身痒难挠，跑上来搂着，"心肝肠肉"乱叫乱谢。平儿仍拿了头发笑道："这是我一生的把柄了。好就好，不好就抖露出这事来。"贾琏笑道："你只好生收着罢，千万别叫他知道。"口里说着，瞅他不防，便抢了过来，笑道："你拿着终是祸患，不如我烧了他完事了。"一面说着，一面便塞于靴掖内。

虽然平儿帮着贾琏瞒过了凤姐，但是贾琏深知平儿是凤姐的心腹，这件东西要放在她那里，终究是个定时炸弹，所以自己处理了才是安全的。但是强夺又不一定成功，于是用语言表达道："你只好生收着罢，千万别叫他知道。"而此时的非语言又否定了他的说法：他趁着平儿不防，便"抢了过来"，"又塞于靴掖内"。这些非语言动作，所传递的信息已经否定了贾琏语言传递的信息，这就是非语言的"否定"功能。

上面列举的《红楼梦》中的故事，分别体现了非语言传播的"补充""替代""强调""否定"等功能。然而我们会发现一个问题：要理解非语言传播的信息，是需要特定的场景的，否则就不能确定它所表达的真实含义。例如单独抽离出贾琏的动作"杀鸡抹脖使眼色儿"，你根本就不知道是什么意思。所以我们常常要结合场景中的前后呼应来做出判断。非语言传播，归根结底就是一种"暗示"。

例如《红楼梦》第十六回，因为元妃即将省亲，贾府正忙碌着盖省亲别墅，又将安排人员下姑苏买戏子，采办乐器行头。这是一件肥差，谁要是得到这个差事，一定大有油水可捞。这时贾蓉、贾蔷过来找凤姐和贾琏。书中写道：

> （贾蔷）说："下姑苏聘请教习，采买女孩子，置办乐器行头等事，大爷派了侄儿，带领着来管家两个儿子，还有单聘仁，卜固修两个清客相公，一同前往，所以命我来见叔叔。"贾琏听了，将贾蔷打谅了打谅，笑道："你能在这一行么？这个事虽不算甚大，里头大有藏掖的。"贾蔷笑道："只好学习着办罢了。"
>
> 贾蓉在身旁灯影下悄拉凤姐的衣襟，凤姐会意，因笑道："你也太操心了，难道大爷比咱们还不会用人？偏你又怕他不在行了。谁都是在行的？孩子们已长的这么大了。'没吃过猪肉，也看见过猪跑'。大爷派

他去，原不过是个坐纛旗儿，难道认真的叫他去讲价钱会经纪去呢！依我说就很好。"

贾蔷从小在宁国府长大，和贾蓉最要好，这次派贾蔷去姑苏，想必是贾蓉从中帮衬说服了贾珍。过了贾珍这一关，还得征求贾琏的同意。从贾琏打量贾蔷的眼神来看，他是不大信任的。于是贾蓉就在"灯影下悄拉凤姐的衣襟"，这一非语言行为其实就是暗示凤姐帮着说服贾琏。

非语言传播中的暗示有三种类型，第一是接近暗示。"接近暗示与非语言行为的直接性有关。简单来说，接近暗示认为，人们一般会接近所喜欢的人和物，而躲避不喜欢的人和物"①，因此由接近暗示衍生出来的非语言行为就多种多样了，例如目光注视某人，有意靠近某人，等等。想接近某人或者某物并不仅仅局限在身体上，思想上的接近也算，这可以称为"精神接近"。例如《红楼梦》第十二回，贾瑞喜欢上了王熙凤，几次三番到凤姐屋里请安。凤姐假意殷勤，并让茶让座，又说一些"挑逗性"的语言。见此情景，贾瑞不觉酥倒，"越发撞在心坎儿上，由不得又往前凑了一凑，觑着眼看凤姐带的荷包，然后又问带着什么戒指"。贾瑞的这些非语言行为，就是一种"接近暗示"。

非语言传播中的第二种暗示类型是激发活动暗示。"在特定环境中，某些独特、激动人心和突出的环境或成分，可能引起人的情绪反应，甚至改变人的行为表现。这种因环境而发生的改变，就是激发活动暗示。"② 例如《红楼梦》第四十一回，刘姥姥二进荣国府，得到了贾母的款待，留下在贾府住了几日。贾母高兴，带着她逛大观园，并在缀锦阁设宴。刘姥姥是村野之人，哪里见过这样的派势，喝酒、行令，外边亭子上又演着戏，"当下刘姥姥听见这般音乐，且又有了酒，越发喜的手舞足蹈起来"。刘姥姥这样的行为就是受到激发活动的暗示，从而表现出来的。

非语言传播的第三种暗示类型是力量暗示。一个人的"力量"不仅仅是指他的肌肉发不发达，能举起多少公斤的重量，更多的是指一个人内心够不够强大，遇到事情是否能从容不迫、气定神闲，是否有一种安然、笃定的气势。所以力量暗示也可以从许多非语言的行为表现出来，比如面部表情、肢体动作、目光眼神等。

---

① 许静：《传播学概论》，清华大学出版社、北京交通大学出版社，2007年，第46页。
② 许静：《传播学概论》，清华大学出版社、北京交通大学出版社，2007年，第46页。

　　例如《红楼梦》第十三回，因为秦可卿死了，宁国府中办理丧事。在《红楼梦》时代，丧事场面的大小是根据死者身份、品级来定的，品级高的场面大，品级低的规模小。贾珍为了丧礼风光体面一些，想给贾蓉买一个官位，从而使秦可卿成为相应品级的命妇，如此一来丧礼就可以隆重体面一些。书中写道：

　　　　可巧这日正是首七第四日，早有大明宫掌宫内相戴权，先备了祭礼遣人来，次后坐了大轿，打伞鸣锣，亲来上祭。贾珍忙接着，让至逗蜂轩献茶。贾珍心中打算定了主意，因而趁便就说要与贾蓉捐个前程的话。戴权会意，因笑道："想是为丧礼上风光些。"贾珍忙笑道："老内相所见不差。"戴权道："事倒凑巧，正有个美缺，如今三百员龙禁尉短了两员，昨儿襄阳侯的兄弟老三来求我，现拿了一千五百两银子，送到我家里。你知道，咱们都是老相与，不拘怎么样，看着他爷爷的分上，胡乱应了。还剩了一个缺，谁知永兴节度使冯胖子来求，要与他孩子捐，我就没工夫应他。既是咱们的孩子要捐，快写个履历来。"贾珍听说，忙吩咐："快命书房里人恭敬写了大爷履历来。"小厮不敢怠慢，去了一刻，便拿了一张红纸来与贾珍。贾珍看了，忙送与戴权……戴权看了，回手便递与一个贴身的小厮收了，说道："回来送与户部堂官老赵，说我拜上他，起一张五品龙禁尉的票，再给个执照，就把这履历填上，明儿我来兑银子送去。"小厮答应了，戴权也就告辞了。

　　戴权是"代权"的谐音，这个老太监是宫里的总管，本职工作就是伺候皇帝以及后宫的嫔妃们，但是从刚刚的描写来看，他的权势完全可以遮天了。永兴节度使、户部堂官（尚书或侍郎）这样的高官在他嘴里都直呼为"冯胖子""老赵"，其气势非常强大。当贾珍提出想为贾蓉买官的意思时，他"笑道"，让赶快写了"履历"，回首"递与"一个小厮，并安排小厮去打理这件事。从这些非语言的表情与动作来看，此时的戴权是非常从容的，他压根儿就没有把这当成一件事，指挥户部的堂官就像指使身边的仆人一样。他的行为透露出一种超强的"力量"。

　　除了动作，《红楼梦》中的非语言传播所传递出的信息更多地来自人物的面部表情、眼神、服饰以及生活排场等。

　　首先我们来看看《红楼梦》中通过人物面部表情实现的非语言传播。在交往活动中，面部表情是最多、最直接的非语言传播方式。受传者可以根据一个人的面部表情判断他此时的内心感受。面部表情由眼睛、眉毛、嘴巴三个部位的活动来展示。皱眉可能是焦虑，嘴角上扬可能是高兴，瞪眼可能是仇恨。需要注意的是，"可能"并不表示一定，因为任何一种非语言传播，其含义是需要根据特定的场合来判断的。

王熙凤在第三回出场，曹雪芹给了她一个精彩而又美丽的亮相，书中这样写道：

> （王熙凤）一双丹凤三角眼，两弯柳叶吊梢眉，身量苗条，体格风骚，粉面含春威不露，丹唇未启笑先闻。

这看似平面化的外貌描写，如果我们稍加留意，细细品味，就能从这段描写中感受到一种动态而又立体的面部表情。"粉面含春威不露，丹唇未启笑先闻"这两句话，表面是在写王熙凤的外貌，然而字里行间却流露着一丝杀气。"满面春光"掩盖着"威严"，这份力量与心机似乎谁也看不透。"丹唇未启笑先闻"，细细琢磨，有点恐怖——嘴巴还没有张开，笑声就出来了，这个笑声暗藏着"阴险"。这让我联想到影视剧中的坏人，他们似乎都是这样阴笑的。从王熙凤的外貌来看，她是极其漂亮性感的，但是有一个特点：王熙凤的美丽出于浓妆艳抹。所以曹雪芹用了两个字："粉面"。其实这里面掩盖着王熙凤气血的不足。对于一个女人来说，天生丽质是她梦寐以求的，如果脸色不好，说明工作压力大，身体已经处于亚健康状态，所以她需要用脂粉来装饰自己的容颜。

红楼人物的服饰、穿戴所传递出的信息也非常丰富。例如王熙凤出场时的穿戴：

> 头上戴着金丝八宝攒珠髻，绾着朝阳五凤挂珠钗，项上戴着赤金盘螭璎珞圈，裙边系着豆绿宫绦，双衡比目玫瑰佩，身上穿着缕金百蝶穿花大红洋缎窄裉袄，外罩五彩刻丝石青银鼠褂，下着翡翠撒花洋绉裙。

从服饰上来看，这是一个极其尊贵的年轻贵妇，有地位、有财力、有派势。一般说来，在《红楼梦》的服饰描写中，曹雪芹的笔墨遵循着一个特点：避实就虚。也就是说，从服饰上看，你判断不出这种服饰属于哪个朝代。但是对于王熙凤的这段描写，却有一个地方是写实的，就是"朝阳五凤挂珠钗"。有清一代，在头上插"挂珠小凤钗"，只有命妇才有这样的殊荣和权利。所谓"命妇"，就是有朝廷诰封名号和品级的妇人。"命妇"有内外之分。内命妇一般是指皇室成员，比如公主、郡主等；外命妇一般是指文武官员的妻子，俗称"诰命夫人"。因为凤姐的丈夫贾琏捐了一个"同知"，为正五品，因此王熙凤就有一个相应的品级封号，为"诰命五品宜人"。这种"挂珠小凤钗"由数个凤头组成，凤头的个数代表着不同的等级，皇族命妇用九个凤头，其他命妇用五个凤头，这就是所谓的"九凤朝阳"和"五凤朝阳"。王熙凤戴的"朝阳五凤挂珠钗"就是非皇室命妇的头饰。

《红楼梦》中的排场时常让人感觉惊讶。这样一个国公府邸，日常生活、外出办事都有排场仪仗。这些非语言的场景总能传递出高贵与权势。举一个小例子：《红楼梦》第四十二回，贾母因为陪刘姥姥在大观园游玩，劳乏了，又受了一点凉，便觉得身体不适，于是家人就到太医院请了一位御医来诊治。这位御医第一次到贾府，由贾珍、贾琏、贾蓉三个人引着进来。由一位三品将军引路，这位太医受宠若惊了。进入贾母正房，他看见：

> 贾母穿着青皱绸一斗珠的羊皮褂子，端坐在榻上，两边四个未留头的小丫鬟都拿着蝇帚漱盂等物，又有五六个老嬷嬷雁翅摆在两旁，碧纱橱后隐隐约约有许多穿红着绿戴宝簪珠的人。王太医便不敢抬头，忙上来请了安。

这些非语言的场景，让人感觉十分气派，甚至有一点压抑，所以王太医都不敢抬头。在《红楼梦》时代，这是一种礼制，换句话说，必须要这样做。贾母是朝廷诰封的一品夫人，又是当今元妃娘娘的祖母，尊贵、显耀异常，衣食住行都应该享受相应的规格，这些非语言所传递的正是这样一种信息。

薛姨妈的"受众定位"传播技巧

《红楼梦》中的人物，曹雪芹总能找到一个恰当的字为其定位，例如"敏"探春，"慧"紫鹃，"巧"金莺，等等。对书中的薛姨妈，作者给了一个"慈"字。然而这个"慈"并非字面意义那么简单，它既有作者对薛姨妈为人处世的肯定，也包含着对她玩弄心机的讽刺，其中还能窥见薛姨妈在信息传播中的一种技巧。

薛姨妈并不姓"薛"。她本是金陵王家的千金小姐，和贾宝玉的母亲王夫人一母同胞，后来嫁到薛家，所以《红楼梦》中人都称她为"薛姨妈"。薛姨妈其实姓王，为什么作者不称呼她为"王姨妈"呢？依我的理解，这里面包含着作者对薛姨妈三从四德、恪守妇道以及为人处世的肯定。在《红楼梦》时代，女孩子在家从父，出嫁从夫，夫死从子，这是完美"妇德"的彰显。曹雪芹让薛姨妈改姓薛，就体现了一个"从"字。我们不能用现代社会的眼光去审视"三从四德"，更不能用当今的"女性权利"去评判"妇道"的对与错，因为在那个时代，薛姨妈这样做，不但没错，反而是一种美德。

自从薛姨妈的丈夫去世之后，她就一人带着一双儿女操持、经营着偌大的家业，这对于一个女人来说极其不容易。她的女儿薛宝钗性情豁达，端庄贤淑，为人处世随分从时，无人不赞叹。虽然书中没有直接描写薛姨妈如何打理人际关系，但是从她女儿身上似乎能窥见她的影子。俗话说"有其父必有其子"。用此句式如法炮制，我们也可以说：有其女必有其母。

同样一个"慈"字，为什么在曹雪芹笔下既有"肯定"又有"讽刺"呢？这看似矛盾，却又顺理成章。因为薛姨妈一切行动、思维都被一层"慈爱"包裹着，她处心积虑玩弄心机之时也被"慈爱"美化着。薛姨妈的行为从现代传播学的角度来分析，可以说包含着"具有薛姨妈特色"的传播技巧。

"金玉良缘"是薛姨妈的杰作，在《红楼梦》中，薛姨妈始终围绕着这个中心思想进行着她的传播。"木石前盟"和"金玉良缘"是《红楼梦》的中心议题，也构成了一种对比。对比的角度是多方位的：有人为与天然的对比，有前世与今生的对比，有至情与至理的对比，有理想与现实的对比，有爱情与婚姻的对比。在众多的对比中，有一个最重要的是"真"与"假"的对比，这是一切对比的前提。

就真假而论，"木石前盟"是真，"金玉良缘"是假。《红楼梦》开篇的神话中就孕育诞生了"木石前盟"，这一点无人可以否定。而"金玉良缘"完全是人为制造的，它的主要设计与传播者就是薛姨妈。

薛姨妈为什么要这样做？原因至少有三点。第一，为自己的女儿寻找一个好的归宿。第二，看着家道逐渐衰落，希望通过与豪门联姻起死回生。第三，亲上加亲，知根知底；郎才女貌，天设地造。从这三点来看，很难判断薛姨妈这样做是对还是错，而且这也并不是我们想要解决的问题，我们需要把眼光集中在薛姨妈对"金玉良缘"进行分众传播的技巧上。

美国的传播学家拉斯韦尔（Harold D. Lasswell）曾经提出传播过程有五大要素："谁""说什么""通过什么渠道""向谁说""有什么效果"①。这就是传播学中著名的"5W模式"。在信息的传播中，首先分析、定位受众是关键的一步，这直接关系到传播的效果和传播的目的。什么叫"受众定位"？就是明确传播的对象，往简单了说，就是你的信息要传给谁。

薛姨妈传播"金玉良缘"的信息，受众定位为四个群体。第一个群体是"自家人"。薛姨妈创造"金玉良缘说"，首先要让自己家人知道并且相信这一论调。在这一点上，《红楼梦》中有直接的证据。薛宝钗的金锁最早出现在《红楼梦》第八回。因为宝钗生病，贾宝玉过来探望，薛宝钗趁此机会细细观赏了贾宝玉从娘胎里带来的"五彩宝玉"，并反复咏读上面的字迹，这时薛宝钗的贴身丫鬟莺儿听见了，主仆两人便有了对话。书中这样写道：

> 宝钗看毕，又从新翻过正面来细看，口内念道："莫失莫忘，仙寿恒昌。"念了两遍，乃回头向莺儿笑道："你不去倒茶，也在这里发呆作什么？"莺儿嘻嘻笑道："我听这两句话，倒象和姑娘的项圈上的两句话

---

① 哈罗德·拉斯韦尔：《社会传播的结构与功能》，何道宽译，中国传媒大学出版社，2013年，第45页。

是一对儿。"

这段文字透露出两个方面的信息：一是薛宝钗也有类似的器物，并且有字，还能和贾宝玉的凑成一对；二是这种器物在薛家众所周知，丫鬟也不例外，而且很熟悉，否则不识字的丫鬟是不会一听就知道的，何况还能辨别文字的虚实对仗。

在贾宝玉的再三央求下，薛宝钗拿出了自己脖子上的金锁：

> 宝钗被缠不过，因说道："也是个人给了两句吉利话儿，所以錾上了，叫天天带着，不然，沉甸甸的有什么趣儿。"一面说，一面解了排扣，从里面大红袄上将那珠宝晶莹黄金灿烂的璎珞掏将出来。宝玉忙托了锁看时，果然一面有四个篆字，两面八字，共成两句吉谶（不离不弃，芳龄永继）……宝玉看了，也念了两遍，又念自己的两遍，因笑问："姐姐这八个字倒真与我的是一对。"莺儿笑道："是个癞头和尚送的，他说必须錾在金器上……"宝钗不待说完，便嗔他不去倒茶，一面又问宝玉从那里来。

在这段文字中，薛宝钗的表现很有意思：她打断了莺儿的话。为什么要打断？因为她知道后面的话是关于女儿家的隐私的，怎好意思当着一个男孩子说呢！而且这个隐私还和跟前这个男孩子有关系。到底是什么话？曹雪芹埋下了一个伏笔，一直到第二十八回才略有透露："金锁是个和尚给的，等日后有玉的方可结为婚姻。"这些信息，薛家人都是知道的，就连薛蟠都烂熟于心。书中第三十四回贾宝玉挨打后，薛姨妈和薛宝钗都怀疑是薛蟠暗中"使坏"，于是就责备他，谁知道薛蟠被冤枉了，便对薛宝钗说道："好妹妹，你不用和我闹，我早知道你的心了。从先妈和我说，你这金要拣有玉的才可正配，你留了心。见宝玉有那劳什骨子，你自然如今行动护着他。"我们且不论此时的薛蟠说这样的话合不合适，有没有伤害到薛宝钗，仅从其中透露的信息来看，他对"金玉良缘"也是了解的，而且明白无误地当着薛姨妈的面指出：这是母亲和我说的。所以从上面这些证据来看，薛姨妈在薛家已经把"金玉良缘"的信息传播到各个角落了。

薛姨妈为什么要把传播受众首先定位为"自家人"？其实这是她的一种传播策略和方法。首先，要让自己家的人从潜意识中肯定这一点，只有自家人肯定了这一点，才有足够的理由说服他人。其次，她一个人的传播能力和影响范围是有限的，发动大家一起传播才是扩大传播途径的最好方法。从上面的例子来看，这一层面的定位与传播，效果甚佳。

薛姨妈传播"金玉良缘"的信息，定位的第二个受众群体是"贾府的高层领导"。这一群体非常关键，最终目的是否能实现，取决于这个群体。"贾府的高层领导"主要是指贾母和王夫人。自从薛姨妈客居贾府以来，她早就看出，对于贾宝玉的配偶选择，贾母是比较偏向林黛玉的。如果直接做贾母的思想工作，有风险，可能适得其反。一番审时度势之后，薛姨妈把工作的重心偏向了王夫人。王夫人虽然不是贾府的最高领导，但是她的女儿贾元春贵为皇妃，如果给她表明了意思，元妃作主，贾府中必定无人不依，也不敢不依。但这一招不到万不得已，薛姨妈是不会用的。她选择做王夫人的思想工作，主要是考虑到她毕竟还是自己的亲姐姐，传播信息可以直截了当。所以《红楼梦》第二十八回就有这样的文字："薛宝钗因往日母亲对王夫人等曾经提过'金锁是个和尚给的，等日后有玉的方可结为婚姻'等语……"可见薛姨妈对王夫人传播"金玉良缘"的相关信息的方式是赤裸裸的。她明明知道贾宝玉衔玉而诞，还偏偏说"等日后有玉的方可结为婚姻"，这不是暗示，完全就是明话。你可能会有疑问：在那样一个信息不发达的时代，薛姨妈在没有来贾府之前，完全有可能不知道贾宝玉是衔玉而诞的。但我想说的是这样的可能性几乎为零。"衔玉而诞"是一件非常稀奇的事情，京城内外早就风传开了，四大家族信息来往是非常紧密的，这样的奇事还能不知？想必亲戚间书信来往也会提及。正因为如此，就连林黛玉在家的时候，也听她母亲说过她表哥的奇闻。所以薛姨妈在这一点上装疯卖傻，就有"此地无银三百两"的嫌疑了。薛宝钗本人的为人处世深得王夫人喜爱，所以对于王夫人来说，无论是主动接受"金玉良缘"的信息，还是被动接受，都无关紧要了，因为她内心已经认可了这样的"传说"。薛姨妈对于这个群体的受众定位与信息传播，其实施效果也甚佳。

薛姨妈传播"金玉良缘"的信息，定位的第三个受众群体是"贾府中的仆人"。广大群众的言论，其影响力是相当强大的。如果掌控了群众舆论的方向，往往能事半功倍。薛姨妈深知这一点，于是"金玉良缘"的传说在她的调控和鼓吹下，贾府众人无不奔走相告，所以传播效果还是甚佳。

薛姨妈传播"金玉良缘"的信息，定位的第四个受众群体是"木石前盟"的有关人员，其实准确地说，是针对林黛玉一个人的。林黛玉和贾宝玉两小无猜，情投意合，贾府无人不知。这也成了实现"金玉良缘"最大的障碍。薛姨妈的传播手段总是那么老辣。具体问题具体分析，对于林黛玉来讲，她早就知道了"金玉良缘"之说，并且为此伤心、生气乃至于惊恐、紧张，在《红楼梦》中这样的故事情节不在少数。从这一点上看，信息是传播到了的，也发挥了作用，但是还不够，薛姨妈还要从林黛玉的内心去解构她所信赖的"木石前盟"。最典型的例子在书中的第五十七回，其回目为"慈姨妈爱语慰痴颦"。薛姨妈和薛宝钗来到潇湘馆看望林黛玉，首先薛姨妈给林黛玉传递了一件喜事：邢岫烟和薛蝌定亲了。林黛玉十分惊叹，对宝钗说道："天下的事真是人想不到的，怎么想的到姨妈和大舅母又作一门亲家。"薛姨妈借此便展开了话题，说道：

> 我的儿，你们女孩家那里知道，自古道："千里姻缘一线牵"。管姻缘的有一位月下老人，预先注定，暗里只用一根红丝把这两个人的脚绊住，凭你两家隔着海，隔着国，有世仇的，也终久有机会作了夫妇。这一件事都是出人意料之外，凭父母本人都愿意了，或是年年在一处的，以为是定了的亲事，若月下老人不用红线拴的，再不能到一处。比如你姐妹两个的婚姻，此刻也不知在眼前，也不知在山南海北呢。

这段话所传递出的信息，其暗示性和针对性是非常强的。话语一开始就是月下老人"千里姻缘一线牵"的神话，薛姨妈首先为自己的故事套上了一层神秘而又浪漫的色彩，同时在浪漫和神秘中又增添了一份"宿命"。所以她说："或是年年在一处的，以为是定了的亲事，若月下老人不用红线拴的，再不能到一处。"谁年年在一处？此时的林黛玉，在潜意识中定会认为她和贾宝玉的情况是完全符合的，黛玉的精神可能立即紧绷了起来。薛姨妈又接着说："比如你姐妹两个的婚姻，此刻也不知在眼前，也不知在山南海北呢。"如果前面的言语是泛指的话，那么这一句就是实指了。薛姨妈最终要让林黛玉在心灵深处认知到，自由恋爱是不会有结果的。

故事讲到这里，突然又穿插了一段小情节。因为薛姨妈点到了女孩子的隐私，薛宝钗当着林黛玉的面在自己母亲怀里撒起了娇，这一反常的举动刺激了林妹妹。我们姑且不论薛宝钗这样做是有意还是无意，且看薛姨妈对林黛玉的一番安慰：

> "也怨不得他伤心，可怜没父母，到底没个亲人。"又摩挲黛玉笑道："好孩子别哭。你见我疼你姐姐你伤心了，你不知我心里更疼你呢。你姐姐虽没了父亲，到底有我，有亲哥哥，这就比你强了。我每每和你姐姐说，心里很疼你，只是外头不好带出来的。你这里人多口杂，说好

话的人少，说歹话的人多，不说你无依无靠，为人作人配人疼，只说我们看老太太疼你了，我们也沾上水去了。"

其实这段话有它真挚的一面，否则曹雪芹不会封薛姨妈一个"慈"字。她毕竟是母亲，有儿有女，知道父母的疼爱与呵护对一个孩子来说是多么重要，她怜惜黛玉完全出于一位母亲的本能，不能因为她传播"金玉良缘"而否定这一事实。然而她接下来的话，就有试探性、暗示性以及逻辑的矛盾性了。当薛宝钗玩笑着说让林黛玉嫁给薛蟠时，薛姨妈说道：

> 连邢女儿我还怕你哥哥遭踏了他，所以给你兄弟说了。别说这孩子，我也断不肯给他。前儿老太太因要把你妹妹说给宝玉，偏生又有了人家，不然倒是一门好亲。前儿我说定了邢女儿，老太太还取笑说：'我原要说他的人，谁知他的人没到手，倒被他说了我们的一个去了。'虽是顽话，细想来倒有些意思。我想宝琴虽有了人家，我虽没人可给，难道一句话也不说？我想着，你宝兄弟老太太那样疼他，他又生的那样，若要外头说去，断不中意。不如竟把你林妹妹定与他，岂不四角俱全？

这段话的试探性在于薛姨妈想看看林黛玉对"宝黛婚姻"的态度，暗示性仍然在于自由恋爱不会有结果，父母之命媒妁之言才是正道——你的父母双双亡故，谁给你做主？逻辑的矛盾性在于"我虽没人可给，难道一句话也不说？"薛宝钗不就是最合适的人吗，怎么会没有人给呢？可见是假话。而且直到最后薛姨妈的这一想法也没有付诸实践。薛姨妈对林黛玉的传播，其定位是比较特殊的，这是她精明的一面。

从薛姨妈使用的"受众定位"传播技巧来看，她有这样几个原则。第一，一切传播策略都要为"金玉良缘"服务。第二，在实际传播中，技巧与策略要有可行性。对于世俗来讲，金与玉的搭配是合乎规范的，它既能满足人们的虚荣，也能满足人们祈求美好的愿望。第三，传播技巧要符合受传者的接受习惯。所以对于忧郁型人格的林黛玉来说，攻心是最重要的；对于贾府的仆人们来说，以"闲言碎语"的形式传播是最合适的，因为仆人们拉帮结派，背地里议论主人是他们最大的乐趣。

被诗化了的群体传播

　　《红楼梦》中的诗不仅仅提升了故事的意蕴，抒写了人物的性灵，同时还用诗词的张力糅合了一个群体——诗社，它洋溢着阳光般的热情，散发着春天般的活力，也暗藏着生命中一段青涩的苍凉。当文字默化了一个群体，当韵脚调和了一个组织，当格律变成了一条通向心灵的路径，这一切便汇合成了一种被诗化了的群体传播方式。

　　所谓群体，是指通过一定的社会关系结合起来进行共同活动的团体[①]。它有正式与非正式之分。正式群体是指人们在共同利益制衡和理性认知基础上自觉建立的社会组织。正式群体有一定的规章制度和既定目标，有较为固定的人员配置和群体行为规范，成员的角色地位明确[②]。非正式群体是指以个人情趣爱好自发构建起来的组织，无固定目标，成员之间没有明确的角色定位，更无地位等级之分。

　　《红楼梦》中的诗社，就是大观园里的姐妹们根据共有的兴趣爱好组建起来的一个非正式群体。它自发形成，没有固定目标，成员之间也无地位差异，他们彼此同情，相互理解，于是便有了这样一个高雅的诗社组织。在传播学的视野下，这就是一种群体传播。《红楼梦》中的海棠社、桃花社等正是以血缘关系和共同爱好结合起来的群体传播方式。这种传播行为在《红楼梦》中是如何被诗化的呢？它有着什么样的特征？我们细细品味。

　　《红楼梦》中的第一次诗社是在第三十七回，最早的倡导者是贾探春。探春因为偶感风寒，连日不曾出门，在"伏几凭床处默之

---

①　李苓、李春霞、徐沛等：《大众传播学通论》，四川大学出版社，2010年，第 8 页。

②　李苓、李春霞、徐沛等：《大众传播学通论》，四川大学出版社，2010年，第 8 页。

时"想到了一个好玩的游戏——结社作诗，于是就给二兄贾宝玉以及园中姐妹们下了一封帖子。谁知道此举一出，大家无不欢呼雀跃。这时的大观园迎来了一个美丽而自由的春天。有趣的是这个春天的到来是在贾政点了学差，离京赴任之后。没有家长的管束，"单表宝玉每日在园中任意纵性的游荡，直把光阴虚度，岁月空添"。在这种无聊的状态下，大观园中的诗社诞生了。

从传播学的角度看，大观园中的诗社是一种开放式的群体传播，它的兴起，成员进出、参与都比较自由。书中第三十七回这样写道：

> （宝玉）同翠墨往秋爽斋来，只见宝钗、黛玉、迎春、惜春已都在那里了。众人见他进来，都笑说："又来了一个。"探春笑道："我不算俗，偶然起个念头，写了几个帖儿试一试，谁知一招皆到。"宝玉笑道："可惜迟了，早该起个社的。"黛玉道："你们只管起社，可别算上我，我是不敢的。"迎春笑道："你不敢谁还敢呢。"宝玉道："这是一件正经大事，大家鼓舞起来，不要你谦我让的。各有主意自管说出来大家平章。宝姐姐也出个主意，林妹妹也说个话儿。"宝钗道："你忙什么，人还不全呢。"一语未了，李纨也来了，进门笑道："雅的紧！要起诗社，我自荐我掌坛。前儿春天我原有这个意思的。我想了一想，我又不会作诗，瞎乱些什么，因而也忘了，就没有说得。既是三妹妹高兴，我就帮你作兴起来。"

从这段情景对话来看，大观园第一次诗社的兴起就是一个偶然的举动，它来得轻松而又自然。本着对诗词的喜好，更怀揣着一份美丽的向往，这群少男少女聚在了一起。成员的参与也是非常自由的，史湘云原本并没有在大观园中居住，所以这次诗社就缺了她，贾宝玉想起来，立即央求贾母派人去接来。书中道：

> 次日一早，（贾宝玉）便又往贾母处来催逼人接去。直到午后，史湘云才来，宝玉方放了心，见面时就把始末原由告诉他，又要与他诗看。李纨等因说道："且别给他诗看，先说与他韵。他后来，先罚他和了诗，若好，便请入社，若不好，还要罚他一个东道再说。"史湘云道："你们忘了请我，我还要罚你们呢。就拿韵来，我虽不能，只得勉强出丑。容我入社，扫地焚香我也情愿。"

史湘云的话语，足见诗社对她的吸引，同时也可见这是一个开放的群体，只要有才，就可以入社，她们都本着一个并非目标的目的——充实生活，展示自我。还有一个例子也可以见证这个诗社是极其开放的群体组织。《红楼梦》第四十六回，因为诗社的兴起要一定的经费，于是李纨就想了一个办法拉王熙凤入社，王熙凤说道：

> 你们别哄我，我猜着了，那里是请我作监社御史！分明是叫我作个进钱的铜商。你们弄什么社，必是要轮流作东道的。你们的月钱不够花了，想出这个法子来拐了我去，好和我要钱。可是这个主意？

这是一句玩笑话。后来王熙凤真拿了五十两银子入了社，做了监社御史，还参加了一次诗社的活动，吟了一句诗"一夜北风紧"。众人还夸奖说，这句话虽然粗俗些，但正是会做诗的起法，留了很多构写的空间给后来者。王熙凤的加入虽然不是因其诗才，但是为诗社的运作提供了必需的资金赞助。再后来，大观园中又来了薛宝琴、邢岫烟、李纹、李绮，她们都纷纷加入诗社，共同的爱好和相似的目的让这些散发着诗情画意的小姐少爷们走在一起，从此诗社有了一份热闹，更有了一份包容，这正是群体传播的第一大特征——形式开放。

群体传播的第二大特征是：成员之中虽然没有官方认可的领导者，但是他们会承认其中的权威和个别人的威望。诗社的威望其实就是看谁的诗写得好。从《红楼梦》中几次结社情况来看，林黛玉和薛宝钗当属于有威望的人，所以在刚刚组建诗社的时候贾宝玉说："宝姐姐也出个主意，林妹妹也说个话儿。"单独点出她们俩，可见在这个群体中，这两人有着举足轻重的地位。而说到《红楼梦》中诗社的权威，李纨当之无愧。而且她还自荐掌坛。书中这样写道：

> 李纨道："……序齿我大，你们都要依我的主意，管情说了大家合意。我们七个人起社，我和二姑娘、四姑娘都不会作诗，须得让出我们三个人去。我们三个各分一件事。"……李纨道："立定了社，再定罚约。我那里地方大，竟在我那里作社。我虽不能作诗，这些诗人竟不厌俗客，我作个东道主人，我自然也清雅起来了。若是要推我作社长，我一个社长自然不够，必要再请两位副社长，就请菱洲、藕榭二位学究来，一位出题限韵，一位誊录监场。亦不可拘定了我们三个人不作，若遇见容易些的题目韵脚，我们也随便作一首。你们四个却是要限定的。若如此便起，若不依我，我也不敢附骥了。"迎春惜春本性懒于诗词，又有薛林在前，听了这话便深合己意，二人皆说："极是"。探春等也知

此意，见他二人悦服，也不好强，只得依了。因笑道："这话也罢了，只是自想好笑，好好的我起了个主意，反叫你们三个来管起我来了。"宝玉道："既这样，咱们就往稻香村去。"李纨道："都是你忙，今日不过商议了，等我再请。"

李纨为什么要这样做？这和她的性格与职责有很大的关系。李纨出生在一个高级知识分子家庭，父亲是国子监祭酒，虽然他本着"女子无才便是德"的理念引导着李纨，但是文学素养已悄然渗透进了她的血液。李纨在贾府仆人们眼中是一尊菩萨，在妯娌眼中是一位极其随和、性情敦厚的嫂子，在公婆眼中是一个孝顺、恪守妇道的标准媳妇。李纨出身大家，知书识礼，又嫁入豪门，夫君勤学上进，儿子聪明乖巧，帮夫教子，伺候公婆，似乎已经达到人生的完美之境了，然而命运与现实总是这样捉弄人，一切瞬间变成了空气。完美对于现实中的人来说，似乎只是一个美好的允诺，它的意义其实就是激发我们无限的热情与活下去的勇气，所以完美总像梦一样，永远存放在面对我们真实生活的另一个世界中。所以李纨在《红楼梦》中的完美只是一个传说，她一出场就是一个寡妇的身份，她的一生就是用世俗的妇道去捍卫自己的尊严。

贾府风俗，凡守寡媳妇，都以清养为主，所以都不安排实权性的领导工作。李纨的职责就是带着这群小姐们学针线教道理，换句话说，李纨主管大观园的政治思想工作。既然如此，这些少男少女们的一举一动都要受到李纨的监督，不然就会造成监管不力，落一个玩忽职守的罪名。至此我们才真正了解到为什么李纨要自荐掌坛。

撇开监管不说，处在青春期的孩子们难免有玩笑打闹的时候，说话、行事不知轻重，最需要大人们看管着。所以从这个层面来讲，李纨作为大观园中年龄最大的主子，自立权威也是非常有必要的。从她的言语中我们能看出她考虑得极其周到："我们七个人起社，我和二姑娘、四姑娘都不会作诗，须得让出我们三个人去。我们三个各分一件事。"这是从实际情况着手。迎春虽然识字，不过是闲闷之时看看《太上感应篇》解解闷；惜春以画见长，也不大作诗。但既然是群体活动，都得参与，所以李纨安排："我一个社长自然不够，必要再请两位副社长，就请菱洲、藕榭二位学究来，一位出题限韵，一位誊录监场。亦不可拘定了我们三个人不作，若遇见容易些的题目韵脚，我们也随便作一首。"如此布局极其妥当，一来每个人都有事做，不冷落任何一个人，二来也顾全了迎春和惜春的面子——做不了诗，那我们就做管理。

对于诗社地点的选择，李纨也作出了安排：去稻香村。稻香村是李纨的居所，她把诗社的活动场地安排在家里，有三个方面的原因：第一是方便监管，小姑子小叔子都在自己眼皮底下玩，管理起来十分顺手；第二是控制言论，对于一群处于青春叛逆期的少男少女来讲，语言的规范就是对思想的规范；第三是为自己找一个排解忧闷的方式。所以对于李纨的建议，大家都是同意的。可见，在群体传播中，成员往往会承认群体中的权威，只要出之有据，行之有理。

群体传播的第三大特征是：群体传播的价值是根据其成员内心的满足程度来决定的。群体无论对社会还是对个人都有着重要的意义。一个人内心的满足，除了自我的安顿以外，更重要的是在群体中能得到展示与肯定。从这一点来看，大观园中的诗社，其传播价值是相当高的。

我们先来看林黛玉的满足程度。林黛玉的一生，如果要给她做一个高度的概括与浓缩，就是两个字：爱与诗。林黛玉的诗才，在大观园中绝对一流，而且在诗才方面她也是非常自信的。例如在元妃省亲的那天晚上，贾元春让众姐妹写诗助兴，曹雪芹就单独描写了林黛玉的心理活动：

> 原来林黛玉安心今夜大展奇才，将众人压倒，不想贾妃只命一匾一咏，倒不好违谕多作，只胡乱作一首五言律应景罢了。

可见林黛玉的自信。如果说作者在这里只是寥寥几笔描述她的心理状态的话，那么在第三十七回海棠诗社的情节中就来了一次全方位的自信描写。诗社定了题目，限了韵，规定了时间，然后大家都分头想去，这个时候林黛玉在做什么呢？

> 黛玉或抚梧桐，或看秋色，或又和丫头们嘲笑。

这是一种轻松惬意满不在乎的状态。别人冥思苦想的时候，她完全不当回事。贾宝玉就着急了，说人家都在苦想呢，你还在那里疯玩什么啊。林黛玉说你不要管我，你自己想去吧。一炷香完了，大家都写了出来。李纨就问黛玉：你的诗呢？这个时候我们要细看林黛玉的动作，曹雪芹只用了十个字：

> 提笔一挥而就，掷与众人。

"一挥而就"多么洒脱，"掷与众人"多么豪放！满腹才思，随着狼毫泼洒在宣纸上，这份自信在黑白色调之间尤为分明。此时的林黛玉哪里是一位纤弱的小姐！我们很难想象这位娇滴滴的，时常淌眼抹泪的姑娘这强大的气场来源于何地。这是文化的力量，这是自信的风采，这更是群体传播的价值融化在成员内心的满足与骄傲。

薛宝钗也是诗社的中流砥柱，她在这种群体传播中又得到了怎样的满足呢？就诗词才华而论，她和林黛玉不分高下，从大观园各届诗词比赛来看，林黛玉和薛宝钗都当过冠军。从数量上来说，林黛玉一共创作了25首诗词，共计256句，1659个字，其体裁有五律、七律、七绝、四言、歌行、集句、词等，一共8种。薛宝钗一共写了9首诗词，共计67句，444个字，其体裁有七律、五言、七绝、词等，一共4种[①]。虽然从数量上看，林黛玉压倒了薛宝钗，但就才华而论，两人平分秋色。最重要的是，她们两人关于诗词的理念完全不同。对于林黛玉来说，诗词就是生命，诗词就是情感的依托，没有诗词就没有性灵。对于薛宝钗来讲，诗词就是一个玩意儿，不是女孩子们的正事。所以她曾经规劝林黛玉说：

> 咱们女孩儿家不认得字的倒好。男人们读书不明理，尚且不如不读书的好，何况你我。就连作诗写字等事，原不是你我分内之事，究竟也不是男人分内之事。男人们读书明理，辅国治民，这便好了。只是如今并不听见有这样的人，读了书倒更坏了。这是书误了他，可惜他也把书糟踏了，所以竟不如耕种买卖，倒没有什么大害处。你我只该做些针黹纺织的事才是，偏又认得了字，既认得了字，不过拣那正经的看也罢了，最怕见了些杂书，移了性情，就不可救了。

正因为这样，我们可以在《红楼梦》中发现这样的现象：薛宝钗的诗词都是在诗会上作的，私下绝对不会自己去作诗。换句话说，她的诗才就是陪大家玩的。而林黛玉不一样，诗会固然是她大展其才的时候，但她私下更喜欢作诗，而且好诗词都是私下做的。还有一件事情，也可以看出她们诗词观念的区别。读到香菱学诗的情节时，细心的读者此时一定会有一个疑惑：香菱是薛家的人，为什么曹雪芹要安排林黛玉教香菱做诗，而不就近安排薛宝钗呢？其实这是曹雪芹的高妙之处。曹雪芹安排林黛玉教香菱做诗，符合林黛玉的性格特点，同时也能反衬出薛宝钗恪守封建礼教的大家闺秀形象。

虽然薛宝钗不以诗词为业，但从她的诗词中仍然能看出她的情思与抱

---

①　周思源：《周思源看红楼》，中华书局，2005年，第95页。

负，例如她的《临江仙》：

　　　　白玉堂前春解舞，东风卷得均匀。蜂团蝶阵乱纷纷。几曾随逝水，
岂必委芳尘。

　　　　万缕千丝终不改，任他随聚随分。韶华休笑本无根，好风频借力，
送我上青云。

　　如果说林黛玉在诗社中得到的满足是宣泄，那么薛宝钗得到的满足就是
展示。展示其实是内心的透视，在日常生活中是不容易看见的，它早已被世
俗包裹得严严实实。在诗社中，文字的散发力却总是能让人把潜意识中的思
想无意识地流露出来。

　　史湘云得到的是什么满足呢？是一种能脱离固有生活状态的潇洒。我曾
经在《红楼文化基因探秘》一书中这样说过：史湘云就像我们生活中的异性
铁哥们儿。她心胸开阔，性情豁达，为人磊落，虽身为女儿却有琴心剑胆。
正因如此，红楼爱好者历来都对史湘云情有独钟。从小父母双亡，却造就了
她独立而坚强的性格；虽然养在富贵之家，却处处自食其力。她从来不会将
儿女私情萦绕心上，也不会将琐碎小事压在心头，所以她永远都表现得云淡
风轻、悠然自得，飘逸而洒脱就成了史湘云美丽的定格。

　　史湘云是不幸的，但又是幸福的，有疼爱她的姑祖，有时时刻刻想念牵
挂她的大观园中的姐妹们。从薛宝钗和袭人的对话中，我们得知她在家里并
不好过，每天做针线活到三更天，家里的婶娘们对她虽够不上虐待，但从来
也没有让她养尊处优过。她最大的快乐就是去贾府。当听说大观园中成立了
诗社，她可能是最激动的，所以才有了"容我入社，扫地焚香我也情愿"这
句话。

　　在史湘云的心中，诗社是一个干净而快乐的地方，就如同自己生命格局
中那一份清凉的心境。在诗社，她表现得最活泼，思维最敏捷，作品也最丰
富。和薛宝钗私下聊天，一提到家里的现实生活眼圈就会红的史湘云，在诗
社的表现完全就是另外一个人，陶渊明的逸远，李白的恣纵，融化在她的诗
词中，浸透到她的气息里，造就了一份通透与豁达。所以，我们可以说，诗
社对史湘云的价值，就是撇开了现实，激活了憧憬。

　　群体传播的第四大特征是：群体传播会对成员保持一种亲和力和凝聚

力，个人参与群体传播会受到影响，并产生对群体的认同感和归属感①。

大观园中的诗社具有一种超强的亲和力和凝聚力，这不仅仅对那些会作诗的才女们而言如此，就是对不会作诗又积极要求进步的少女，也有一种凝聚力。比如香菱学诗，就是诗社的亲和力和凝聚力产生的效果。《红楼梦》第四十八回这样写道：

> 香菱因笑道："我这一进来了，也得空儿，好歹教给我做诗，就是我的造化了。"黛玉笑道："既要学诗，你就拜我为师。我虽不通，大略也还教的起你。"香菱笑道："果然这样，我就拜你为师。——你可不许腻烦的。"

香菱有文学创作的慧根，在苦练之后，终于取得了诗社成员的资格。香菱学诗可以看成是一个勤学上进的典故，这个女孩子极有灵性，因为命薄无缘读书认字，所以贾宝玉曾说："这样一个人竟俗了，好不可惜。"然而文学使人灵秀聪慧，它就像山中的清泉能洗涤尘埃，香菱正是在文学本有的亲和力和凝聚力下脱胎换骨。她的诗词虽然不多，但是第三次写作的《咏月》，表现出来的才华极高，就算将其诗句放到唐宋名家名作之中也不显逊色。例如"一片砧敲千里白，半轮鸡唱五更残"之句，乍一看，还以为出自杜甫之手！也许当年曹雪芹是拿出了浑身解数来写这两句的。诗句中的"一片"到底是形容什么的？是声音还是景致？似乎都可以。你会感觉到这时的声音和景致完全融合了。"半轮鸡唱五更残"中的"半轮"是指天快亮了，月亮被云遮住了一半；"五更"是最后一更。这个时候，整个意蕴交织在一个"残"字上，是月亮残，还是更残？都残了。这是律诗创作最老到的手法，让我想起了杜甫《秋兴》里面的"从菊两开他日泪，孤舟一系故园心"。菊花开了两次，每次见到都要流泪，这里的"两开"是指什么？是菊花两次开，还是泪水两次流？都有！"孤舟一系故园心"，这只孤舟靠岸之后，要用绳子把它拴起来，防止漂走；"故园心"是想家乡了。这里的"一系"是指系船，还是指对故园的一片思念呢？都有！

香菱所达到的诗词境界，真是让人刮目。她学习诗词的动力，归根结底是文学的力量，同时也是大观园中诗社散发出来的凝聚力，是群体传播对成员保持的那份亲和力。

---

①　李苓、李春霞、徐沛等：《大众传播学通论》，四川大学出版社，2010年，第8页。

当个人参与到了群体传播之中，就会对群体产生一种认同感和归宿感，这一点从诗社成员取名号的情节中就能感受到。书中这样写道：

> 黛玉道："既然定要起诗社，咱们都是诗翁了，先把这些姐妹叔嫂的字样改了才不俗。"李纨道："极是，何不大家起个别号，彼此称呼则雅。我是定了'稻香老农'，再无人占的。"探春笑道："我就是'秋爽居士'罢。"宝玉道："居士主人到底不恰，且又瘰赘。这里梧桐芭蕉尽有，或指梧桐芭蕉起个倒好。"探春笑道："有了，我最喜芭蕉，就称'蕉下客'罢。"众人都道别致有趣。……探春道："当日娥皇女英洒泪在竹上成斑，故今斑竹又名湘妃竹。如今他住的是潇湘馆，他又爱哭，将来他想林姐夫，那些竹子也是要变成斑竹的。以后都叫他作'潇湘妃子'就完了。"大家听说，都拍手叫妙。林黛玉低了头方不言语。李纨笑道："我替薛大妹妹也早已想了个好的，也只三个字。"惜春迎春都问是什么。李纨道："我是封他'蘅芜君'了，不知你们如何。"探春笑道："这个封号极好。"宝玉道："我呢？你们也替我想一个。"宝钗笑道："你的号早有了，'无事忙'三字恰当的很。"李纨道："你还是你的旧号'绛洞花主'就好。"宝玉笑道："小时候干的营生，还提他作什么。"探春道："你的号多的很，又起什么。我们爱叫你什么，你就答应着就是了。"宝钗道："还得我送你个号罢。有最俗的一个号，却于你最当。天下难得的是富贵，又难得的是闲散，这两样再不能兼有，不想你兼有了，就叫你'富贵闲人'也罢了。"宝玉笑道："当不起，当不起，倒是随你们混叫去罢。"李纨道："二姑娘四姑娘起个什么号？"迎春道："我们又不大会诗，白起个号作什么？"探春道："虽如此，也起个才是。"宝钗道："他住的是紫菱洲，就叫他'菱洲'，四丫头在藕香榭，就叫他'藕榭'就完了。"

一个人无论在现实社会中是什么角色，一旦进入文学创作的领域，他就是一个独立的思想体，因为文学创作本身就是自我个性的表现。古往今来，一流的文学作品都有一个特点，就是极具个性。这份个性其实源于作者的独立。所以从文学的角度来看，诗社的成员纷纷取号，就是要回归独立的自我。从群体传播的角度看，为了诗社重新给自己命名则是一种认同与归宿。中国人的姓名是由两个部分组合而成的，一个是姓，一个是名，姓在前，名在后。为什么会这样？因为在中国文化格局中，家族文化是最小的文化单元，姓代表着一个家族，名代表自己。这是我们民族的价值观念决定的。在中国，家族观念引导着我们，当一个人的利益和家族的利益发生冲突时，家族的利益肯定是放在第一位的。这就是为什么我们要把姓放在前而把名放在后的原因。这种文化基因一直延续到现在，自父系氏族起历经几千年而未曾改变过。要放弃现实中的名字，取一个号，这种举动的本身就是对现实的规避，意在肯定当下的这个群体。这是一种绝对的认同，标志着一种"归宿感"，就是能暂时摆脱现实社会中的伦理道德，从现实中抽离出来，用一个新的名号树立自我，以独立的个人的身份出现。所以林黛玉的建议是希望把大家从伦理中解放出来，恢复部分自我①，从而对诗社本身有一种认同感与归宿感。

---

① 蒋勋：《蒋勋说红楼梦（第四辑）》，上海三联书店，2011年，第175页。

拓展篇

浅析《西游记》对组织管理的启示

　　任何一项管理活动与方法的诞生都有它特殊的历史背景和文化氛围，将管理活动与方法进行总结归纳，寻找其中的规律，从而形成一套管理理念，这是形成管理学科的根源。1916 年，法国管理学家法约尔发表了《工业管理与一般管理》一文，凭借着自己多年的管理经验，将计划、组织、协调、控制、指挥定为管理的五大基本职能。如此直截了当地将"管理"描述成专业职能，这是法约尔对管理学研究做出的一大贡献，也奠定了他"过程管理学之父"的地位。

　　如何理解"组织"这一基本的管理职能？我们以四大名著之一的《西游记》作为案例分析平台，从而深入理解组织管理的要义。需要特别指出的是，任何管理案例的选用，其目的都是为了更好、更方便、更准确地理解管理理论的精神实质，所以选择大家耳熟能详的名著故事来诠释、分析枯燥的理论定能起到事半功倍的效果。

　　管理学语境下的组织，要从两个方面来理解。

　　第一，静态的组织。它是一个由众多成员聚合起来的团体。当然简单的人的聚合不能称为组织，因为组织是有一定的编制结构的。要构成管理学意义上的组织需要具备四个要素：首先，要有明确的目标；其次，要有相对固定的成员；再次，成员之间还要有分工和协作；最后，组织要开展连续性的活动。

　　第二，动态的组织。动态的组织是一个实现既定目标的过程。目标的实现并非一帆风顺，更不会按照预先设计好的步骤一成不变地进行，反而会因为环境的复杂而随机变动。所以在整个过程中，管理者就需要根据实际的情况编制岗位，分配任务，明确权利，协调关系。虽然合理的组织结构是达到目标的前提，但是要真正实现目标，还要管理者能动地、合理地、有针对性地激励组织成员，使组织得以高效运转。

《西游记》是我国古代章回体神魔小说的巅峰之作，故事情节围绕着师徒四人去往西天求取真经而展开。一路上妖魔鬼怪横行，风刀霜剑，荆棘丛生，师徒四人可谓九死一生。功夫不负有心人，最后他们如愿以偿取得真经返回大唐。如果从管理学的角度去解读，这个小小的取经团队能历经九九八十一难终成正果，其中蕴藏着怎样的启示呢？

首先我们需要确认，在管理学视野下，以唐僧为首的取经团队是不是一个组织。回答是肯定的。他们有明确的组织目标：去往西天大雷音寺，在如来佛祖处求取真经，以此普度众生，救万民于水火之中。他们有特定的组织成员：唐僧、孙悟空、猪八戒、沙僧，外加一匹白龙马。白龙马在取经团队中有不可替代的作用，它是西海龙宫三太子受观音菩萨点化而变成的白马，灵性极高，在取经团队里，它也算是组织成员之一。他们有明细的分工与协作，谁挑担子，谁牵马，谁打妖怪，谁念经，丝毫没有混乱。他们从组合成团队起就开展着连续性的工作，翻山越岭，降妖除魔，一路下来就是十几年的时间。从上面的分析来看，取经团队完全符合管理学中的组织概念。

《西游记》中取经团队的组建，从观音菩萨寻找取经人起，到收服沙僧为止，并非一蹴而就，经历了一个漫长的过程，可谓一波三折。这个过程大致可以分为四个时期——组建期、磨合期、认同期、成熟收获期。其实不难看出，上述四个时期的划分是一个组织组建形成所遵循的一般规律，大到上市公司、国有企业，小到家族式作坊皆是如此。在团队的管理过程中，如何划分四个时期是次要的，最为重要的是每一个时期都有属于这个时期的特点，每个时期应该实施怎样的管理，这才是关键。取经团队的组建与形成能给我们什么样的组织管理启示呢？下面逐一分析。

一、组建期的启示

所谓组建期就是从计划筹备到整个团队构架真正形成的时期。这段时间主要的工作是挑选人才，确定岗位，明确责任，规划愿景，鼓舞士气。取经团队在这一时期是如何开展工作的呢？

人才的挑选对于一个组织而言是至关重要的，但什么是人才，什么是适合团队的人才，这是挑选人才时需要首先界定的概念。如果我们盲目地追求所谓的高级人才，不从组织实际情况出发，反而会让整个团队陷入一种难以运作的境地。人才的挑选所遵循的一般规律是"类己"。对"类己"的理解应该是多方面和多维度的，这里面至少包含着三个层面的含义：首先，需要有共同的人生方向和相似的人生价值观；其次，认同这个组织的理念与目标；最后，组织成员之间志同道合。常言道"物以类聚，人以群分"，这就是"类己"最直接的表达。挑选人才遵循"类己"原则的好处在于，它能让理念相通、观点相似、阅历相近的团队成员拧成一股绳，工作效率会因此而大大提升，出现矛盾也容易化解。从实践环节来看，基于"类己"原则组建的团队绝大多数都是高效率的团队。

现在回到《西游记》中来。观音菩萨受如来佛祖的指派所组建的取经团队，其成员的选取同样遵循着"类己"规律。需要特别提醒的是，在实际的管理活动中，"类己"的表现是千变万化的。就以取经团队为例，成员间的"类己"主要表现在两个方面，一是人生阅历有相似之处，二是取经的目的基本一致。

《西游记》中的师徒五人有怎样的人生阅历呢？用一句话概括：他们都是有过前科的"犯罪分子"。唐僧是如来佛祖的二弟子金蝉子转世，在西天佛祖身边待得好好的，早已成了正果了，为什么还要下世轮回呢？因为佛祖在讲经说法的时候，金蝉子不好好听讲，亵渎了佛法的尊严，于是如来佛祖贬他下界轮回十次，重新修行。孙悟空的"罪行"更不必细说，大闹天宫、大闹龙宫、大闹阴曹地府，搅得三界没有宁日，十万天兵天将奈何不了他，后来还是如来佛祖佛法无边，把孙悟空活活地压在了五行山下，判了他一个五百年的"有期徒刑"。猪八戒原本是天上的正神——天蓬元帅，掌管天河水兵，因为酒后调戏嫦娥，被玉皇大帝从南天门贬下界，错投了猪胎，成了云栈洞的妖怪。沙僧也是天上的神仙，玉皇大帝身边的侍卫，名曰卷帘大将，虽然级别不高，但是也算是有正规编制的"公务人员"，因蟠桃会上不小心打破了琉璃盏，也被贬官下界，成了流沙河的水怪。白龙马原本是西海龙宫的三太子，地位尊贵，身世显赫，可是在新婚之夜烧毁了玉皇大帝恩赐的夜明珠，忤逆犯上，被关押在了鹰愁涧。可见五个人都有被贬的经历，其共同的苦闷可想而知。有相似阅历的人在一起，相互之间的理解与同情是没有障碍的。正是因为有如此相似的人生阅历，他们在观音菩萨的点化下去往西天取经的目的就不约而同了——取得真经，以此赎罪，最终修成正果。

取经团队成员间的"类己"现象，给我们的启示并非是让我们组建公司时都去找"犯罪分子"，而是要找能配合默契，有共同理想，有共同价值观念，认可此项工作的意义的人，这才是适合团队发展的急需人才。

在组建期，选定了组织成员之后，就需要定岗定责。这是给每一位成员明确本职工作。只有落实了具体工作，才能划分责任、权利与义务，成员之间才能协作，才不会相互推诿。定岗定责看似简单，然而考验的却是领导的识别能力和知人善任的能力。每一位员工都有他的优势和劣势，如何规避劣势，尽可能地激发他的优势，这是作为一位领导必须要考虑的问题。在《西游记》中，取经团队是观音菩萨一手策划安排的，人员的组合也是精心设计过的，这样的成员搭配暗藏着什么启示呢？

唐僧是取经团队的"一把手"。也许我们会很纳闷，一位手无缚鸡之力的僧人，随时都有被妖怪捉去的可能，他何德何能成为这个团队的领导呢？如果我们这样想，说明我们在意识上还存有误区——领导一定是专业能力很强的人。其实并非如此，战场上冲锋陷阵，拼命杀敌的人不会是元帅。那么作为领导，排在第一位的素养是什么呢？从唐僧身上我们就可以归纳总结出来——坚定的信念和顽强的意志。领导对于团队而言就是精神保障，取经团队历经九九八十一难，其中的坎坷艰辛不言而喻，然唯有唐僧没有动摇过去往西天的决心，这份坚定与果敢，这份对佛法的虔诚，是所有人都不能比拟的。正是因为有了唐僧，整个团队在思想上才保持了高度统一。所以唐僧在团队中所起到的就是"精神"作用。

孙悟空是取经团队的"专业技术"保障。他神通广大，变化多端，一路上降妖除魔，除恶扬善，可谓战功赫赫。他遇到困难从不退缩，迎难而上。取经团队如果没有了他，可能寸步难行。用当下的话说，孙悟空是这个企业中在科研上攻坚克难的第一人。除了过硬的"专业技术"外，孙悟空还有一大优势是团队其他成员望尘莫及的——人脉关系极佳。在整部《西游记》里，你会发现真正被孙悟空降服的妖怪是少数，绝大多数他都奈何不了，但是最终却能铲除障碍，保唐僧顺利过关，这其中的奥秘就是"人脉资源"。上到观音菩萨、太上老君，下至土地山神，天上地下就没有他搬不动的救兵，这份"人脉资源"几乎成了孙悟空最厉害的法宝。

猪八戒是取经团队中最懒惰，最喜欢偷奸耍滑的人。他生性懦弱，一旦唐僧被妖怪捉住，嚷着分行李散伙的绝对是他。这样一个看似于组织无益的成员，在团队中起着什么作用呢？对于组织而言，最基本的单元就是人。人毕竟不是机器，他有情感，有个性。如何将人与人调和在一起，这也是组织管理中的一项大学问。如果《西游记》中没有了猪八戒，唐僧和孙悟空之间的矛盾很多时候都无法化解，剑拔弩张的师徒关系会让团队构架岌岌可危。如果没有了猪八戒，整个取经团队会陷入一片死寂，了无生趣，再精明能干的人，在这样的团队中都会郁郁寡欢，发挥不出聪明才智。所以猪八戒对于团队来说，他起到的作用就是"人际保障"和"快乐保障"。

在取经团队中，沙僧起着"后勤保障"的作用，白龙马起着"运输保障"的作用。兵家常说"兵马未动，粮草先行"，足见后勤与运输的重要性。取经团队没有了任劳任怨的沙僧，没有了默默无闻的白龙马，取经大业是不可能功德圆满的。

至此，取经团队成员的分工给组织管理的启示有两个方面。一是工作定位要因人而异，因才而定，根据员工的实际情况，扬长避短。例如沙僧性情敦厚，沉默寡言，工作细致，"后勤部长"一职非他莫属，如此安排既适合又适当。如果让孙悟空去担当这一职务，不仅干不好，也埋没了他通天的才干。二是组织人员的配备需要遵循"互补"原则。人无完人，各取所能。团队中有了唐僧的精神保障，有了孙悟空的技术、人脉保障，有了猪八戒的人际关系与快乐保障，有了沙僧的后勤保障，有了白龙马的运输保障，就已十分完美了。他们各司其职，各安其位，各展其才，不错乱，不拖泥带水，这就是人员的互补。试想，如果这个团队中都是唐僧式的人，就算精神再坚定也是白搭。如果只有孙悟空式的人，再高精尖的技术也无用。如果全部都是猪八戒式的人，团队早就解散了。

二、磨合期的启示

所谓组织磨合期，是指完成团队成员的挑选与构建之后，成员与成员之间，成员与领导之间，成员与工种之间通过协调与配合，将彼此间的矛盾与分歧化解，让工作效率大大提升的这段时期。在磨合期最为重要的就是发现矛盾，分析矛盾，化解矛盾，让矛盾演化为动能。

从《西游记》的故事情节来看，取经团队的组建期是从观音菩萨寻找取经人起，一直到流沙河收服沙僧为止，整个团队的构建全部完成。而磨合期就从这一阶段的结尾处开始，到"真假美猴王"结束。在取经团队的磨合期里都发生过什么矛盾呢？它又能给我们什么样的组织管理启示呢？

组织成员之间的矛盾往往是在工作的过程中产生的，取经团队也不例外。唐僧和孙悟空的矛盾构成了取经团队的主要矛盾。在《西游记》中这一矛盾是如何表现的呢？一言以蔽之：抓住一个妖怪或者强盗，是说教后放生，还是一棒打死。唐僧的做法就是说教感化，而孙悟空的做法就是直接处死。师徒二人因为这个不知道闹了多少次，孙悟空几次"离家出走"不就是因为他们之间这一不可调和的矛盾吗？出现如此激烈的矛盾，如果两个人一拍两散，取经大业就终止了。在现实工作中出现矛盾，我们该怎么办？首先不能视而不见，更不能因为矛盾看似不可调和而放弃。其次要分析出现矛盾的根源。最后对症下药，打通关节，相互理解。

唐僧和孙悟空的矛盾根源是什么？其实很简单，就是对"向善"的理解不同。唐僧理解的"向善"是微生不杀，因为在他看来，上天有好生之德，保全生灵的性命就是最大的善。孙悟空理解的"向善"是除恶扬善，只要是妖魔鬼怪、强盗土匪，就应该一棒打死。正因为如此，师徒二人才在磨合期里矛盾重重，几次要分道扬镳。此时该怎么办？矛盾是需要化解的，谁来充当调解员很关键。在《西游记》里，有两个人充当了调解员的角色——猪八戒和观音菩萨，特别是观音菩萨的调解最为重要。在现实工作中，寻找调解员的一个重要标准就是，其人一定是双方都非常尊重的人。只有如此，调解才能起到作用。

对于组织而言，磨合期十分关键。磨合得好，工作效率就高，达到目标的可能性就越大，相反，磨合不到位，人心涣散，勾心斗角不说，还极有可能摧毁一个团队。除了发现矛盾，分析化解矛盾以外，在磨合期还有一件事需要做，那就是愿景规划和宣讲。脚踏实地的工作固然重要，但是总低着头，人会沉闷。此时团队的领导者就要宣讲组织的未来与规划，让成员们在埋头苦干时，再抬头看看天，望望远方即将得到的幸福。这样做的目的就是鼓舞士气，让团队成员既要活在当下，又要看到未来。就取经团队而言，愿景规划与宣讲很多时候都是观音菩萨在做，这让整个团队在荆棘丛生的路途中葆有了希望与动力。

三、认同期的启示

所谓认同期，是指团队成员经历了从组建到磨合的过程后，相互间有了了解与信任，人际关系开始变得和谐。员工们对组织实现目标越来越有信心，工作起来配合默契，效率稳中有升。成员对组织有了依存感、认同感、归宿感与荣誉感。在这一阶段，组织管理主要抓一件事：制度的建设与激励措施的完善。制度与激励就如同一对孪生兄弟，前者是强制性约束，后者是诱导性激发；一个基于人性本善论，一个基于人性本恶论。二者如同组织管理的左膀右臂，缺一不可。

在《西游记》中，制度的象征物就是紧箍咒，这是孙悟空加入取经团队之初，野性未改，无法无天之时，观音菩萨设法给他戴上的"头套"。它的意义与作用是什么呢？我们要从四个方面来理解。

紧箍咒是戴在头上的物件。为什么选择戴在头上呢？戴在腰上或者脖子上不一样吗？其实这里面暗含着一个道理：戴在头上的东西，自己是看不到的。这就如同法律与规章制度，除了它白纸黑字落在纸上以外，只要你不去触碰它，平时你是感受不到它的存在的。所以在整部《西游记》中，除了孙悟空犯了大错，被念紧箍咒因而疼痛难忍以外，在其他地方就从来没有他因为戴着紧箍咒而不舒服的情节。所以紧箍咒的第一个启示就是"看不见的法度"。

紧箍咒的另一个启示是"平衡"。平衡什么？平衡唐僧和孙悟空之间的力量。我们都知道，唐僧是凡夫俗子，没有任何法力。孙悟空是吸天地灵秀而孕育的仙猴，勤奋苦练之后又精通七十二般变化，力量超强。唐僧和孙悟空根本就不在一个重量级上。戏剧性的是，凡夫俗子唐僧成了领导法力无边的孙悟空的顶头上司。然而"行政一把手"和"技术骨干"之间的力量过分悬殊，在指挥时就会出现障碍，为了"一把手"顺利地开展工作，观音菩萨就用紧箍咒来制衡孙悟空。

紧箍咒还有一个启示是改变"意志无力"。所谓意志无力，就是指明明知道这样做是错误的，但是偏偏控制不住自己，在潜意识的支配下仍然会在错误的轨迹上运行下去。在前面我们就阐释过，取经团队中意志力最坚挺的是唐僧，包括孙悟空在内的几个人，都有意志无力的时候，遇到迈不过去的坎时也有过放弃的想法。此时紧箍咒的督促会强制改变其想法，唤醒其意志力。

在紧箍咒的启示中，还有一点需要特别提示。从孙悟空戴上了紧箍咒到成佛自然消失长达十四年的时间里，唐僧与观音菩萨真正使用紧箍咒的次数仅有四次。菩萨用过一次，唐僧用过三次。在绝大多数的时间里，都只是拿着紧箍咒作为威胁而未动真格。这说明什么呢？在组织管理中，制度是必不可少的管理规范，但是无论什么样的制度，它的终极目的是用来规劝、引导人的，而不是惩罚人的，所以制度的威慑性应该大于它的使用性。

　　分析了认同期的制度，再来说说这一时期的激励。激励是组织管理的重点，在现代企业管理中，已经把激励单独罗列研究，可见它的重要性。如何激励？我们要从马斯洛需求层次理论说起。亚伯拉罕·马斯洛（Abraham H. Maslow）是美国著名的社会学家和心理学家。他提出了著名的需求层次理论：一个人在成长中，在不同的阶段，会出现五种需求，这五种需求构成了一个人内在的动能——生理需求、安全需求、社交需求、尊重需求、自我实现的需求①。讲激励，为什么首先要说需求？因为只有知道一个人的具体需求，才能因此而采取不同的激励措施，有的放矢的激励才有效果。

　　《西游记》中的师徒五人，恰巧就是这五个需求层次的典型代表。猪八戒对应的是生理需求。在取经路上总是他闹腾着吃、喝、睡，耳朵里藏着私房钱，怀揣着馒头，永远都吃不饱，看见美女妖怪眼睛发愣。强悍的妖怪打过来，第一个逃跑的也是他。唐僧被妖怪抓走了，立即嚷着分行李、卖马、散伙的还是他。对于这样的员工，如何去激励？其实并不难，只要抓住他的生理需求即可。取经路上，唐僧饿了想吃斋饭，让猪八戒去化斋，他始终不变的推托理由就是荒郊野外，方圆百里，根本没有人烟，上哪里去化斋。但是想一想，猪八戒曾经是天上的水军元帅，腾云驾雾的功夫是有的，虽然不能一个筋斗十万八千里，但是方圆百里也绝不是难事，为什么要推脱？从根源上讲就是懒，从管理学角度讲就是没有激励好，没有让猪八戒看到做这件事的好处。假如唐僧说："八戒，快去给师父化斋，等我吃饱喝足了，放你三天假，拿上银子，回高老庄找你的初恋情人高翠兰去吧！"如果真是这样，我想再艰难的环境，这顿斋饭也会很丰盛的。

　　沙僧对应的是安全需求。在取经团队里，他总是默默无闻，性情敦厚，做事踏实仔细。促成沙僧这种性格的原因主要有两个。一个原因是他的本职工作，名曰卷帘大将，其实就是玉皇大帝身边卷门帘的侍卫，平时要看领导的脸色行事，这造就了他小心谨慎的性格。沙僧从不张扬，这仍然和他的工作性质无可炫耀之处有关。在《西游记》里，我们常见孙悟空对着妖怪大吼："你可认得你孙爷爷，孙爷爷就是五百年前大闹天宫的齐天大圣。"猪八戒偶尔也会炫耀自己天蓬元帅的身份。唯有沙僧不说，其实也不好意思说。如果沙僧对着妖怪嚷道："你认得你沙爷爷吗？沙爷爷就是五百年前玉皇大

　　① 亚伯拉罕·马斯洛：《动机与人格》，许金声等译，第3版，中国人民大学出版社，2012年，第57页。

帝跟前卷门帘儿的。"妖怪没有被你打死，也要笑死。沙僧在团队中任劳任怨的另一个原因，就是他在寻求安全。如果取经团队解散，唯一无家可归的就是沙僧。唐僧可以回大唐帝国继续做他的高僧，讲经说法，受人爱戴。孙悟空可以回花果山称王称霸，继续美猴王国的神话。猪八戒可以再次装修云栈洞，迎娶高老庄的小姐高翠兰为妻。白龙马还可以回归龙族，养尊处优。然而沙僧回哪里呢？流沙河吗？不可能，他从来没有把流沙河当成自己的家，因为流沙河是"鹅毛飘不起，芦花定底沉"的极寒之地。所以他在团队中吃苦耐劳，为的就是一个安全。对于沙僧式的员工，只要能给他家一般的安全和温暖，激励的效果是非常明显的。

白龙马对应的是社交需求。社交需求也称为归属和爱的需求，它是指一个人渴望得到家庭、社会、朋友、同事们的理解和信任。白龙马是龙宫三太子，地位尊贵，它默默无闻地驮着唐僧去往西天，目的就是能早日回归龙族，让整个龙族重新接纳他，理解、信任他。

孙悟空对应的是尊重需求。从马斯洛的解释可以得知，尊重需求可以分为自尊、他尊和权力欲望三个类别[①]。孙悟空极度自尊，从而希望得到他人的尊重。至于权力，孙悟空并不太看重。无论是他要"齐天大圣"的名号，还是声称要当玉皇大帝，其实归根结底还是为了得到他人的尊重而做出的行为。不难发现，在整部《西游记》里，无论是还没有加入取经团队之前挥着金箍棒上天入地，搅乱仙界，大闹天宫，还是服从安排加入团队后拼命降妖除魔，孙悟空的行为都本着一个目的——让全世界的人都尊重他。对于孙悟空式的员工也很好激励：多给予肯定和表扬，让他在心理上感到强烈的被尊重感。所以太白金星在玉皇大帝跟前建议招安孙悟空，封他一个弼马温，列入编制，就是最好的安抚方法。

唐僧对应的是自我实现的需求。其实在没有取经之前，他已经是长安城中的高僧了，可谓名扬海内外。然而他认为，小规模的讲经说法不能实现自我价值，他最大的理想就是能普度众生，福祐万民。然而要做到这一点，只有一条路：去往西天求取真经。所以唐僧一路上怀揣着自我实现的愿望，演化为一种内在的动能，成为取经团队中意志力最坚定的人。

以马斯洛需求层次作为理论依据，结合师徒五人的个性特征来理解组织

---

① 亚伯拉罕·马斯洛：《动机与人格》，许金声等译，第3版，中国人民大学出版社，2012年，第60页。

管理中的员工激励，要说明的问题只有一个——激励措施要因人而异。对于持有自我实现需求的人，要用事业的理想去激励他，同时提供实现自我的平台，让他去实现自己心中的理想。对于持有生理需求的人，要用物质激励，保证他衣食无忧。对于持有尊重需求、安全需求的人，要以荣誉和家一般的安全感去激励。

四、成熟收获期的启示

所谓成熟收获期，是指一个组织完成了组建，协调了矛盾，完善了制度，历经风雨坎坷之后终于达到了计划目标的时期。你可能会认为，组织到了这个时期不就圆满了吗，还要什么启示呢？其实这里面暗含着一种中国式哲学：一件事的结束，标志着下一件事的开始，如此更迭，周而复始，永不停歇，这才是真正的圆满。

结束与开始并没有绝对的分界线。就以取经团队来说，在大雷音寺取得真经就是结束吗？不是，这反而是实现他们传授佛法，普度众生的开始。一个公司从组建到上市就结束了吗？也不是，上市反而才是他们发展壮大，走向国际市场的开始。所以《西游记》给成熟收获期组织的管理启示，就是要让每一个员工明白，阶段性的结束只是工作中的一个驿站，就如同人生，永远都在路上一样。

其他参考文献

韩田鹿. 大话西游 [M]. 北京：商务印书馆，2012.

马修鹏. 西游记原来是本这么好看的管理书 [M]. 广州：广东经济出版社，2011.

向秋华. 管理学原理 [M]. 长沙：中南大学出版社，2011.

"修己安人"的儒学思想对领导的启示

　　众所周知，从汉武帝罢黜百家之后，儒家学说就占据了中国传统文化的主流地位。可以说每一位炎黄子孙的思想观念、处世之道、待人接物、言谈举止都会受到儒家文化基因的支配与影响。正因如此，以儒学作为切入点去探讨现代管理的原理与方法，就更容易让我们获得新的启示与灵感了。在论述"修己安人"对中国式领导的启示与意义之前，我们要梳理两个概念。第一，什么是领导？第二，修己安人的具体含义是什么？

　　首先我们来认识领导的含义。在当下的管理实践活动中，我们往往把管理与领导这两个词等同起来使用。如果站在西方管理学背景下来谈论管理与领导，二者之间的区别并不大，但是在深受儒家文化熏陶的中国式管理体系中谈论这两个词，它们就有实质性的区别了。一般而言，管理建立在合法的、有报酬的和强制性的权利基础之上，而领导则立足于个人人格、品行修为、道德观念、技术专长等基础之上。所以在儒家文化看来，一个管理者不一定是真正的领导者，而对于中国人来说，一个好的领导者所散发的能量往往会超过单纯的管理者。在儒家文化中，领导的本质是领导者人格魅力的辐射能让被领导者心甘情愿地追随和服从，而绝不是在权势的胁迫下行动。所以我们颂扬的尧、舜、禹、周文王等人物莫不是国人心目中最好的领导者。

　　其次我们来梳理修己安人的含义。儒家思想虽然博大精深，然而站在管理学的角度浓缩归纳起来，可以用"修己安人"四个字概括。无论是"明明德""亲民""止于至善"的三纲领，还是"修身""齐家""治国""平天下"的八条目，其实所阐释的内涵都在修己与安人的范围内。"半部论语治天下"这句话也从侧面印证了儒家学说所主张的——管理的本身就是一个修己安人的过程。

　　何谓修己？儒家思想建立在仁爱的基础之上，孔子在《论语·阳货》一篇中就专门阐述了仁的具体含义。孔子曰："能行五者于天下，为仁矣。"接着解释五者："恭、宽、信、敏、惠。恭则不侮，宽则得众，信则人任焉，敏则有功，惠则足以使人。"① 这就是儒家所主张的领导者修己的五项基本要求，也被称为"五德"。一位领导者只有具备了五德才能修身庄重，办事勤敏，对待下属才能宽厚，守信用，施恩惠。在修己的五项基本要求中，孔子尤为重视"信"。因为"信"包含着两个层面的含义，一是群众对领导的信任，二是领导者自身的信实。只有这两个方面合二为一，才能真正实现管理的目标。

　　何谓安人？安人是儒家管理的终极目标，其最高表现形式就是"齐家治国平天下"。具体又表现在四个方面——安亲、安友、安君、安百姓。那么这四个方面又分别用什么方法来实现"安"呢？安亲用孝和悌。孔子主张用"孝悌"来协调家庭关系。只有孝才能上安父母长辈，唯有悌才能和谐兄弟姊妹。对于中国人而言，家庭的和睦是一切事业的根本点与出发点。安友用义和信。儒家思想认为，独学而无友，则会孤陋而寡闻。朋友交往只有义信相待，才能彼此真诚。安君用忠和敬。孔子在《论语·宪问》中说："勿欺也而犯之。""勿欺"就是敬，"犯之"就是忠，君王有不对的举措就应该大胆进谏，敢于直言才是真正的敬与忠。安百姓用仁爱。对于安百姓的做法，《论语·子张》中有具体的描述——"立之斯立，道之斯行，绥之斯来，动之斯和"。"立之斯立"就是让民众自立，用"道之以政，齐之以刑"的法制作为强制性管理方案，用"道之以德，齐之以礼"的德治作为内在的约束。"道之斯行"是用礼乐诗书教化民众。"绥之斯来"是在精神和物质两个方面安抚民众。"动之斯和"是指有了上述三个方面的支撑之后的"使民"，使百姓能在自己统领的国度中安居乐业，为整个国家的发展而心甘情愿地劳作。

　　修己与安人二者之间有着什么样的关系呢？它们看似两个独立的部分，一个对内一个对外，但其实质却是一个统一的过程。修己是儒家管理的出发点，安人是儒家管理的目标。只有修己才能最终安人，领导者也只有通过安人才能彰显修己的价值与意义，所谓"学而优则仕"就是这个道理。《论语·宪问》中有孔子和子路的一段对话："子路问君子。子曰：'修己以敬。'

---

　　① 本书所引《论语》原文，均据吴兆基编译：《论语》，三秦出版社，2008 年。以下不再一一注明。

曰'如斯而已乎?'曰:'修己以安人。'曰:'如斯而已乎?'曰:'修己以安百姓。'"可见在儒家管理理论中,修己与安人是相互支持,互为因果的。

儒家管理理念与西方的管理思想有一个本质性的区别。西方管理学界认为,管理的本身是一项技能或者是一样工具,在管理的过程中,它就是一种方法论的实践,一切管理理论的出发点都在被管理者身上。无论是"科学管理之父"泰勒(Frederick W. Taylor),还是"现代管理学之父"彼得·德鲁克,他们所推崇的学术皆是如此。然而儒家认为,虽然管理的目标是"安人",但是这一切都需要从领导者自身开始,因为领导者的道德、学识、能力都直接影响管理目标的实现,这就是"修己"。所以儒家对管理思想的阐释,其重点就放在了领导者如何提升自我修为的方面。那么对于当下的领导者而言,在"修己安人"的儒学思想中能得到什么样的启示呢?

首先我们来梳理"修己"对领导者的启示。

对于领导者而言,个人品质与特征是决定领导效果的关键因素。西方管理学注重对领导者特征的研究。例如斯托格第(Ralph M. Stogdill)从一个人的身体特征、智能特征、个性特征、工作特征、社会特征五个方面来判断一个领导者的优劣[①]。然而实践证明,斯托格第的这种评判方法仅仅对选择领导者有用,却与领导者最终的成就没有太大的关系。与此不同的是,儒家管理学认为一位领导者的成就主要来自他个人的四种品质,这四种品质皆是从"修己"的儒学思想中演化出来的具体方法,它对当下的领导者有很大的启示意义。

第一,勤奋好学,善于思考。儒家思想认为,一位好的领导者只有好学多思,才能让自己思维敏锐。领导者能发现管理实践环节中的问题,并且能找到解决的方法,其根源都来自他好学习与善思考。而且好学与多思往往紧相连属,孔子在《论语·为政》篇中说"学而不思则罔,思而不学则殆",就是在强调二者之间的关系。上述修己"五德"中的"敏"就是通过好学多思而得到的。学习的过程就是一个积累的过程,积累的过程就是让自己更为敏锐,做事更有效率的过程。对待学习,孔子主张"知之""好知""乐知"三个层面。换而言之,如果能将日常的学习转化为一种爱好和习惯,就能把学习的枯燥柔化为一种享受和满足。一位领导者会在知识增长的过程中拓宽

---

① 见周三多、陈传明、鲁明泓:《管理学:原理与方法》,第4版,复旦大学出版社,2009年,第402页。

自己的眼界，眼界的拓宽往往能让一个人更加果断、坚毅、勇敢。

第二，敢于反省，知错能改。儒家思想极为重视这一修己的方法，因为人无完人，孰能无过，知错能改，善莫大焉。孔子在《论语·学而》中说："过则勿惮改。"有了过错就不要怕改正，只要及时更正就是君子。对于领导者而言，知错能改的前提是敢于常常反省自己，只有如此才能及时发现错误。敢于反省不仅是一种品质，还是一份勇敢。《论语·颜渊》中说："内省不疚，夫何忧何惧？"领导者的不忧不惧归根结底来自敢于反省，知错能改。敢于反省是思想上的更新，知错能改是行动上的更新。只有思想和行动完全吻合，才是君子之道。作为一位领导，在实际工作中要构建一套管理体系，设置一种管理方法，并非一蹴而就，往往需要反复论证，在实践中发现问题，敢于面对问题，善于解决问题。如果没有敢于反省、知错能改的素养，最终是无法推进管理活动的。

第三，广交益友，择善从之。增长知识除了自己勤奋笃学以外，还要靠广交朋友。对于领导者来说，修己不仅仅是知识的提升，更重要的是生命格局与人生境界的扩大。《礼记·学记》上说："独学而无友，则孤陋而寡闻。"① 朋友的思想与学识往往能弥补自己的认知缺陷。当然，朋友的选择一定要慎重，孔子在《论语·季氏》中就说道："益者三友，损者三友。友直，友谅，友多闻，益矣。友便辟，友善柔，友便佞，损矣。"所以我们必须择善从之，才能见贤思齐。古人云"近朱者赤，近墨者黑"，就是这个道理。

第四，慎言敏行，知行合一。这一点是儒家思想所倡导的极高境界，《论语·学而》中说："敏于事而慎于言。"领导者在管理活动中，对于自己的言论需谨慎，该说什么，怎么说，对谁说，都要有清晰的了解，如此才能事半功倍。"慎言"除了谨慎的态度以外，还包含着语言表达的逻辑性、清晰度、准确性。领导者的思想和管理理念最终都是通过自己的语言表达出来的，如果自己的语言不能清晰而准确地表情达意，其管理目标也很难实现。"敏行"也有两个层面的含义，一是说到就必须做到，这也是为什么说话前一定要谨慎的原因；二是行动时需要快捷有效率。知行合一是修己安人的实际表现形式，修己是通过安人来实现的。荀子说："学止于行而至矣。"② 朱

熹也曾说过："学之之博，未若知之之要；知之之要，未若行之之实。"① 换而言之，"知"只有落实到"行"才是有意义和有作用的。这也是儒家文化推崇的做学问的最高境界。在现实社会中，能"知道"不是难事，能"做到"才有效果。

其次我们来梳理"安人"对领导者的启示。

从现代管理学而论，安人就是领导者在管理实践中所起到的作用。在带领下属实现组织目标的过程中，领导者主要发挥着指挥、协调和激励等作用。儒家安人的思想对现代领导者有着三个方面的启示。

第一，满足欲求，富而后教。人有各个方面的欲求，这是人之本性。儒家文化也从来不否认这一点，所以孔子在《论语·里仁》中就说过："富与贵，人之所欲也。"既然承认人的欲求，那么在管理中又该怎么去处理呢？孔子在《论语·尧曰》中给出了答案："因民之所利而利之，斯不亦惠而不费乎？"即根据人对利益的追求来引导激励人民，从而达到管理的目的。但是对名利的追求可能会导致人民逐渐走入拜金的误区，此时又该怎么办？孔子主张"先富后教"，也就是当下属得到利益之后，还要从思想上去引导他们，让他们有信仰，以免坠入精神的贫困。这就是《论语·颜渊》中孔子所说的"民无信不立"的道理。

第二，尊重人才，知人善任。一位优秀的领导者，并非事必躬亲，很多时候都要放手让属下去做。这就面临一个问题——领导如何对待人才？在儒家文化看来，领导者要有尊重人才的品格和知人善任的胸怀。我们祖述尧舜，宪章文武，其实质都是强调和颂扬他们大胆提拔，勇于启用新人的魄力与胸襟。孔子也曾向学生指出，"知人"就是智慧。因为发现并重用一位人才，不仅能让组织目标得以实现，还能以人才自身的品格影响周围的人。孔子对学生樊迟就说过："举直错诸枉，能使枉者直。"吸引一位优秀的人才到团队中来，其作用不仅仅是他的能力对实现目标的帮助，更多的是发挥了榜样的力量，能让人见贤思齐。所以知人善任就成了评价一位领导者最为重要的指标之一。

第三，以身作则，自正其身。在前面的论述中我们就提到，儒家管理思想是以领导者自身为出发点的，既然如此，一位优秀的领导者定是一位品行高尚，人格魅力十足的人。孔子在《论语·子路》中就说："其身正不令而

---

① 朱熹：《四书章句集注》，曾军整理，岳麓书社，2008 年，第 237 页。

行，其身不正虽令不从。"可见一位领导者修身的重要性。以身作则，自正其身，不单单是自我修养层面的问题，领导者会因为它而散发出一种正能量，让下属都能因此而受到感染和启迪。所以《论语·颜渊》中就写道："政者，正也，子帅以正，孰敢不正！"

从现代管理学的角度看儒家文化，确实能给我们带来很多启迪。但有一点需要注意，中国文化与西方文化相比较而言，从形式上看，前者是"大一统"的文化，后者是"分门别类"的文化；从学习的角度看，前者是"体悟型"文化，后者是"理解型"文化。正因为如此，我们就需要明白，在儒家学说中去寻找对当代管理的启示，最终得到的是适合中国式管理的原理与一般方法，而不是具体的做法，只有理解了这一特性，才能更好地认识儒家管理思想的精髓。

其他参考文献

舒绍昌，马自立. 修己安人的治国之道：《论语》管理思想初探 [J]. 东岳论丛，1989 (4).

吴照云. 中国管理思想史 [M]. 北京：经济管理出版社，2012.

周三多，陈传明，鲁明泓. 管理学：原理与方法 [M]. 4 版. 上海：复旦大学出版社，2009.

从文学到管理学

——浅析管理学原理的教学方法

在中国，管理活动古已有之，然而对管理行为进行研究，逐渐将它上升为一门学科却始于西方。随着现代社会经济的发展，管理越来越受到人们的重视，学习管理的人也因此而增多。在经管类专业的课程体系中，管理学原理是一门专业基础课，是经济管理类各专业的学生必须修读的课程。针对这门专业基础课，教师如何去教授？选取哪一种方法比较适合学生理解相关的管理学概念，便于学生记忆相应的知识点？本文对此作几点探索。

管理学原理也被称为管理学基础，从现有的各类教材来看，课本名称虽有不同，但内容实质没有差异，编写所遵从的体系和构架也基本相似，大多按照法约尔提出的管理五大职能——计划、组织、指挥、协调、控制，分章分节撰写。

法约尔所提出的管理五大职能，对管理学的理论基础构建是一大贡献，所以这一理论也逐渐被引入高校课堂。这五大职能是以法约尔五十多年的管理实践经验为背景总结并逐步提炼出来的。换句话说，要准确、深刻地理解这五大职能的含义并运用于管理中，是需要管理实践作为基础的。然而当代的大学生最为欠缺的正是社会实践和工作经历。那么站在这个现实层面上，又如何让学生去理解这些管理学的基本理论呢？

管理学与文学虽然分属于不同的学科门类，但有一个相同的核心，那就是"人"。就文学而言，它是被诗化了的人的存在，终极指向是引领人心，启迪人的智慧，从而让人在纷繁复杂的现实社会中，在错综纠葛的关系网络里有一份正确的判断和了然。就管理学而言，无论是领导者还是被领导者都是人，无论是管理活动中的计划组织还是协调控制也都是人在作为。所以管理学与文学二者之间看似风马牛不相及，实质却是理念相通，它们都是对"人"的研究。正因如此，我们就可以打开一条教学门路——利用我们耳熟能详的文学经典作为案例来诠释管理学原理中的相关概念，加深初学者对知识点的理解和记忆。

虽然我们现在学习的管理类课程涉及的理论大多源于西方，但是在中国古代典籍中却处处闪现着管理的智慧。我们从小就接触这些典籍，它们早已化为文化基因渗透到每一个人的血液之中。我们以此来作为教学案例，诠释管理学原理中的概念，学生接受起来就会相对轻松，原本枯燥无味的文字也会在我们熟悉的"故事情节""人物形象"中得到舒展。如何在教学中将文学和管理学结合起来？我们试举几例，算作抛砖引玉。

在管理学原理的教材中，"领导"一般是会专章编写的。就这一章而论，"领导艺术"又会单独成节讲解。在管理活动中，领导者的工作效率往往取决于领导者的领导艺术，而领导艺术又是一门博大精深，内容极其丰富的学问。这门学问掌握起来尤为困难，因为它并非仅仅是技巧，而是融合了知识与智慧的一种表现方式。所以在教学的过程中，我们强调的，并非是学生对技巧本身的把握，而是对领导艺术的"领悟"过程，通过文学经典中的表达去感悟这个过程正是让人"领悟"的最好途径。

例如我们可以用《三国演义》中的刘备来诠释领导艺术中的平易近人、信任对方、关心他人、一视同仁等。刘备为了实现自己的宏图大业，必须要有一批贤人志士帮助自己，其中诸葛亮就是他三顾茅庐请出来的。就当时的诸葛亮而言，他的社会地位和资历与皇叔刘备比较起来可以说是天壤之别，然而这些世俗的界定并未阻碍刘备寻求贤能的渴望。他放下了所有的身份与头衔，亲自带着关张二人三次求访诸葛亮，最后诸葛亮也在刘备的一片诚心之下出山了。这一领导艺术运用的核心要义就是"平易近人，求贤若渴"，让诸葛亮强烈地感受到"被需要"的愿望，同时又在这种感受中激发了出世豪情，并且愿意为刘备驱驰。历史证明，刘备在诸葛亮身上所使用的领导艺术是成功的。

又例如我们可以从《西游记》中去认识管理学原理中的组织。所谓组织就是指人们按照一定目的、任务和形式编制起来的有一定结构和功能的社会团体。哈罗德·孔茨认为："为了使人们能实现目标而有效地工作，就必须设计和维持一种职务结构，这就是组织管理职能的目的。"① 无论对组织如何定义，其中有四点要素是需要明确的：第一就是要有组织目标，第二要有成员，第三要有分工协作，第四要开展连续性的工作。在管理学原理的实际教学过程中，我们就可以借《西游记》师徒取经团队来诠释管理学中的组织概念。

首先取经团队有一个共同的目标，那就是到达西天取得真经。组织中的成员就是师徒四人，再加一匹白龙马。他们之间的分工也非常明细。唐僧是领导人，虽然他不能降妖除魔，却是这个组织的精神领袖。如果没有了唐僧，这个团队早就因没有统一的精神维系而涣散了，所以唐僧就是这个团队的精神保证。孙悟空专管降妖除魔，为整个团队解决"高精尖"的"技术难题"，并且还负责化缘，以保师徒四人的生活供给，他就是这个团队的安全保证和物质保障。猪八戒看似"无能"，却给整个团队带来了快乐，当孙悟空和唐僧之间出现嫌隙时，猪八戒往往会在其中沟通、周旋，最后使这个组织的"一把手"和"业务骨干"握手言和。所以猪八戒给这个组织带来的就是快乐保障。沙僧最为默默无闻，一个组织中必须要有这样任劳任怨的老实人，他没有多余的话，只是勤勤恳恳、兢兢业业做好本职工作，他不会标新立异，也不会锋芒毕露。对于沙僧来说，挑好担子，赶好马，自有圆满的结果。所以沙僧就是这个团队的后勤保障。这样一来，要理解"组织"的前三个要点，其困难就迎刃而解了。至于一个组织要开展连续性的工作，原本就是一个相对的概念。就取经团队而言，他们的工作就是从长安到大雷音寺取经，其中历经艰难险阻，九九八十一难，经过十几年才最终完成目标，这已经是一个连续性的漫长过程了。

再如我们可以通过《红楼梦》中王熙凤的管理方法来诠释管理学原理中的激励。"激励"一词译自英文"motivation"，把这个词用于管理活动时是指通过调动人的积极性，刺激被管理者的需要，激发起动机，使之朝向所期待的目标前进的心理过程。激励的作用是挖掘人的潜能，吸引和稳定组织人才，使员工的个人目标和组织的目标协调一致。激励的前提和基础就是了解员工的需要。

王熙凤在家族管理中的激励主要包括两个方面，第一就是物质激励。换

---

① 哈罗德·孔茨、海因茨·韦里克：《管理学》，马春光译，中国人民大学出版社，2010 年，第 59 页。

句话说，当仆人们办差得力时就赏钱，给银子，一赏就是十两、二十两，这可不是一个小数目。俗话说"有钱能使鬼推磨"，"天下熙熙皆为利来，天下攘攘皆为利往"就是这个道理。在现实面前，重赏之下定有勇夫。第二就是给仆人们"评职称"。这个举动也符合马斯洛需求层次理论。当一个人的生理需求、安全需求、社交需求都满足后，他就向往着被尊重，向往着自我实现。对于贾府的仆人们而言，"评职称"的方法就是基于这种需求层次的激励。除了总管，贾府的仆人分为四等。第四等是级别最低的基层员工，一般都是粗使丫头，打扫庭院就是她们的日常事务。第三等高一点，不用做粗活。第二等相当于"副小姐"，吃穿用度和小姐们一样，专管所伺候主人的衣履钗环等。一等仆人地位是非常高的，一般都是伺候家族中德高望重的长辈或者高层领导人的，例如贾母身边的丫鬟鸳鸯，就是一等仆人，王熙凤见了她都要叫姐姐。在物质和精神的双重激励下，整个荣国府在王熙凤的管理下变得井井有条，秩序井然。这样，我们在教学环节中就可以借用《红楼梦》的相关情节诠释管理学原理中的"激励"了。

以上的例子来源于我们的四大名著，仅仅是我们选取例证的冰山一角。我们还可以从《聊斋志异》《三言二拍》等文学典籍中寻求案例。用文学讲解管理学原理，其核心就是用文学经典中的相关故事作为案例，去诠释管理学的相关理论，让具有中国传统文化背景的学生们更好地理解管理学中的基本概念，巧妙地规避了他们没有工作经验的缺陷。

这种教学方式有什么好处呢？总结起来有三点：

第一，能加强学生对知识点的记忆。知识的积累原本就是一个日积月累的过程。在知识点相对零碎的状态下，如果用文学故事将管理学原理中的知识点串联成网状，学生的记忆就会"成片"地增长。网状记忆比零碎记忆更可靠，更精准，更长久。

第二，能让学生理解理念相通的学习原理。学生的学习绝对不仅是记住某一学科的知识点那么简单，而是要让知识在悟性的提升下化为智慧。知识可能会随着时间的流逝而失去它原有的功效，这就是知识的局限性，但是把知识升华成智慧，却是能伴随一个人终生的能量。智慧不分学科门类，换句话说，无论是从文学中提炼出来的智慧，还是从管理学中提炼出来的智慧，它们都能相通互用。

第三，改善课堂气氛，调动学生思考的积极性。因为管理学原理属于专业基础课，所以课程设置偏重于理论，"大道理"比较多，讲解起来相对枯燥，学生们就会在枯燥的课堂气氛下昏昏欲睡。如果这个时候灌注他们喜闻乐见的名著故事，就会振奋他们的精神。同时，学生们会觉得自己曾经熟悉的文学情节原来还可以这样解读，从而感兴趣起来，相应的管理学知识点也就在这种愉快轻松的课堂氛围中被记忆住了。

其他参考文献

向秋华. 管理学原理［M］. 长沙：中南大学出版社，2011.

肖川. 教育的理想与信念［M］. 长沙：岳麓书社，2009.

周三多，陈传明，鲁明泓. 管理学：原理与方法［M］. 5 版. 上海：复旦大学出版社，2012.

附　录

平心论心武

——简析《刘心武续红楼梦》

　　我佩服续写《红楼梦》的人，不是因为他们具有非凡的才华，而是他们能够承受众人的唾骂，单单这份勇气，就非常人所有。自清代至今，续写《红楼梦》的不下三十家，从高鹗到刘心武，没有一家有"好下场"的。有意思的是，同为续写《红楼梦》的作者，刘心武曾经也把高鹗"骂"得永不超生，如今风水轮流转，刘先生也站在了浪尖上，滋味如何，自有当事人体会。林语堂先生曾经为高鹗翻案，著书《平心论高鹗》，如今我也附庸风雅，借着林先生的题目，平心论心武。不过我不是"骂"，而是平心去"论"。有一说一，才是做学问的正道，也才对得起刘心武先生的一片痴心。

——题记

　　2011年3月，江苏人民出版社隆重推出《刘心武续红楼梦》，这已经是刘心武先生关于红学的第八本著述。但较之前七本著作，这本书不是学术类著作，而属于小说范畴。刘心武先生原本就是著名作家，这本《刘心武续红楼梦》算是归了他的正道。

　　刘心武先生前七部红学类著作分别是《红楼望月》、《刘心武揭秘〈红楼梦〉》（一、二、三、四）、《〈红楼梦〉八十回后真故事》、《红楼眼神》。从学术研究上看，虽然这七部书都独立成册，但学术思想、研究方法却一脉相承，更重要的是，这七部书都是刘先生为了续写《红楼梦》而作的必要研究。换而言之，这七部书都可以归纳在《红楼梦》探佚学的范畴。人物如何结局，故事如何发展，千丝万缕、草蛇灰线又如何在文中布置，刘心武先生在这七本书中都作了详细的探讨，丝丝入扣，奇妙万分。然而这一切最终都要汇总在"续《红楼梦》"中来，将一切学术研究化为小说文字，正因如此，才有了今天的《刘心武续红楼梦》。

介绍这些，只想阐明一个立足点——简析《刘心武续红楼梦》就只是把它当成一部小说来分析，换句话说，我只是针对语言、人物、情节等加以探讨，至于书中故事为什么那样发展，人物为什么如此结局，已经不是我们评析这本小说的重点了，那应该让探佚学家去理论。

一、《刘心武续红楼梦》的语言

《刘心武续红楼梦》（以下简称"续书"）的"说明"中明确指出，"为了使其阅读感觉尽量接近曹（雪芹）体"，一些字、词、句遵照前八十回，不取现代汉语写法①。刘心武先生这样做，目的是让续书风格更为接近曹雪芹的文本。但遗憾的是，续书的阅读体验，就我个人感受而言似乎距离曹体甚远，相反，现代笔调甚为浓厚。这主要表现在以下几个方面。

（一）人物对话中现代词汇过多

语言原本是由词汇构成的，在不同的时代背景下，就有不同的词汇，这往往是区分语言风格的途径。使用什么样的词汇，就有什么样的风格。续书试图模仿《红楼梦》时代的语言风格，但是在书中我们却能品尝到现代"快餐"的味道。

例如，续书第八十二回，因为史湘云的婚嫁，贾宝玉和林黛玉商量送什么礼物，紫鹃在一旁说道："我们姑娘亲去，什么贺礼比得了？就是天大的礼物！"林黛玉笑道："你这么夸张，我倒不敢去了。"

再如，续书第八十六回，紫鹃在外屋做女红，贾宝玉走过来，问那披风上的红宝石从哪里来的，紫鹃让他猜猜看，贾宝玉说："凤姐姐送的？"紫鹃摇头，贾宝玉又猜："敢是妹妹从扬州带来，一直没有拿出来过的。"紫鹃方

---

① 本文所引《刘心武续红楼梦》原文及相关情节叙述，均据江苏人民出版社 2011 年版，为简明起见，仅随文说明所自章回，以下不再一一注释。

道："这回还靠点谱。"

"夸张""靠谱"这样的"超时代"词汇在续书中还很多，却很难在前八十回中找到。想来刘心武先生是被当下的年轻人"毒害"得深了。

（二）人物对话的内容也充满了现代时尚气息

小说的故事情节往往在"对话"中推动，人物性格往往在"对话"中展示。这种技法司空见惯，续书也不例外，然而其人物对话的内容却充满了现代时尚气息。

例如续书第八十四回，小红和贾芸结婚后，想找点能发达的营生来做，于是夫妻二人开始筹划，小红计议："莫若咱们先开个花厂，供应这京城富户，路子趟顺了，则接揽造园的活计，造不了大观园，布置个四合院、后花园，应能对付；再熟稔些，讨了声彩，则造个小观园，也是很大的财路。"这一段读来，真有一对现代夫妻合计开"园林设计公司"的派势。

又如续书第八十五回，因为贾探春要远嫁茜香国，茜香国的王子想提前见见贾探春，于是贾政对探春有一番嘱咐，读来大有当下找工作面试前的职业指导之感。贾政说道："听说那茜香国女王并王子，并不打听郡主血缘，及嫡庶等事，只要求能让他们先见一面，当面验证相貌风度谈吐学识等。想来你通过不成问题……"

再如续书第八十七回，因为林黛玉沉湖而死，贾宝玉伤心欲绝，赵姨娘凑过来说道："二爷莫忍，大悲窝在心里头，只怕要酿出大毛病来，你不如尽情嚎啕，把那心里淤血喷出来就松快了。"读到这一段，我甚是惊叹，这赵姨娘难道看过周星驰的电影？"喷血"确实是周星驰影视作品的惯用表现手法。

最后再看一例，十分有趣。续书第九十回，荣国府已经被抄检，贾宝玉房中只有麝月一人伺候，这时麝月削苹果给宝玉吃。刘先生是这样描述的：

> 那麝月却又端过缠丝白玛瑙碟来，里面是已去皮削成一般大的苹果肉，且果肉上已插妥小竹签。

说实话，我还真不知道大观园中的小姐少爷们是怎么吃水果的，但是看刘心武先生这样描写，我甚是高兴，原来自己吃水果的方式竟然和大观园中的人物一模一样。

（三）续书中的描写现代化、散文化

《红楼梦》的描写多用诗化的语言，或者直接用诗来描绘，所以我们常常感觉古朴而又淡雅。刘心武先生的文字功力没得说，自然是一流的，然而在续书中，原本应该诗化古朴的语言，却成了现代化、散文化的语言。例如写林黛玉之死（续书第八十六回）：

> 他一步步走拢水边，又从容的一步步走进水中。越往里面走，他身子变得越轻。他对自己是林黛玉渐渐淡忘。他越来越知道自己本是绛珠仙草。他是花，却不是凡间之花。凡间的落花掉到水中，终究会随水流出园子，堕入沟渠。他是花魂，是凡间的诗女林黛玉，正飘升到天上，成为不朽的魂魄。圆月望着那塘中奇景。一个绝美的女子，一步步沉塘。先是水没过脚面。次后没过双膝，风把他身上的月云轻纱披风吹成上扬的云朵。当水没到他腰上时，忽然他的身体化为烟化为雾，所有穿戴并那月云纱披风全都绵软的脱落到水里，林黛玉的肉身没有了，绛珠仙子一边往天界飘升一边朝人间留恋的眷顾，那水塘渐渐成为一杯酒，那大观园渐渐成为一簇花，那人间渐渐成为一片飘渺的刺绣……

单从语言来看，这一段描写美丽动人，意境深远，犹如画境，实属上乘之作，但是要和曹雪芹的文体接槽对榫，似乎并非严丝合缝。

二、《刘心武续红楼梦》的人物

曹雪芹的成功，归根结底是因为"红楼人物"塑造得栩栩如生，堪称完美。续写《红楼梦》最难的一点就是对人物"精气神"的把控。如果这一点做好了，就算语言"不靠谱"，但神韵依然还在。但是续书中的人物，就我个人的阅读感受而言，似乎有些平面化、扭曲化了。这主要表现在以下人物身上。

（一）赵姨娘

在续书中，赵姨娘这个人物尤为突出，而且故事篇幅很大。如果不以续书论，赵姨娘在刘心武先生的笔下是非常成功的，形象鲜明，刻画精细。然而以续书论，如此刻画就适得其反了。

续书中的赵姨娘坏得入骨，家里的风波几乎都是她一人引发的，贾母中风、林黛玉之死、贾府抄家都是她做的手脚，导致家族内部的矛盾顿时爆发，乱成一团。更有趣的是，前八十回中只是暗暗使坏的赵姨娘在续书中见着谁都可以干上一架，出口成"脏"。例如续书第八十六回，赵姨娘和周瑞家的狭路相逢，两人对骂起来：

> 赵姨娘因指着他道："周瑞家的，你眼睛敢是长屁股上了？"周瑞家的一听，火冒三丈，反嘴道："你跟谁嚷呢？就你，原也只配那我屁股去看！"赵姨娘心火更旺盛起来，索性大发作，骂道："你不过一个陪房，狗仗人势的！别以为你背地后捣的那些个鬼别人不知道！你那女婿，冷什么玩意儿，从那边大太太手里骗走老太太古扇的事儿，你当就能滑脱过去？我定不能让你们得逞！"……那周瑞家的，指着赵姨娘鼻子骂道："你说我不过一个陪房，你须撒泡尿照照，你不过一个陪床！……"

骂架，原本不是什么稀罕事，完全可以根据情节设置，这件事赵姨娘在前八十回也干过，但是对象是比她地位更低的小戏子。那一次还是老太太、太太不在家，为了逞能，才去闹的。她从来不敢直接招惹像周瑞家的这样的有身份的奴仆。在续书中，赵姨娘却肆无忌惮。她原本是泼妇，这也罢了。然而从上面的场景来看，两人对骂又不大近事理：就因为两人碰见了，周瑞家的不让路。要知道，赵姨娘也是奴才，并不比周瑞家的高贵，让不让路，招不招呼又能怎么样？这一段除了骂得"幽默"以外，很是扭捏。此时贾府尚未抄家，元妃在宫里也得宠有加，王夫人、凤姐精神尚好，族规家法岂能由得赵姨娘如此胡闹？所以这样的情节虽然有助于雕刻赵姨娘的"坏心肠""招惹是非"，却偏离了"规矩"，有为了情节而情节的嫌疑。

（二）贾政

贾政在曹雪芹笔下，是一个标准的封建家长形象，他的思想、言语、举止时时处处都带着《红楼梦》时代的烙印。换句话说，贾政的为人处世恪守那个时代"读书人"的标准。然而在续书中，其形象却与此大相径庭。

例如续书第八十二回，贾政从朝中归来，王夫人赞叹探春有才，可惜就要嫁人了。贾政道：

> 南安郡王那边择的吉日，是明春惊蛰后。趁他出阁前这段日子，还

可发挥他理家之长，就是出了阁，同在一城，归宁也是容易的。他在那边理家之余，娘家这边，仍有用武之地。

这样的思想太超前了，绝对不会出自一个封建卫道士的口中。女子无才便是德，贾府让姑娘们读书已经很"时尚"了，然而让一个出阁的姑娘兼任贾府"执行经理"，恐怕不是贾政的思维。

在《红楼梦》前八十回中，贾政虽然算不上伟丈夫，但是毕竟不"丑陋"，然而续书中却让他丑不堪言。续书第八十八回，有这样一段描述：

> 那贾政一贯只将此类大事自己心中消化，消化不动，只有一法，就是拿那赵姨娘泄闷。因又传唤那赵姨娘来，赵姨娘巴不得的来了，欲向政老爷说些什么，那贾政喝令他住嘴，只要他服侍睡觉。赵姨娘便百般花样让那贾政忘却其他。

这样一来，贾政与贾珍、贾琏有何区别？我甚是感叹，年近花甲的贾政，在刘心武先生笔下竟然如此生龙活虎，血气方刚。

（三）贾探春

贾探春在《红楼梦》原著中是一个敏锐、干练、敢作敢为的人物，极具开拓精神。庶出的身份是她挥之不去的阴影，她极度自尊，又极度自卑。她从来不把赵姨娘当母亲，只认王夫人为亲娘。然而在原著中，贾探春对待赵姨娘的表面态度多为"不理睬""劝"等，因为她毕竟是赵姨娘所生，"不理睬"也是在回避她们之间的尴尬关系，这是探春表现出来的自重与自尊。在《红楼梦》前八十回中，探春正面指责赵姨娘的戏份很少，最狠的一次也是在赵姨娘蓄意刁难的情况下才哭诉出来的。但是到了续书中，贾探春时时刻刻都会在赵姨娘面前摆出"主子"的架子，随处都可以看见她对赵姨娘的教训。例如续书第八十三回，探春对贾环道：

> 谁是你娘？谁是你母亲？我刚刚从太太那里来，他是你母亲，何尝让你过这里来的？让你过来的，是赵姨娘吧？那姨娘原是太太派去服侍你的奴才。你须在他面前有些个主子威严才好……

又如续书八十五回，探春"正色"对赵姨娘道：

> 你那只耳朵听到的，从那只耳朵里掏出来。嫣红不在那边安分照顾大老爷，且到这边你耳边下蛆，你就拿那蛆虫当宝贝了？什么乱七八糟

一大套。……且你莫忘了自家身份，你系老爷太太分派去照顾三爷的，只三爷的吃穿健康与你相关，连三爷的财物，也原与你无干，只不过是替他看守罢了，……有这些精神，多纳几个鞋底也罢！

其实刘心武先生这样设计，原有他的道理。他可能想深化探春的刚强性格，但是在我看来，这已经违背了曹雪芹原有的设置。一件事情做过了头反而会失去效果，就如作画，反复渲染一朵花，等停笔欣赏时，这朵花已经成了一团乌云浊雾了。

（四）邢夫人、王夫人、袭人

邢夫人、王夫人两妯娌之间的矛盾一直存在，其矛盾在八十回后明朗化是必然的，这一点刘心武先生在续书中处理得非常好。然而当矛盾激化甚至公开化之后，两个人的气场完全颠倒了——邢夫人压倒了王夫人。续书中，贾母死后，贾赦、贾政开始分割家产。对于财物，无论是分割还是安置，都是邢夫人和贾赦专横独断。他们是长房，原本有说话的权利，然而王夫人和贾政这边气势消失得太无缘无故。更让人难以理解的是，此时的荣国府仍然是以元春为靠山的，就凭这一点，王夫人的懦弱也显得莫名其妙。

至于袭人在续书中的形象，我的个人感觉似乎是从丫鬟直接拔高成了"刘胡兰"。续书第九十回，荣国府被抄检，忠顺亲王要夺取袭人，书中写道：

> 却只见那袭人先呆立一阵，末后从容走到门边，对外面人说："且容我略整衣衫，就随你们去。"说完走到二宝面前，哽咽着道："为你们，为全府，我去。……"

这一份为家族牺牲的气概，大有气吞山河之势。我在想，一个丫头哪里来的这份政治觉悟？

（五）薛宝钗

在续书中，薛宝钗的人物形象有相互矛盾的地方。薛宝钗的雍容大度、随分从时仍然得到了延续，这一点刘先生做得很好，然而有些情节又偏离了薛宝钗的个性。

例如续书第九十二回，邢岫烟的丫头篆儿和王熙凤的小厮彩明私奔了。针对这样的事情，薛宝钗听了笑道：

我当出了多大的事儿，不过是丫头私奔，咱们历年来看过的那样戏文还少吗？小姐还后花园私定终身呢，私奔的更不少，只当咱们家演了出戏。原有那话：台上小人间，人间大戏台。那篆儿到年纪了，春情发动，虽行为不雅，究竟也不是什么大罪过，你跟妈和嫂子说，就不去追究也罢。

这样的语言，这样的思想，和原著中的薛宝钗相差甚远。且别说这样的超前思想，就连"春情发动"这样的语言也绝对不会有。一个标准的大家闺秀，一个恪守时代女性规范的保守者，岂能对"私奔"如此态度！

其实在续书中，有些人物也是写得非常精彩的。例如司棋，原本就是一个敢爱敢恨的女孩子，她爱死潘又安，又恨死潘又安。续书第八十七回写她被迫与钱槐成亲之际玉碎一幕是：

那司棋毫不犹豫，立刻用手中燧石打火，那身上嫁衣早被灯油浸透，火星一迸上，轰的燃烧起来，顷刻火焰包裹全身……那些储油的坛子爆的爆，燃的燃，火上浇油，油上浇火，把整个宅子烧得成了个黑糊饼。

刘心武先生用自焚来结束司棋的生命，是再适合不过的选择。这热火就如同司棋的性格，如同司棋心中纯洁的爱情，是它点燃了司棋的性灵，又是它结束了司棋的生命。她爱得轰轰烈烈，也死得惊天动地。

三、《刘心武续红楼梦》的故事情节

仅从小说创作这个层面来说，《刘心武续红楼梦》有可圈可点的地方，例如"司棋之死""抄检荣国府""林黛玉回归太虚幻境""贾宝玉悬崖撒手"等都是非常精彩的笔墨，故事的可读性也很强，特别是小人物的设计尤为巧妙。但是刘心武先生毕竟是在续《红楼梦》，所以从这个角度而言，其故事的铺陈、前后思想的连贯都有待进一步的推敲。就我个人的阅读体验来讲，有这样几点感受：

第一，续书中有为了纠正学术界的某项错误而故意编排的情节。刘心武先生在续书的"说明"中提到，人民文学出版社出版的中国艺术研究院红楼梦研究所校注的一百二十回本《红楼梦》，有不少的问题，其中将"腊油冻佛手"修改为"蜡油冻佛手"就是一例。因为刘心武先生认为，"腊油冻"

是一种珍贵的石料，是不能和蜡制品混淆的。所以在续书第八十五回就有这样一段情节：

> 凤姐道："也只能让他帮点力所能及的忙。二老爷二太太一直说，老太太遗下的东西，至少选一样留给元妃，作为想念。老太太头年寿辰，有个外路和尚跑来，送了件奇特的古玩，是个腊油冻佛手。"邢夫人道："蜡制的玩意儿值个什么？年年春节庙会里，满坑满谷有那蜡制的瓜果梨桃，几枚大钱一个，谁稀罕那东西？"贾琏道："不是蜡烛的那个蜡，是腊肉的那个腊。腊油冻乃一种最罕见的石料，看去竟与腊肉上的肥油一样，雕成一具佛手，实乃人间一绝。"

从续书的"说明"到这段情节的设置，不难看出，它是为了一定目的而故意编排的。当然不能说刘先生这样写是错误的，但是读来总觉得不太自然。

第二，续书中重复前八十回文意的内容较多。例如续书第八十七回，贾珍吩咐贾蓉去找贾蔷，接下来这样写道：

> 那贾蔷系宁国公嫡传玄孙，因其家族只剩得他一个，多年来由贾珍养大，后又给他银钱让他自购房舍居住过活。

其实这种介绍在《红楼梦》第九回就有，其中这样写道：

> 原来这一个名唤贾蔷，亦系宁府中之正派玄孙，父母早亡，从小儿跟着贾珍过活，如今长了十六岁……如今竟分与房舍，（贾珍）命贾蔷搬出宁府，自去立门户过活去了。

两段文意完全相同。假若不作续书论，这样的文意重复并没有什么可挑剔的，然而这毕竟是在续补《红楼梦》，所以像这样的重复就显得累赘。再者，《红楼梦》原著中也不会对某个人的情况作两次同样的交代。

第三，故事情节的铺陈略显仓促。续书的故事脉络是在《红楼梦》探佚学的基础上构思而成的。刘心武先生的前几部红学类著作几乎都在"探佚"。探佚属学术范畴，它和小说创作有着本质性的区别。然而作为小说，续书对情节的展示并不充分，大有"点到为止"的感觉，贾母之死、黛玉沉湖、惜春出家等情节都显得仓促。可能刘先生潜心《红楼梦》探佚，模糊了"探佚"和"小说"之间的界限。

什么是"探佚"？梁归智先生认为，探佚就是通过研究《红楼梦》前八十回的"草蛇灰线"等"伏笔"，以及小说的情节发展、思想倾向、人物性格的必然演变趋势，再结合脂批和其他材料，如曹家的生活原型考察、野史笔记提供的信息等，综合研究曹雪芹原著八十回后佚稿的情况，进而探讨曹雪芹完整的艺术构思①。

对《红楼梦》八十回后内容的探佚，并不能与续书创作画上等号，因为"探佚"只是寻找原著佚稿的"筋与骨"，而不会为"筋与骨"添上"血与肉"。换句话说，"探佚"只是寻找被"迷失"了的人物最终结局，而不会在乎人物走向结局的过程。丁维忠先生在《红楼探佚》一书中说道：

> 探佚的目的，也不是复现原著的全部原貌，而是尽可能地达到与原著的某种接近度。探佚的价值，取决于它在多大程度上接近于原著，即在于它的接近度和启示性。它不可能回答佚稿的所有问题（刨根问底），而只是尽可能精确地提供某些"点"，尽可能完整地连成"线"，至于它的"面"或"圆"，要靠读者在想象中完成。②

丁维忠先生所说的"面"和"圆"，其实就是续书中的故事铺陈。然而遗憾的是，这种铺陈在刘心武先生的笔下并没有完全展开，所以读起来不大过瘾。

四 、《刘心武续红楼梦》中值得商榷的地方

对于续写《红楼梦》的作家，我一直都抱着尊重的态度，同时也告诫自己，无论是欣赏还是评析都必须"平心而论"。能续写完整已属不易，必有过人之处，所以我们在谩骂别人"亵渎了经典"的同时，千万留心自己是否已经站在了"无知"的中央。

拜读完《刘心武续红楼梦》，就我个人感受而言，其中有细小之处值得商榷，主要表现在以下几个方面。

（一）人物的称谓

续书中对人物的称呼，有个别地方背离了前八十回。比如说，贾宝玉和薛宝钗，续书中往往以"二宝"指代。续书第八十八回，王夫人对薛姨妈

---

① 梁归智：《红楼梦探佚》，北京师范大学出版社，2010年，第91页。
② 丁维忠：《红楼探佚》，京华出版社，2006年，第48~49页。

道："实在二宝都老大不小了，相互脾气都是知道的，一个带玉，一个佩金锁，法师预言，金玉姻缘命中定……"这样指代虽然不能说刘心武先生用错了，但是读起来别扭，变味儿了。

再比如，在《红楼梦》中，贾雨村称呼贾赦和贾政，多为"赦老爷"和"政老爷"，但是在续书中却称呼为"恩侯""从周"，这是贾赦和贾政的表字。从古代礼仪来说，平辈之间相互称字是有礼貌的表现，但是贾雨村在贾赦和贾政面前是"晚辈""学生辈"，这样的称呼并不合适。

续书中，还有些称谓是绝对错误的，比如把当今皇上戏称为"皇帝老儿"。续书第八十七回，贾蓉道："……恳请你明儿一早，带着嫂子到梨香院集合，且先把《相约》《相骂》两戏对出来，一旦宫里传唤，即刻出发，只怕这回逗得皇帝老儿高兴……"可能刘先生认为这是私下的戏言，但是在前八十回中绝对没有这样的"大不敬"。《红楼梦》时代的人，想都不敢这样想，更别说戏言了，弄不好要砍头的。

再如续书第九十回，傅试攀附忠顺亲王，将自己的妹妹傅秋芳嫁给了王爷。续书中这样写道：

> 那忠顺王见着了他妹子，忠顺王果然惊艳，先将那傅秋芳收进府里当了首席姨娘，没有两个月，傅秋芳显示出理家才干，一年以后，生下小世子，忠顺王就把他扶为了正室。

在这段话中，有一处值得商榷的地方——"首席姨娘"。这样的称谓有点离谱，姨娘就是姨娘，并没有"首席"之说。我不知道刘心武先生是不是仿造现代"首席科学家"这样的头衔来取名的，如果是这样的话，就不大合适了，因为傅秋芳不是"长江学者"也不是中科院院士，不过是一个"异样女子"而已。

在《红楼梦》时代，亲王、郡王的正室妻子称为"福晋"或者"嫡福晋"，也就是《红楼梦》中的"王妃"，妾称为"侧福晋"。傅秋芳嫁给了忠顺亲王，就应该是侧福晋，地位也是很尊贵的，和普通官宦人家的姨娘有着本质性的区别。再者，"嫡福晋"是需要皇帝册封的，并非像普通人家把姨娘扶正那么简单。

在《红楼梦》前八十回里，对父亲的称谓，几乎都是"爹"或者"父亲"，贾宝玉称呼贾政为"老爷"，然而绝对没有称"爸"的。因为"爸爸"是外来词汇，在中国使用相对比较晚。续书第九十三回有这样的一段对话：

小红道："可不是，你想咱们如今求的就是隐姓埋名，我妈也说了，他跟我爸，是拴在荣国府那根线上的蚂蚱，蹦达不开了……"

称自己父亲为"爸"，不大适合。

（二）关于"你"

在日常生活中，我们常常使用"你""我""他"这样的人称代词，但在《红楼梦》时代，这些人称代词是不能随便乱用的。上对下，主子对奴仆，可以直接用"你"；下对上，奴仆对主子，却不能直接使用"你"这个人称代词。《红楼梦》第五十五回，王熙凤和平儿议论家政，凤姐儿嘱咐平儿，对于探春的改革，要顺着，不要犟。平儿回复道："你太把人看糊涂了。我才已经行在先，这会子又反嘱咐我。"凤姐儿笑道："我是恐怕你心里只有了我，一概没有别人之故……你又急了，满口里你我起来。"可见奴仆对主子直呼"你"是很不尊敬的，也是不合礼法的。

在《刘心武续红楼梦》中，这样的人称代词就用得不规范了。

例如续书第八十七回，平儿对贾琏道："谁跟你耍嘴皮子，太太刚才见着我，让我给你和二奶奶传话，给林姑娘准备衣冠灵柩……"

再如续书第八十八回，平儿对史湘云道："我们二爷二奶奶说，备下晚饭了，请你跟姑爷过去呢。"

这样的例子在续书中还很多，可见续书对称呼礼仪的把握，有待改进。

（三）关于"国子监"

《刘心武续红楼梦》第九十二回，有这样一个情节：薛宝钗求北静王妃，为贾宝玉讨得了一个"国子监生凭证"。这个"凭证"是做什么用的呢？从随后的情节来看，这个"凭证"就是一个"听课证"，是到国子监听课的通行证。薛宝钗说道："那国子监什么地方？最大的凤凰巢，多少人想去还去不成哩——你且安心准备两天，就去那国子监听听大儒讲经吧……"

贾宝玉去"国子监"听课，这样的情节设置，不符合《红楼梦》的时代背景。黄现璠先生著有《中国通史纲要》一书，其中介绍了"国子监"：始于隋代，为教育机关，至清代变为只管考试，不管教育的考试机构；到清末则成为卖官机构。国子监学生等于秀才，分文武两种，文称文生，武称武生。凡依照惯例规定缴纳一定数额的钱给朝廷，即可成为"例监生"①。《红楼梦》中的贾蓉就用钱捐了一个这样的监生资格，但没有什么实权。让贾宝玉去"国子监"读书，是万万不可能的。

五、《刘心武续红楼梦》的意义

对刘心武先生的续书，无论是赞扬还是商榷，我都是根据自己的阅读体验"平心而论"的，没有违心的阿谀奉承，更没有丝毫的恶语中伤。虽然商榷多于赞扬，想必刘先生定有这个雅量，一笑了之，不会怪罪后学不知天高地厚。

《刘心武续红楼梦》据说首印就是 100 万册，对于当下的书籍出版而言，这绝对是一个天文数字。一般的红学著作能首印 5000 册，已经算是畅销书籍了。首印 100 万册，必有 100 万册的市场，不然出版商是不会去冒这个险的。在如此畅销的状态下，简析《刘心武续红楼梦》的意义就显得尤其重要了。

据我看来，《刘心武续红楼梦》至少有四个方面的意义。

第一，"对比"意义。这里的"对比"是一个非常广泛的概念，不能仅仅停留在《红楼梦》前八十回和《刘心武续红楼梦》二十八回的文字风格对比上。曹雪芹的《红楼梦》诞生在两百多年前，《刘心武续红楼梦》产生在当下，所以从这个层面而言，就有古今文化对比，古今思想对比，古代小说创作与当代小说创作对比，古代人与当代人的知识智慧对比，等等。只有通过"对比"，才能让事理更为清晰明了，才能彰显各自的价值。

第二，"探讨"意义。"对比"往往是为"探讨"做准备的。就《刘心武续红楼梦》而言，早已是大路边上编草鞋——有人说长，有人说短。世间之事，很难用对错去划分，然而探讨的本身已经有相互促进的功效了。所以对于刘心武先生而言，不必在意别人说了什么，因为你走自己的路，别人跟着你走，骂也好，赞也好，从传媒学、营销学层面来讲，已经非常成功了。对于读者而言，无论你是"挺刘派"还是"贬刘派"，这都不重要，因为在探讨的过程中，你通过对比，再一次确认了自我的理解，深化了自我的理念。

第三，"关注"意义。《红楼梦》从它诞生之日起，就一直走在"文化娱

---

① 黄现璠、刘埔：《中国通史纲要》，中国国际广播出版社，2013 年，第 315 页。

乐"的前沿。就以当下而论，红学也绝对是一门"时尚之学"。百余年来，经梨花春雨，闯阴霾沟壑，血雨腥风，硝烟四起，唾沫横飞，红学圈就没有消停过。所以说它最能引起民众的关注。就当下的文化导向而言，文化回归是主流。《红楼梦》是传统文化中的经典，如果能通过《刘心武续红楼梦》引发民众对传统文化的关注与反思，也是一件推广、普及传统文化的好事。

第四，"消遣"意义。《红楼梦》对于一般读者而言，就是用来消遣的。这不是在亵渎经典，这是任何一部文学作品最原始的功用，所以曹雪芹在《红楼梦》中就借石头之口说过："事迹原委亦可以消愁破闷，也有几首歪诗熟词可以喷饭供酒。"《刘心武续红楼梦》也可以应和这一点。再者，红学界自古口角是非就多，这不，刘心武先生又制造了一个话题，不然红学界的这份热闹从何而来呢！

授以术，游于艺

——《从红学到管理学》读后感

宋长丰

　　刚刚从北京参加完第五届曹雪芹文化艺术节红迷嘉年华活动回到绵阳，兴奋劲还没过，便收到马经义先生第六部大作《从红学到管理学》的书稿。认真细读一遍，便可知此书依然延续了马先生的治学风格和目的，那就是学术成果最终要惠及民众。这一点，和北京曹雪芹学会倾力打造的红迷嘉年华活动，一个是走传统著书路线，一个是发动红迷进行交流，真是有异曲同工之妙。因为一本书，最好的归宿就是能够在读者之中口耳相传。

　　回顾马先生十多年的治学之路，埋首书斋，潜心学问，撰述著文，这些几乎成为他生活的全部。每逢大年三十，我们两家人便要聚首，回顾这一年走过的风雨，而翻过头的大年初一，我们又会齐聚富乐山上，品茗纵论之间展望新年的规划。用这种特别的辞旧迎新方式，我见证了马先生从《中国红学概论》到《红楼文化基因探秘》，从《红楼十二钗评论史略》到《从红学到管理学》。绵阳市作协为他个人召开的学术研讨会中，我是一名志愿者；《红楼梦学刊》收录了他的论文，我是第一个得到喜讯的读者；他前往河北廊坊参加中国红楼梦学会组织的学术研讨会时，我又最先了解到会议的动态。就这样，我从一个电子商务专业的本科生，摇身一变，也开始发表文章、著书立说、参加活动。我是马先生学术思想最大的受益者，也就成了对他的理念和追求最为熟悉的学生之一。

　　在马先生的讲座结尾，大多有这样一段话："《红楼梦》并不需要我们放置于庙堂之高顶礼膜拜，她并不高深莫测，她传递的思想温馨而又朴实，她的终极意义无非是告诉当下的芸芸众生，如何更好地安顿自己的内心，如何更好地关怀自己，对待他人。"我认为，安顿内心、关怀自己、对待他人是作为一个生命个体面对的最难回答的三个问题。我们能否在熙来攘往的红尘之中，不受外界的诱惑和干扰，让自己的内心平静呢？我们又如何在物质化的社会中，不仅仅陷于快节奏的生活，而来关怀自己呢？又如何在各种误会、纠纷、不解中对待他人呢？可见，说起来方便的话，落实起来却犹如万丈深渊，如履薄冰，难得真谛。但是我想告诉大家的是，马先生的治学目的，就是想解决这些疑难杂症，为大家提供一个新的思路，于是，《红楼梦》就成为他借用的载体和蓝本。

纵观红学两百余年的发展，其沟壑万重，血雨腥风的过去和现状，不亚于一部武林秘史，《红楼梦》的方方面面已经被咀嚼得遍体鳞伤。鉴于此，以《红楼梦》为经，以其他学科为纬的纵横交错式研究与挖掘，就成了开拓新局面的课题。早在 2011 年秋，我便向马先生自告奋勇，搜集《红楼梦》中有关经济、管理的叙述，奈何功夫不济，半道折戟沉沙，而有《红学三十年论著选读》的出现。哪知马先生却暗中接手了这个烫手山芋，利用写作传播学的稿子所养成的思维为契机，全面、深入地透析《红楼梦》中体现的管理职能。于是乎，从贾探春兴利除弊看管理的创新职能，从王熙凤协理宁国府看管理的领导职能，王熙凤的语言艺术对领导的启示，从元妃省亲看管理的决策与计划职能，从宁荣二府的衰败看管理的控制职能等鸿篇大论应运而生。

如果说"职能篇"还只是头疼医头，那么紧随其后的"管理篇"就是正儿八经地论述整部小说中的管理思想：从《红楼梦》看人力资源管理；从红楼小人物看信息管理与利用；从《红楼梦》看"X—Y"管理理论的异同；从《红楼梦》看企业文化建设；等等。估计读者看了这样的标题会首先冒出一个疑问：《红楼梦》为啥可以和管理学相结合呢？我可以代马先生回答：中华文化长期以整体观示人，这里就包括了文史理工农医等学科。因此，中国的管理学仍然植根于五千年文明，它不是舶来品，更不是新生儿。《红楼梦》作为传统文化高度浓缩的结晶，她折射出熠熠生辉的管理学思想当不是奇谈怪论，而且你只要细细品味，就会发现《红楼梦》中的管理世界竟然是如此多娇，滴水不漏。一个答案可以解释，那就是曹雪芹将生活的本真幻化进了小说。真要让曹雪芹先去学习法约尔、泰勒、周三多的管理思想，曹雪芹必被理论所束缚，无法大施拳脚，反而是天然的随性之作，除了艺术的光彩夺目之外，还能有技能的展现。这就是我读完本书后想到的一个大的问题：如何将专业知识和文化修身素养课融会贯通呢？

苏轼在《教战守策》中说道：役民之司盗者，授以击刺之术。这里就是在教人学习技艺。孔子在《论语》中提到过"游于艺"，是要学习六艺。这里我想单纯地抽离于原文谈术与艺。姑且将术理解为技能，而将艺理解为艺术。说穿了，就是专业知识的学习和文化修身素养的形成。这两者应该并驾齐驱，有先有后，二者分离，还是合二为一呢？我给不了答案，但是在《从红学到管理学》一书中，我看到的是术与艺的合一。管理学是术，《红楼梦》是艺。艺的发生根源处及背后，都有术的影子；术的体现和传播，又离不开艺这个根脉。一切明了！

本书作者的意愿，是希望普通读者能够在《红楼梦》中找到生命共感，某一时刻，某一经历，那根弦突然就和《红楼梦》合拍了。"通过自己的人生感悟、人生阅历去激活一部经典，又在经典中找到一份生命的印证，和经典进行一次平民化、大众化的沟通"，这是作者的期待，《从红学到管理学》便是一座帮助读者和经典对话沟通的桥梁。

2014 年 10 月 16 日于绵阳

后 记

　　这是我的第六本书，原以为又要按照老套路，故作一副深沉可怜状，在后记里抒发一段感慨，回顾一下写作的艰辛，描绘一份研究的苦涩，说一说出版的不易，甚至还要想方设法营造一点悲凉之雾，似乎只有如此才对得起读者。然而此时的我只有兴奋没有其他。从两年前的规划，到如今的付梓，整个过程都非常顺利。特别是进入写作阶段，时逢假期，两个月足不出户，书稿几乎一气呵成。且不论文章的质量如何，单是这份畅游于书籍与思想中的状态，就足以让一位醉心于学术的人满足，所以无可感叹之处！

　　"从红学到管理学"，它不仅仅是一个书名符号，也代表着我今后的学术方向。红学与管理学在我的生命体系里，已经不是两个简单的学科门类，而是被赋予了一种精神色彩和生活色彩的立体感知。前者是我治理学术的原点，后者是我大学的专业方向。我对前者爱得深刻，对后者寄予了期望。能将两者结合研究，这是我多年的心愿。中国文化与学术，一直以"大一统"的状态呈现，其思想又可理念相通，这为红学与管理学结合起来研究提供了内在逻辑。再加之我在大学教授两个方向的课程，一是工商管理类的专业课，二是《红楼梦》与中国传统文化的选修课，这又为红学与管理学结合起来研究提供了外在的平台。于是"内外合一"，就有了《从红学到管理学》这本书，整个过程就是如此简单。

　　教师都有寒暑假，这让很多人羡慕不已，这也是我当年选择从教的原因之一。每年都有近三个月的长假，做点什么呢？人生两件事，不旅行就看书。旅行是让自己的身体在路上，身临其境，见多识广。看书是让自己的灵魂在路上，乘物游心，启迪智慧。一言以蔽之，人生就应该在路上，想必这就是"行万里路，读万卷书"的真正内涵。当然我绝大多数时间都选择了后者。

　　我常常告诫自己，作为大学老师，应该把你想清楚了的问题交给课堂。站在三尺宽的讲台上可不能胡说，因为你担负起来的是传道授业解惑的光荣使命。其实要做到这一点还需要一个前提，那就是把自己还没有想清楚，但有可能想得清楚的问题交给学术。"人非生而知之者"，再才高八斗的人，你的所知也不过是沧海一粟。只有研究的深广，才能让你的课堂灵活、有趣、可听；只有学识的渊博，才能让你的气质安然、笃定、稳健。学术研究的意义因此也就不言而喻了。我的学术研究从不加入任何功利色彩，因为为评职称拉项目而进行的学术，可能会失去学术的独立与个性，会偏离学问的正道，甚至会误导学生。所以这些年来，我六本专著的出版，三十余篇论文的发表都是自觉行为，为的就是"良心"。

　　无论是学术还是讲台，都属于八小时之内的范畴，在八小时之外的生活中总有想不清楚的问题，那又该怎么办？我把它交给文学。工作和生活不一样，工作的问题必须想清楚，也能想清楚，而生活的问题有些是想不清楚的，也没有必要想清楚。此时我就会钻进《红楼梦》，流连在大观园中。我佩服曹雪芹，不是因为他通过《红楼梦》给了我多少结论性的知识，而是让我看到红楼梦中人在无数的生活两难中却能"人从花间过，落红不沾身"。对于文学作品而言，有"两难"的境界正是它传世的根源。对我来说，能在文学的"两难境界"中去看穿生活的"两难处境"，从而摆脱心灵的困境，这就是文学给予我的恩赐。

　　后记写到这儿也应该结束了，然而仍然跳不出"俗套"的格式，是否要罗列一张感谢名单呢？把那些想得到或八竿子打不着的人都统统书写在后记的"光荣榜"上，实在没有这个必要！因为一切曾给予我友善的人，都被我第一时间深深地埋在了心中，珍藏在我心灵的最深处了。

作　者
2014 年 8 月 22 日于成都